中國語言文字研究輯刊

十 六 編

許 學 仁 主編

第 8 冊

明傳奇用韻研究（上）

彭 靜 著

花木蘭文化事業有限公司

國家圖書館出版品預行編目資料

明傳奇用韻研究（上）／彭靜 著 -- 初版 -- 新北市：花木蘭
文化事業有限公司，2019〔民108〕

目 2+176 面；21×29.7 公分

（中國語言文字研究輯刊 十六編；第 8 冊）

ISBN 978-986-485-698-5（精裝）

1. 明代傳奇 2. 聲韻

802.08   108001143

中國語言文字研究輯刊

十六編　　第八冊　　　　ISBN：978-986-485-698-5

明傳奇用韻研究（上）

作　　者　彭　靜

主　　編　許學仁

總 編 輯　杜潔祥

副總編輯　楊嘉樂

編　　輯　許郁翎、王　筑　美術編輯　陳逸婷

出　　版　花木蘭文化事業有限公司

發 行 人　高小娟

聯絡地址　235 新北市中和區中安街七二號十三樓

　　　　　電話：02-2923-1455／傳眞：02-2923-1452

網　　址　http://www.huamulan.tw　信箱　hml810518@gmail.com

印　　刷　普羅文化出版廣告事業

初　　版　2019 年 3 月

全書字數　300922 字

定　　價　十六編 10 冊（精裝）　台幣 28,000 元

明傳奇用韻研究（上）

彭　靜　著

作者簡介

彭靜，1971 年 9 月生，江蘇省徐州市沛縣人，2004 年畢業於徐州師範大學（現江蘇師範大學）語言研究所，獲文學碩士學位，2008 年畢業於北京大學中文系，獲文學博士學位，現爲韓國梨花女子大學中文系助教授。主要研究興趣爲音韻學、現代漢語語法、對外漢語教學等，在《語言科學》、《中國語文學志》（韓國）、《中國語文學論叢》（韓國）、《中國文學研究》（韓國）等雜誌上發表過相關論文 20 餘篇。

提　要

　　明傳奇承襲南戲而來，從明中葉開始進入繁盛時期，湧現出大批優秀的明傳奇作家和作品，很多作品具有文學上和語言學上的雙重價值，對這類材料的挖掘和研究對近代漢語語音史及漢語方言語音史都將是有益的補充。

　　本書隨機選取了明嘉靖以後，特別是隆慶至明末的六十部明傳奇作品爲研究對象，採用韻腳字系聯的方法，對六十部傳奇的一萬五千多支曲子的用韻情況做了詳盡的研究，發現明傳奇用韻既繼承了南戲用韻的很多特點，又受宋詞韻及《中原音韻》的影響很大，同時還反映出很多明代方言，特別是吳方言的語音特點。

　　本書以《中原音韻》爲參照，對系聯出的六十部明傳奇的韻部進行歸納整理，並分「東鍾、江陽、蕭豪、尤侯」、「庚青、眞文、侵尋」、「寒山、桓歡、先天、監咸、廉纖」、「車遮、家麻」、「魚模、歌戈」、「支思、齊微、皆來」、「入聲韻部」等七個單元對其用韻情況作詳細介紹。

　　本書深入細緻地比較了明傳奇用韻與南戲用韻的相似之處、不同之處、明傳奇與南戲的用韻特點以及和宋詞韻的關係，並結合現代吳語方言，解釋了明傳奇用韻中許多所謂的「雜韻」「犯韻」現象恰恰反映了明代吳語方言，特別是明代蘇州話的特點。

目

次

第一章 緒 論

1.1 研究對象

明傳奇從南戲發展而來，瞭解明傳奇就要先瞭解南戲。

南戲是宋元時期在我國南方地區流行的一種戲曲藝術，它原是一種採用「村坊小曲」演唱的民間小戲，因爲它最初發源於浙江溫州一帶（溫州在唐時曾改爲永嘉郡），所以又稱爲溫州雜劇或永嘉雜劇。大約在宋微宗宣和年間（1119～1125），南戲已經開始流行。據徐渭《南調敘錄》記載：「永嘉雜劇興，則又即村坊小曲而爲之，本無宮調，亦罕節奏，徒取其畸農、士女順口可歌而已。」〔註1〕可見它最初只是一種採用農村中群眾熟悉的流行曲調來演唱的民間小戲，後因受到人民群眾的喜愛，逐漸流傳開來。它首先在浙閩兩省的一些沿海城市站住了陣腳，北宋亡於金以後，又傳入南宋的都城臨安（今杭州）。爲了適應城市觀眾的藝術趣味，南戲不斷吸收市民階層中流行的一些民歌小調，從當時正在勾欄瓦肆中表演的隊舞、唱賺、鼓子詞、諸宮調、宋雜劇裏獲取養料，綜合了各種民間伎藝的長處，終於發展成爲一種新的戲劇形式。至遲在南宋末葉，南戲已發展成爲一種與雜劇體制有明顯不同的綜合性的表演體系。明代高

〔註 1〕 徐渭《南詞敘錄》，《中國古典論著集成》（三），中古戲劇出版社，1959 年，第 240 頁。

明的《琵琶記》，是南戲在藝術上達到頂峰的標誌。〔註2〕

　　明傳奇的發展可以分爲兩個時期，「以嘉靖爲界，從明初到嘉靖，爲南戲向傳奇的轉化期，隆慶至明亡爲傳奇創作的繁盛期。」〔註3〕第一個時期，從明初到嘉靖，南戲進一步發展，其音樂唱腔結合各地語言特色，形成了多種不同風格的地方聲腔，其中主要有四大聲腔：海鹽腔、餘姚腔、弋陽腔、崑山腔，伴隨著聲腔的流傳，劇本亦不斷產生，一個劇本可以被不同的聲腔演出；嘉靖以後，從隆慶開始，傳奇創作進入了一個蓬勃發展的時期，傳奇劇本的體制已然確定：南戲劇本在開始處常以韻語四句來總結劇情，最後一句則包含劇名，傳奇劇本則不再用題目，而是將題目換成了副末開場後的四句下場詩；另外，傳奇劇本又逐漸分出標目、分卷，且每齣後的四句下場詩被普遍採用；同時，劇作者對音樂格律日益重視，南戲的格律原本相當自由，用韻也頗爲隨意，但萬曆以後，傳奇創作漸漸講究韻律的嚴謹。此外，傳奇較南戲的角色體制亦有所發展。這一時期文人士大夫紛紛參加傳奇劇本的寫作，傳奇作家盛極一時，知名的有梁辰魚、張風翼、沈璟、湯顯祖、屠隆、梅鼎祚、汪廷訥、高濂、周朝俊、徐復祚、葉憲祖、顧大典、許自昌、凌濛初、馮夢龍、范文若、沈自晉、阮大鋮、吳炳、孟稱舜、袁晉等二百餘人，創作傳奇七百餘種，作品如《浣紗記》、《紅拂記》、《義俠記》、《牡丹亭》、《曇花記》、《玉合記》、《繡襦記》、《玉簪記》、《紅梅記》、《獅吼記》、《鸞鎞記》、《青衫記》、《紅梨記》、《水滸記》、《雙雄記》、《萬事足》、《花筵賺》、《夢花酣》、《鴛鴦棒》、《西樓記》、《綠牡丹》、《療妒羹》、《西園記》、《嬌紅記》、《春燈謎》、《燕子箋》等。這一時期傳奇創作的理論研究也取得了很大的進展。〔註4〕

　　本文主要研究的是傳奇繁盛時期的作品，即明嘉靖以後，特別是隆慶至明末這一時期的作品。

1.2　選題意義與研究現狀

　　對傳奇戲曲的用韻研究是曲韻研究的一種。「曲韻」就是「曲」的用韻，《中

〔註2〕　參見黃鈞、黃清泉主編《中國文學史（元明清時期）》，華中師範大學出版社，1989
　　　　年，第60頁。
〔註3〕　李簡《元明戲曲》，北京大學出版社，2005年，第156頁。
〔註4〕　參見李簡《元明戲曲》156～159頁；王衛民《中華文明史話　戲曲史話》，2000年，
　　　　第76頁。

國曲學大辭典》的定義為：「用於作曲、譜曲、度曲和傳奇唱念的音韻。」〔註5〕
南戲是採用「村坊小曲」演唱的民間小戲，其用語不避俚俗，常以口語入韻，
所以能反映當時的實際語音，傳奇則是從南戲發展而來，很多傳奇作品承襲了
南戲的用韻特點，因此對南戲、傳奇用韻的研究對近代漢語語音史和漢語方音
史的研究將會是有益的補充。但是，整個二十世紀，對於曲韻的研究，尤其是
南戲、傳奇的用韻研究基本上都是依附於戲曲史的研究而進行，研究者也多為
曲學界人士。曲學界研究者歷來認為傳奇用韻當遵守《中原音韻》，下面舉幾例
說明：

（1）吳梅先生是曲學大師，對古典詩、文、詞、曲研究精深，又長於製曲、
譜曲、度曲、演曲。他的《顧曲麈談》第一章第二節專門討論曲的音韻問題。
從他對曲家用韻的評論可以看出他對曲韻的觀點，他說：「顧古今曲家，往往用
韻有不協者．如高深甫濂所作之《玉簪記》．舉世所稱道者也。其中《琴挑》一
折，尤為膾炙人口，而〔朝元歌〕四支，所用諸韻，竟是荒謬絕倫。其詞云：『長
清短清。那管人離恨。雲心水心。有甚閒愁悶。一度春來。一番花褪。怎生上
我眉痕。雲掩柴門。鍾兒磬兒在枕上聽。柏子座中焚。梅花帳絕塵。你是個慈
悲方寸。長長短短。有誰評論。』〔註6〕詞中『清』字韻是庚亭。『恨』字韻是
真文。『心』字韻是侵尋。『悶』字、『褪』字、『痕』字、『門』字、純是真文，
『聽』字韻又是庚亭，『焚』字、『塵』字、『寸』字、『論』字又是真文，一首
詞中，犯韻若此，令人究不知所押何韻。忽而閉口，忽而抵齶，忽而鼻音，歌
者輒宛轉叶之，而此曲遂無一人能唱到家矣（此曲唱者雖多，顧無一人佳者）。
又如高則誠之《琵琶記》，亦有錯誤，支時與魚模不分，歌羅與家麻並用，自謂
不屑尋宮數調，其實貽誤後學者至巨。」〔註7〕

另外，吳梅先生取各家之說，彙集考訂，以王鵕《音韻輯要》為主，把戲
曲用韻訂為 21 部：「第一部，東同韻；第二部，江陽韻；第三部，支詞韻；第
四部，齊微韻；第五部，歸回韻；第六部，居魚韻；第七部，蘇模韻；第八部，
皆來韻；第九部，真文韻；第十部，干寒韻，第十一部，歡桓韻；第十二部，

〔註 5〕　齊森華等主編《中國曲學大辭典》，浙江教育出版社，1997 年，第 712 頁。

〔註 6〕　此曲「你是個慈悲方寸」句《古本戲曲叢刊》本、《六十種曲》本均為「果然是冰
　　　　　清玉潤」，且「有誰評論」句後還有「怕誰評論」句。

〔註 7〕　吳梅《顧曲麈談》，上海，商務印書館，1926 年，第 79～80 頁。

天田韻；第十三部，蕭豪韻；第十四部，歌羅韻；第十五部，家麻；第十六部，車蛇；第十七部，庚亭；第十八部，鳩由；第十九部，侵尋；第二十部，監咸；第二十一部，纖廉。」〔註8〕與《中原》相比，只多出兩部，即把《中原》的魚模部分爲居魚和蘇模，又從齊微部中分出灰回韻。

（2）周維培先生是上世紀末在南戲、傳奇用韻研究方面影響較大的曲學家，他於1988年發表了論文《試論明清傳奇的用韻》，對《琵琶記》以後約百種戲文、傳奇文本進行研究，總結了明清傳奇的用韻規律。此後，他在1999年出版的專著《曲譜研究》中繼續對南戲、傳奇的用韻問題作了更爲深入的討論。他認爲，清以前的南曲押韻，特別是早期的宋元南戲押韻，「應是遠承詞韻之舊」、「在韻書憑藉上，由於當時亦無詞韻專書，大概仍以平水詩韻爲標準而放寬通押界限」、「當南曲戲文進入到文人手中，即發展到了元代中後期，高則誠等人在檢韻填詞時，使用韻書可能仍是平水韻系統的詩韻。」〔註9〕周先生同時又認爲，明清曲家直至近代曲家，都是以《中原音韻》而不是詩韻專書來檢討南戲韻律，於是他也以《中原音韻》來考察南戲——傳奇用韻的歷史狀況，並得出以下結論：「南曲用韻實際上存在著兩個階段。以《琵琶記》爲代表的南戲系統，屬於南曲韻律的第一階段。用《中原音韻》檢核之，有這樣幾個特點。第一，入聲以單押爲主。……入聲與三聲通押在……也偶有出現，但並不普遍。第二，既有一齣首尾一韻的，也有一齣兩韻以上的。這主要根據唱詞所反映的劇情以及人物上下場的不同而定。……第三，在總體上，南戲韻律中音路較爲清晰的有東鍾、江陽、蕭豪、尤侯、家麻諸種。閉口三韻（侵尋、廉纖、監咸）在南戲中使用較少。第四，與北曲相比，南戲雜韻、犯韻的現象很嚴重，突出表現在：（一）寒山、桓歡、先天三韻不分，混雜通用；（二）支思、齊微、魚模也視同一類，全無分辨；（三）車遮、歌戈、家麻韻韻相犯，糊塗借押；（四）庚青、眞文、侵尋；齊微、皆來也時常混用。……明代萬曆年間以後，是南曲韻律發展的第二階段。此時遵從南戲韻律的傳奇作家雖不乏其人，但南曲曲壇占主流的則是以《中原音韻》爲押韻規範，在韻律上向北曲靠齊的傳奇作家。」〔註10〕

〔註 8〕　參見吳梅《顧曲塵談》，上海，商務印書館，1926年，第26～78頁。
〔註 9〕　周維培《曲譜研究》，江蘇古籍出版社，1999年，第331～332頁。
〔註10〕　周維培《曲譜研究》，江蘇古籍出版社，1999年，第333～334頁。

（3）車文明（2001）評注沈璟《義俠記》時說：「押韻在戲曲創作中非常重要。前面已經提到，南戲及後來的傳奇，在用韻上存在著換韻、雜韻、犯韻等現象，《琵琶記》就是代表。沈璟第一次在理論上提出傳奇韻押《中原音韻》的主張，……萬曆以後，傳奇用韻基本上以《中原音韻》爲準，一齣（或一套）一韻到底，不混韻、犯韻、借押。到了吳炳《粲花五種》，已完全做到合律依腔、知音守韻，以《中原音韻》檢之，無一處出韻、犯韻及換韻現象。以後的阮大鋮、蘇州派作家及『南洪北孔』等共同遵守這一新規則，將傳奇創作推向合律守韻的高峰。」〔註11〕

車先生還指出《浣紗記》、《義俠記》「雜韻、犯韻」的情況，他說：「雜韻、犯韻現象在南戲作品中比比皆是，明代中葉以前的傳奇中也屢見不鮮。正如祁彪佳在《遠山堂曲品·凡例》中指出的，『自東嘉決《中州韻》藩，而雜韻出矣。』就連傑出的浪漫主義劇作《牡丹亭》也因音韻上的毛病而常受人指責。《浣紗記》可謂當行之作，雜韻、犯韻不算太多，但也有以下幾處：第二齣雙調〔玉抱肚〕押『齊微』韻，雜入『魚模』韻的『珠』字；第七齣黃鍾〔出隊子〕二，『齊微』韻雜入『車遮』韻的『些』字；十五齣『寒山』、『先天』、『桓歡』混押；三十五齣〔尾聲〕『齊微』雜入『家麻』韻的『涯』字；四十三齣〔香柳娘〕二『魚模』韻雜入『齊微』韻的『地』字。《義俠記》只有兩處出韻：第三齣〔三學士〕『尤侯』韻雜入『魚模』韻的『謀』字，第八齣〔五更轉〕『齊微』韻雜入『支思』韻的『子』字。這已十分難能，兩處雜韻，確實微不足道。《義俠記》也堪稱格律派作品。」〔註12〕

語言學界涉足曲韻研究很晚，始於二十世紀 60 年代〔註13〕，最初主要是對金元雜劇的研究，對南曲用韻的研究始於上世紀末，開始只有幾篇零星的文章，近年來越來越多的學者開始關注對南曲的研究。研究成果主要有：李曉《南戲曲韻研究》（1984），馬重奇《清代吳人南曲分部考》（1991）、《〈南音三籟〉曲韻研究》（1995）、《明末上海松江韻母系統研究》（1998），周致一《試論〈琵琶記〉的用韻》（1998），李惠芬《浙江元人散曲用韻研究》——

〔註11〕《六十種曲評注》第 21 冊，吉林人民出版社，2001 年，第 257 頁。

〔註12〕《六十種曲評注》第 21 冊，吉林人民出版社，2001 年，第 270 頁。

〔註13〕雖然 30、40 年代掀起了研究《中原音韻》的第一次熱潮，但研究者們並非從曲韻研究的角度來研究它，而是側重於把《中原音韻》視作表現元代語音的韻書。最早研究曲韻的文章是廖珣英《關漢卿戲曲的用韻》（《中國語文》，1963 年 4 期）。

與〈中原音韻〉比較研究》（1999），權容浩《試論早期南戲的閉口字》（1999）、《淺談南戲曲韻研究中的韻書問題》（2000），杜愛英《「臨川四夢」用韻考》（2001），施發筆《民間南戲〈宦門子弟錯立身〉》曲韻考（2003），武曄卿《琵琶記的用韻研究》（2004），王曦《明代江浙南曲用韻考研究綜述》（2005），陸華「明代散曲用韻研究」（南京大學 2005 屆博士學位論文），劉麗輝「南戲用韻研究」（北京大學 2007 屆博士學位論文）。可以看出，南曲研究正在越來越多地受到語言學界的關注。以上成果中很多作者不再僅僅以《中原音韻》爲準繩來檢驗南戲或傳奇的用韻，而是從多方考察，盡力解釋南曲韻雜的原因，如李曉（1984）就指出南戲韻雜是一個客觀現象，主要原因就是鄉音入曲；馬重奇（1995）通過排比《南音三籟》中的所有作品，也指出：「南曲受方音的影響，是造成韻雜的一個極其重要的方面」「南曲多用吳音，如吳人不辨清、親、侵三韻，造成南曲中出現大量的庚青、眞文、侵尋通用；吳人無閉口音，導致監咸、廉纖與寒山、桓歡、先天大量通用」「南曲中出現的姑模與歌戈通用，支思、齊微、居魚的通用」都反映了當時吳語的特點；杜愛英（2001）通過對明代著名戲曲家湯顯祖的四部傳奇「《紫釵記》」「《邯鄲記》」「《南柯記》」「《牡丹亭》」的用韻考察發現，其用韻既不同於南戲用韻，也不同於《中原音韻》音系，而有其通語和方音上的特點；陸華（2005）通過系聯《全明散曲》韻腳字得出明代通語十六部，同時得出結論：「《全明散曲》的用韻顯示了明代南、北方言的特徵，南方方言如吳方言的語音特徵，北方方言如江淮官話、中原官話、膠遼官話、冀魯官話的語音特徵。」文章還探討了《全明散曲》用韻繁複的原因，即「傳奇創作的影響；作家用方音入韻；藝術系統的內在規律；南北文化的交融」。這些成果從新的角度研究南曲用韻，得出了更接近事實的結論。

但是，以上成果中只有杜愛英（2001）一篇文章是研究明傳奇作品的用韻的，相對於流傳下來的數量龐大、種類繁多的明傳奇作品而言，明傳奇語言學上的研究幾乎是一項空白。明傳奇作品一般具有文學上和語言學上的雙重價值，部分作品的語言學價值甚至超過其文學價值，對這類材料的挖掘、研究對近代漢語語音、詞匯、語法史及漢語方言語音、詞匯史的研究都將是有益的補充。

1.3　研究材料

　　本文所研究的明傳奇劇目的來源是李修生主編的《古本戲曲劇目提要》（文化藝術出版社，1997 年 12 月出版），此書將現存宋至清代中葉的戲曲劇目，一劇一目，逐一從劇名、作者、故事來源、劇情、前人的評論、舞臺影響、重要版本諸方面，寫出了具有研究價值的提要。下面列的是該書「明傳奇」部分的目錄，目錄前標有「★」的是本文隨機選取研究的六十劇目。

★謝　讜《四喜記》　　　湯顯祖《紫簫記》　　　葉良表《分金記》

★梁辰魚《浣紗記》　　　　　　《紫釵記》　　　卜世臣《冬青記》

★張鳳翼《紅拂記》　　　　　　《牡丹亭》　　　韓上桂《凌雲記》

★　　　《祝髮記》　　　　　　《南柯記》　　★周朝俊《紅梅記》

★　　　《虎符記》　　　　　　《邯鄲記》　　　徐肅穎《丹桂記》

★　　　《竊符記》　　★梅鼎祚《玉合記》　　　馮夢龍《新灌園》

★　　　《灌園記》　　★　　　《長命縷》　　　　　　《女丈夫》

★史　槃《櫻桃記》　　　江　楫《芙蓉記》　　　　　　《楚江情》

★　　　《鶼釵記》　　★沈　璟《紅蕖記》　　　　　　《酒家傭》

★　　　《吐絨記》　　★　　　《桃符記》　　　　　　《風流夢》

　董應翰《易鞋記》　　★　　　《博笑記》　　　　　　《萬事足》

★沈　鯨《雙珠記》　　★　　　《墜釵記》　　　　　　《雙雄記》

★　　　《鮫綃記》　　★　　　《義俠記》　　　　　　《夢磊記》

★張四維《雙烈記》　　★　　　《雙魚記》　　　羅懋登《香山記》

★顧大典《青衫記》　　★　　　《埋劍記》　　　汪廷訥《投桃記》

★　　　《葛衣記》　　★徐復祚《投梭記》　　　　　　《種玉記》

★孫　柚《琴心記》　　★　　　《紅梨記》　　　　　　《三祝記》

★高　濂《玉簪記》　　★　　　《宵光記》　　　　　　《天書記》

★　　　《節孝記》　　　吳世美《驚鴻記》　　　　　　《彩舟記》

★屠　隆《修文記》　　　鄧志謨《並頭花》　　　　　　《義烈記》

★　　　《彩毫記》　　　　　　《珠環記》　　　　　　《獅吼記》

★　　　《曇花記》　　　　　　《鳳頭鞋》　　★許自昌《水滸記》

　蘇元儁《夢境記》　　　　　　《瑪瑙簪》　　★　　　《節俠記》

陳與郊《靈寶刀》	陸士璘《雙鳳記》	★ 《桔浦記》
《櫻桃夢》	★葉憲祖《金鎖記》	★ 《靈犀佩》
《麒麟罽》	★ 《鸞鎞記》	王拱恕《全德記》
《鸚鵡洲》	鈕格《磨塵鑒》	★王錂《春蕪記》
★周履靖《錦箋記》	佘翹《量江記》	★ 《彩樓記》
	★朱鼎《玉鏡臺記》	★ 《尋親記》
沈自晉《望湖亭》	李素甫《元宵鬧》	張瑀《還金記》
《翠屏山》	陳一球《蝴蝶夢》	夏金、膣先生《撮合圓》
鄭之文《旗亭記》	鄒玉卿《青紅嘯》	王光魯《想當然》
劉還初《李丹記》	《雙螭璧》	雲水道人《玉杵記》
★王驥德《題紅記》	范世彥《磨忠記》	無心子《千祥記》
★邱瑞吾《運甓記》	范文若《花筵賺》	《金雀記》
朱期《玉丸記》	《夢花酣》	更生子《雙紅記》
★單本《蕉帕記》	《鴛鴦棒》	玩花主人《妝樓記》
★陳汝元《金蓮記》	湯子垂《續精忠》	西冷長《芙蓉影》
王異《弄珠樓》	黃粹吾《升仙記》	心一山人《玉釵記》
★王玉峰《焚香記》	張琦《明月環》	月榭山人《釵釧記》
★楊珽《龍膏記》	《金鈿盒》	欣欣客《袁文正還魂記》
王元壽《異夢記》	《詩賦盟》	《喜逢春》
《景園記》	《靈犀錦》	其滄《三社記》
朱葵心《回春記》	《鬱輪袍》	智達《歸元鏡》
姚子翼《上林春》	朱京藩《風流院》	東山癡野《才貌緣》
《遍地錦》	朱九經《崖山烈》	周公魯《錦西廂》
謝國《蝴蝶夢》	紀振倫《七勝記》	無名氏《鳴鳳記》
吳德修《偷桃記》	《三桂記》	《玉環記》
★孫鍾齡《東郭記》	張景《飛丸記》	《麒麟記》
★ 《醉鄉記》	路迪《鴛鴦條》	《紅杏記》
秦子陵《如意珠》	王崑玉《進瓜記》	《八義記》
沈嵊《息宰河》	蒲俊卿《雲臺記》	《梨花記》

《縮春園》	童養中《胭脂記》	《箜篌記》
吳　炳《綠牡丹》	許　恒《二奇緣》	《五福記》
《情郵記》	金杯玉《望雲記》	《四美記》
《西園記》	《桃花記》	《衣珠記》
《畫中人》	高一葦《金印合縱記》	《西湖記》
《療妒羹》	《葵花記》（重訂）	《赤松記》
李梅實《精忠旗》	陳玉蟾《鳳求凰》	《青袍記》
梅孝己《灑雪堂》	★阮大鍼《牟尼合》	《和戎記》
★孟稱舜《嬌紅記》	★　　《春燈迷》	《金花記》
★　　《二胥記》	★　　《燕子箋》	《金貂記》
★　　《貞文記》	★　　《雙金榜》	《荔鏡記》

《荔枝記》《蘇六娘》《顏臣》《金花女》《金釵記》《高文舉還魂記》《霞箋記》
《雙杯記》《贈書記》《玉杯記》《倒浣紗》

　　下面把本文研究的六十部傳奇的作者及版本情況作一簡要介紹（主要根據
李修生《古本戲曲劇目提要》中所提供的資料，部分內容根據徐朔方著浙江古
籍出版社 1993 年版《晚明曲家年譜》和齊森華等主編浙江教育出版社 1997 年
版《中國曲學大辭典》）：

　　《四喜記》，謝讜撰。謝讜（1512～1569），字獻忠，出生於浙江省上虞縣
謝家塘（今名謝塘）。二十六歲（嘉靖十六年丁酉 1537）中鄉士，三十三歲（嘉
靖二十三年甲辰 1544）中進士，三十四歲（1545）起在泰興（今屬江蘇省）做
了三年知縣，因妻子去世，回到鄉間隱居，在荷葉山下修建住宅白鷗莊，後曾
到過湖山、杭州、采石磯、金華、皖南等地。四十六歲（嘉靖三十六年丁巳 1557）
作傳奇《四喜記》，五十八歲（隆慶三年己巳 1569）逝世。此劇現存明末汲古
閣原刻初印本（《古本戲曲叢刊》二集據以影印），《六十種曲》本。本文根據的
是《六十種曲》本。全劇共 42 齣 353 支曲子。

　　《浣紗記》，梁辰魚撰。梁辰魚（1519～1591），字伯龍，號少白，別署仇
池外史，江蘇崑山人，是明代著名的戲曲作家，性格豪放，喜讀史談兵，工詩
及行草，尤善度曲，精於音律，著有傳奇《浣紗記》、雜劇《紅線女》、《紅綃伎》
（已佚），改編過《周羽教子尋親記》，還撰有《鹿城詩集》和散曲集《江東白

苧》等。《浣紗記》約成書於萬曆七年（1578），相傳是最早用魏良輔改革後的崑山腔演唱的傳奇劇本，在當時受到觀眾的熱烈歡迎，此劇現存版本較多，本文根據的是吳書蔭編集校點，上海古籍出版社 1998 年出版的《梁辰魚集》中收錄的《浣紗記》，全劇共 45 齣，341 支曲子。

《紅拂記》（1545）、《祝髮記》（1586）、《虎符記》（1578）、《竊符記》、《灌園記》（1590）均爲張鳳翼所撰。張鳳翼（1527～1613），字伯起，號靈墟，別署泠然居士，長洲（今江蘇蘇州）人，明嘉靖年間蘇州有名的才子，善於寫詩作曲，一生著述豐富。本文考察這五部傳奇時使用的版本是隋樹森、秦學人、侯作卿點校，中華書局 1994 年出版的《張鳳翼戲曲集》，此書收錄了張氏的這五部傳奇，另外還附有《扊扅記》，但不知是否爲張鳳翼所作，因此不將之列入本文考察範圍。《紅拂記》共 34 齣 219 支曲子、《祝髮記》共 28 折 184 支曲子、《灌園記》共 30 齣 165 支曲子、《竊符記》共 40 齣 243 支曲子、《虎符記》共 40 齣 241 支曲子，五部戲計 172 齣 1052 支曲子。

《櫻桃記》、《鶼釵記》、《吐絨記》均爲史槃所撰。史槃，字叔考，會稽（今浙江紹興）人，約明世宗嘉靖十二年（1533）出生於會稽。四十三歲（1575）受知於徐渭。萬曆二十年（1592），六十歲淹留京師，六十一歲作《鶼釵記》傳奇，八十九歲作《吐紅記》傳奇。一生作十二本傳奇或更多，現存四種。本文這三部戲曲使用的版本均爲《古本戲曲叢刊》本，《櫻桃記》共 36 齣 217 支曲子，《鶼釵記》共 33 齣 268 支曲子，《吐絨記》共 30 齣 162 支曲子，三部戲計 647 支曲子。

《雙珠記》、《鮫綃記》均爲沈鯨所撰。沈鯨，字涅川，或作塗川，平湖（今屬浙江）人。成化時曾任嘉興府知事。本文《雙珠記》使用的是《六十種曲》本，全劇共 46 齣 380 支曲子，《鮫綃記》使用的是《古本戲曲叢刊》本，全劇共 30 齣 177 支，兩部戲共 557 支曲子。

《雙烈記》，張四維撰。張四維，字治卿，號午山，大名（今河北大名）人，生平事蹟不詳。本文《雙烈記》根據的是《六十種曲》本，全劇共 44 齣 310 支曲子。

《青衫記》、《葛衣記》，顧大典撰。顧大典（1540～1596），字道行，一字衡宇，號恒獄，江蘇吳江人。隆慶二年（1568 年）進士，授紹興府教授，歷任

處州府推官、刑部主事、南京兵部主事、吏部郎中、山東按察副使、福建提學副使等職，後爲吏議，被劾降職，自請罷官歸家。所製《清音閣傳奇》四種，今存《青衫記》、《葛衣記》兩種，本文《青衫記》根據的是《六十種曲》本，全劇共 30 齣 178 支曲子，《葛衣記》根據的是《古本戲曲叢刊》本，全劇共 27 齣 116 支曲子。

《琴心記》，孫柚撰。孫柚（1540～1585 後），字梅錫，一作禹錫，號遂初、遂初山人，江蘇常熟人，二十三歲時（1562）往北京國子監遊學，二十九歲（1568）從兄出任吳興推官，三十二歲（1571）從兄罷任歸，萬曆十三年（1585）遷居蘇州。《琴心記》作於 1569 年前，本文據《六十種曲》本，全劇共 44 齣 327 支曲子。

《玉簪記》、《節孝記》，高濂撰。高濂，字深甫，號瑞南道人，湖上桃花魚，錢塘（今浙江杭州）人，生卒年不詳，曾任鴻臚寺官，主要活動應在嘉靖、隆慶、萬曆時期。本文《玉簪記》根據的是《六十種曲》本，全劇共 248 支曲子，《節孝記》根據的是《古本戲曲叢刊》本，全劇共 32 齣 259 支曲子。

《修文記》、《彩毫記》、《曇花記》均爲屠隆撰。屠隆（1543～1605），字長卿，又字緯眞，號赤水，別號由拳山人，一衲道人，蓬萊仙客，婆娑主人，晚年稱鴻苞居士，鄞縣（今浙江寧波）人，自幼才思敏捷，勤奮好學，萬曆五年（1577 年）中進士，歷任穎上（今屬安徽）、青浦（今屬上海）縣令、禮部主事、禮部郎中等職。《曇花記》作於萬曆二十六年，《彩毫記》作於其後，《修文記》是他最後完成的作品。本文《修文記》依據的是《古本戲曲叢刊》本（據萬曆間刊本影印），全劇共 48 齣 295 支曲子；《彩毫記》、《曇花記》根據的是《六十種曲》本，《彩毫記》全劇共 42 齣 273 支曲子，《曇花記》全劇共 55 齣 401 支曲子。

《錦箋記》，周履靖撰。周履靖（1549～1640），字逸之，號梅墟，別號螺冠子，梅顚道人，秀水（今浙江嘉興）人。《錦箋記》作於萬曆三十六年（1608 年）前，本文根據《六十種曲》本，全劇共 40 齣 299 支曲子。

《玉合記》、《長命縷》，梅鼎祚撰。梅鼎祚（1549～1615），宣城（今屬安徽省）人，得名很早，但從十九歲到四十三歲，九次參加秋試都沒有中舉，後絕意仕進，以聲色自娛，與王士貞、汪道昆、梁辰魚、湯顯祖、呂胤昌、屠隆、

王驥德、臧懋循等皆有交往，萬曆十四年（1586）作《玉合記》傳奇，萬曆三十六年（1608）年作《長命縷》傳奇。本文《玉合記》傳奇據《六十種曲》本，全劇共 40 齣 300 支曲子，《長命縷》據《古本戲曲叢刊》本，全劇共 30 齣 237 支曲子。

　　《紅蕖記》、《桃符記》、《博笑記》、《墜釵記》、《義俠記》、《雙魚記》、《埋劍記》均為沈璟所作。沈璟（1553～1610），字伯英，號寧庵，別號詞隱先生，蘇州吳江人，萬曆二年（1574）進士，歷任兵部職方司主事、禮部儀制司、禮部員外郎、吏部稽勳司等職，萬曆十七年（1589）告病辭官，歸家十三年，從事戲曲創作與研究戲曲聲律，成績斐然。本文《紅蕖記》、《桃符記》、《博笑記》、《雙魚記》、《埋劍記》據《古本戲曲叢刊》本，《義俠記》據《六十種曲》本。《墜釵記》據徐朔方輯校，上海古籍出版社 1991 年出版的《沈璟集》（下）中收錄的《墜釵記》，全劇共 30 齣 158 支曲子。《紅蕖記》共 40 齣 353 支曲子，《桃符記》共 30 齣 141 支曲子，《博笑記》共 28 齣 144 支曲子，《雙魚記》共 30 齣 227 支曲子，《埋劍記》共 36 齣 282 支曲子，《義俠記》共 36 齣 254 支曲子。七部戲共 230 齣 1559 支曲子。

　　《投梭記》、《紅梨記》、《宵光記》均為徐復祚所作。徐復祚（1560～1629或略後），字陽初，後改訥川，號暮竹，別署陽初子、忍辱頭陀、破慳道人等，晚年字號三家村老，常熟（今屬江蘇）人，曾以諸生入國學，萬曆十三年參加秋試，遭仇家攻訐而不第，後來不再應試，布衣終身。本文《投梭記》、《紅梨記》據《六十種曲》本，《宵光記》據《古本戲曲叢刊》本。《投梭記》共 32 齣 266 支曲子，《紅梨記》共 30 齣 192 支曲子，《宵光記》共 30 齣 172 支曲子。三部戲共 92 齣 630 支曲子

　　《金鎖記》、《鸞鎞記》，葉憲祖撰。葉憲祖（1566～1641），字美度，一字相攸，號六桐，別署桐柏居士、檞園居士、柷園外史、紫金道人，浙江餘姚人，少年時遊學南京國子監，萬曆四十七年（1619）進士，授新會知縣，後任大理寺左評事、工部虞衡司主事，六十二歲被削職，崇禎三年（1630）起補南京刑部主事，六十六歲升四川順慶知府，生平酷愛戲曲，自蓄家班，一生創作大量的傳奇和雜劇作品。本文《金鎖記》據李復波點校，中華書局 2000 年版「明清傳奇選刊」，全劇共 33 齣 167 支曲子，《鸞鎞記》據《六十種曲》本，全劇共

27 齣 149 支曲子。

《玉鏡臺記》，朱鼎撰。朱鼎（約 1573 年前後在世），字永人懷，崑山（今屬江蘇人）。所著傳僅《玉鏡臺》一種，本文據《六十種曲》本，全劇共 40 齣 292 支曲子。

《紅梅記》，周朝俊撰。周朝俊（約 1580～1624 後），字夷玉，又作儀玉、稊玉，別字攻美，鄞縣（今浙江寧波市）人，生平無詳細記載，作劇十餘種，今僅傳《紅梅記》，作於萬曆三十七年之前。本文據上海古籍出版社 1985 年版王星琦校注本《紅梅記》，全劇共 34 齣 219 支曲子。

《水滸記》、《節俠記》、《桔浦記》、《靈犀佩》均爲許自昌所撰。許自昌（1578～1623），字玄祐，號霖寰，自稱高陽生，別署梅花墅、梅花主人。長洲（今江蘇蘇州人）。其父以經商成巨富，許自昌 20 歲遊學南國子監，屢試不第，萬曆三十五年入貲得文華殿中書舍人，次年即以侍親告歸。本文《水滸記》據《六十種曲》本，《節俠記》、《桔浦記》、《靈犀佩》據《古本戲曲叢刊》本。《水滸記》共 31 齣 228 支曲子，《節俠記》共 32 齣 208 支曲子，《桔浦記》共 32 齣 219 支曲子，《靈犀佩》共 32 齣 106 支曲子，四部傳奇共 127 齣 761 支曲子。

《春蕪記》、《彩樓記》、《尋親記》均爲王錂所撰。王錂，字劍池，錢塘（今浙江杭州）人，傳奇作品有原著《春蕪記》一種，改編《彩樓記》、《尋親記》二種。本文《春蕪記》據《六十種曲》本，全劇共 29 齣 186 支曲子，《彩樓記》據中山大學中文系五六級明清傳奇校勘小組整理，中華書局出版的 1960 年版《彩樓記》〔註14〕，全劇共 20 齣 108 支曲子，《尋親記》據《古本戲曲叢刊》本，全劇共 34 齣 280 支曲子。三部戲共 83 齣 574 支曲子。

《題紅記》，王驥德撰。王驥德（1542？～1623），字伯良，號方諸生、玉陽生，別署秦樓外史、方諸仙史、王陽仙史，會稽（今浙江紹興人），出身於書香門第，博學多聞，曾師事徐渭，一生書劍飄零，曾浪遊吳江、金陵、維揚、汴梁、燕京等地。1561 年，就其祖《紅葉記》改成《題紅記》。本文《題紅記》據《古本戲曲叢刊》本（據明萬曆間金陵繼志齋刻本影印），全劇共 36 齣 307 支曲子。

〔註14〕　該書標注「（明）無名氏著」，但《古本戲曲劇目提要》認爲是王錂著，根據《春蕪記》和《彩樓記》用韻特點的比較，我們認爲《彩樓記》的作者應該是王錂。

　　《運甓記》，邱瑞吾撰。邱瑞吾，字國璋，浙江杭州人，生卒年及生平事蹟均不詳。本文《運甓記》據《六十種曲》本，全劇共 40 齣 362 支曲子。

　　《蕉帕記》，單本撰。單本（約萬曆前後在世），字槎仙，會稽（今浙江紹興）人，所作傳奇五種，今僅存《蕉帕記》，本文據《六十種曲》本，全劇共 36 齣 227 支曲子。

　　《金蓮記》，陳汝元撰。陳汝元，生卒年不詳，明嘉靖至萬曆間在世，字起侯，號太乙，山陰（今浙江紹興）人，一說仁和（杭州）人，徐渭弟子，萬曆二十五年（1597）秋中舉，四十年初升陝西清澗知縣。所著傳奇三種，僅存《金蓮記》一種。本文據《六十種曲》本，全劇共 36 齣 342 支曲子。

　　《焚香記》，王玉峰撰。王玉峰，松江（今屬上海）人，生平事蹟不詳。本文據中華書局 1989 年版吳書蔭點校本《焚香記》，全劇共 40 齣 274 支曲子。

　　《龍膏記》，楊珽撰。楊珽，錢塘（今浙江杭州）人，所作傳奇二種，《龍膏記》傳世，本文據《六十種曲》本，全劇共 30 齣 218 支曲子。

　　《東郭記》、《醉鄉記》，孫鍾齡撰。孫鍾齡，字仁孺，號峨嵋子，別署白雪樓主人，白雪道人。籍里及生平均未詳。著有傳奇《東郭記》、《醉鄉記》合刻，為《白雪樓二種曲》傳世。本文《東郭記》據《六十種曲》本，全劇共 44 齣 359 支曲子，《醉鄉記》據張樹英點校，中華書局 2000 年版「明清傳奇選刊」本，全劇共 44 齣 337 支曲子。兩部戲共 88 齣 696 支曲子。

　　《嬌紅記》、《二胥記》、《貞文記》均為孟稱舜撰。孟稱舜（1599～1684 後），浙江會稽（今紹興市）人，是晚明徐渭──王驥德、呂天成為代表的越中劇作家群的殿軍。因屢試不第，乃寄情詞曲，發憤著書，明亡後，攜子流寓浙江嵊縣，順治六年，被舉為貢生，在浙江松陽縣任縣學訓導。作者的前期創作都是雜劇，崇禎十一年（1638）作《嬌紅記》，崇禎癸未（1643）春日作《二胥記》、孟夏作《貞文記》。本文據王漢明、周曉蘭編集校點，巴蜀書社 2006 年版的《孟稱舜戲曲集》，其中《嬌紅記》共 50 齣 515 支曲子，《二胥記》共 30 齣 309 支曲子，《貞文記》共 35 齣 388 支曲子，三部戲共 115 齣 1212 支曲子。

　　《牟尼合》、《春燈迷》、《燕子箋》、《雙金榜》均為阮大鋮所撰。阮大鋮（1587～1646），字集之，號圓海、石巢、百子山樵，祖籍安徽懷寧，後遷居桐城，出身官僚家庭，萬曆四十四年（1616）中進士，萬曆末，累官至戶科給事中，天啟四年，因投閹宦魏忠賢，升吏科都給事中，太常少卿，光祿寺卿等職，崇禎

元年，以「閹黨」罪削籍為民，崇禎八年，移住南京，最後又投誠清廷，其人品實不足論，但其在戲曲創作上取得了較好的成績，共寫了十一種傳奇，僅存以上四種。本文《燕子箋》據上海古籍出版社 1986 年版張安全校點本，全劇共 42 齣 258 支曲子，其他三種據《古本戲曲叢刊》本，其中《牟尼合》共 36 齣 303 支曲子，《春燈迷》共 39 齣 327 支曲子，《雙金榜》共 46 齣 294 支曲子。四部戲共 163 齣 1182 支曲子。

　　60 部戲共 15364 支曲子。

1.4　研究方法

一、確定韻腳字的方法

　　傳奇由南戲發展而來，其體制、用韻與南戲有很強的相似性，因此可以採用與南戲用韻相同的研究方法。本文確定韻腳字時參考的是劉麗輝（2007）在研究南戲用韻時使用的方法，所不同的是，劉麗輝（2007）在確定韻腳字時首先參考曲譜，在根據曲譜不能確定某字是否入韻時，就用排列對比同曲譜曲子的方法確定韻腳字，本文則主要使用排列對比的方法，在用這種方法不能很容易地確定韻腳字時我們再用排列對比與曲譜互證法。

1、排列對比法

　　系聯韻部前首先要確定韻腳字，而要確定韻腳字就要瞭解韻例，「即押韻字出現位置的規律，或者叫作押韻的格式」。〔註15〕相同曲牌的曲子，韻例一般相同。我們把相同曲牌的曲子放在一起進行排列對比，就比較容易看出該曲牌的韻例，從而確定韻腳字。

　　我們把排列對比法作為分析韻例，確定韻腳字的最主要的方法，原因主要有以下兩點：1、確定韻例一般的方法是查曲譜，現在流傳下來的北曲譜有《太和正音譜》、《博山堂北曲譜》、《北詞廣證譜》，南曲譜有《南九宮譜》、《南九宮十三調曲譜》、《南詞新譜》、《九宮正始》、《寒山堂曲譜》、《南詞定律》、《九宮譜定》等，南北曲合二為一的曲譜有清代的《欽定曲譜》、《九宮大成南北詞宮譜》〔註16〕，還有曲學大師吳梅先生「竭畢生之精力」參照以上各譜而寫成的

〔註15〕　耿振生《20 世紀漢語音韻學方法論》，北京大學出版社，2004 年，第 14 頁。
〔註16〕　參考吳梅《南北詞簡譜》《吳梅全集》，河北教育出版社，2002 年，（卷上）「說明」頁。

《南北詞簡譜》，這些曲譜是我們查檢曲牌和韻例的非常重要的參考書。但是，傳奇作家作曲時一般不會遵循北曲譜，南曲譜中最早的是蔣孝的《南九宮譜》（早於沈璟的曲譜約五十年），當時影響並不大，對當時南曲影響最大的是沈璟在蔣孝的基礎上編的《南九宮十三調曲譜》，徐復祚《曲論》評價該譜「訂世人沿習之非，鏟俗師扭捏之腔，令作曲者知其所向往，皎然詞林指南車也」〔註17〕。據周維培（1999）考證，沈璟的曲譜約寫作於1589年之後，成書於1597年以前〔註18〕，那麼，在此之前的作品就無法把它作為指南，即使是與沈璟同時期或其後的傳奇作家，如果與沈璟觀點不同的話也不一定把它作為指南，因此完全按曲譜的規定去確定韻腳字是有問題的。2、每支曲牌的韻例並非是雜亂無章、毫無規律可循的，把相同作者相同曲牌的曲子或不同作者相同曲牌的曲子放在一起排列對比就可以看出其規律性。

下面具體介紹排列對比的方法：

1）同一作者使用的相同曲牌的曲子，其曲子的句數、字數和押韻情況一般是相同的。

在這裡，根據「前腔」來確定韻腳字是一個很好的辦法，「前腔」即用前面一支曲子的曲牌。一般情況下，前腔與其前面的曲子用的是一個韻，如：謝讜《四喜記》第二十三齣中的例子：

〔畫眉序〕天馬步瀛洲，恩賜黃封杏花酒。喜難兄難弟，並占鰲頭。覽對策雖可祈前，論雁序何當郊後？〔合〕自今莫負登庸寵，赤心共扶元首。

〔前　腔〕龍袞受雙球，儀鳳祥麟在廷藪。喜風雲際會，懋著嘉猷。金闕靜西顧憂紓，玉堂閒東封書就。〔合前〕

〔前　腔〕清世足文儔，萬丈奎光燭台斗。喜皇家密網，一旦都收。四海慶雙桂聯芳，千年羨三元擢秀。〔合前〕

〔前　腔〕華宴列奇饌，翠釜駝峯世罕有。喜名榮燒尾，綾餅紅綢。冠蓋擁柳障青圍，絃管應鸝簧春奏。〔合前〕

作者使用的〔畫眉序〕曲共八句，確定韻腳字時，先把這四支曲子每一句的最後一個字摘錄下來排列如下：

〔註17〕　徐復祚《曲論》，《中國古典戲曲論著集成》（四），中國戲劇出版社，1959年，第240頁。

〔註18〕　參見周維培《曲譜研究》，江蘇古籍出版社，1999年，第111頁。

〔畫眉序〕洲酒弟頭前後寵首

〔前　腔〕球藪會猷紆就寵首

〔前　腔〕儔斗網收芳秀寵首

〔前　腔〕羞有尾綢圍奏寵首

　　可以看出，每支曲子的每三、五、七句都是不入韻的。那麼，這四支曲子的韻腳字就可以被確定爲：

〔畫眉序〕洲酒頭後首

〔前　腔〕球藪猷就首

〔前　腔〕儔斗收秀首

〔前　腔〕羞有綢奏首

　　「前腔」有的傳奇作者稱爲「前音」（如沈鯨《鮫綃記》），有的稱爲「又」（如沈璟《紅蕖記》、《埋劍記》、《雙魚記》），有的沒有標記，只是換人唱（如沈璟《紅蕖記》、朱鼎《玉鏡臺記》），其實質和「前腔」相同，可以放在一起排列對比，有的作者在一組曲子中用相同的韻腳字，這是最容易確定韻腳字的情況，不需要用排列對比或其他方法。如沈璟《紅蕖記》第二十五齣：〔雙調過曲鎖南枝〕同中容重翁種（又）同中容重翁種（又）同中容重翁種（又）同中容重翁種，四支曲子每支都用相同的韻腳字，那麼每一個韻腳字就入韻四次。

　　有時「前腔」與其前面的曲子用的並非同一個韻，但其韻例是相同的，這時我們仍用排列對比來確定韻腳字。如梁辰魚《浣紗記》第十六齣中例：

〔剔銀燈〕爲遊宴到離宮別館，鎮朝昏獨紅裙作伴。霎時間患病神魂亂，算將
　　　　　來有兩月之半。飯食不吃一碗，幾時得胸膈暫寬？

〔前　腔〕笑君王儀容衰老，沒來由將精神消耗。連宵摟著如花貌，糴的糴糶
　　　　　的要糶。而今看看瘦了，笑你雞皮鼓能經幾敲？

〔前　腔〕聞說道君王困窘，我夫婦特來相問。進宮來正遇中宵糞，適親嘗已
　　　　　探佳信。微臣敢忘大恩？看不一月當除病根。

〔剔銀燈〕曲共六句，摘錄每句最後一字排列對比如下：

〔剔銀燈〕館伴亂半碗寬

〔前　腔〕老耗貌糶了敲

〔前　腔〕窘問糞信恩根

　　根據與《浣紗記》中其他韻腳字對比併系聯，我們看出：每曲六句話句句入韻，但三支曲子用韻並不相同，我們最後根據系聯結果把它們各歸其部。

　　又如沈璟《義俠記》第三十四齣中例：

〔北清江引〕便提兵守營山寨北，勝似男兒輩。分明玄武神，出鎮天樞際。從
　　　　　　此後水軍增壯矣！

〔前　腔〕便提兵去將山右守，謹備西方寇。分明白虎神，揮霍金風驟。從此
　　　　　後步軍為諸寨首。

〔前　腔〕便提兵下營南界也，好把三關列。分明朱雀神，閃爍炎威射。從此
　　　　　後馬軍無挫折。

〔前　腔〕領標兵任兼山寨左，好把英風播。似青龍初降神，百類皆摧挫。新
　　　　　出匣太阿光似火。

〔前　腔〕坐中央把杏黃旗自插，忠義盟心大。謀王斷國人，困守山林下。何
　　　　　日得穩騎天廄馬？

〔北清江引〕曲共五句，摘錄每曲五句最後一字排列對比如下：

〔北清江引〕北輩神際矣

〔前　　腔〕守寇神驟首

〔前　　腔〕也列神射折

〔前　　腔〕左播神挫火

〔前　　腔〕插大人下馬

　　可以看出，每支曲子的第三句都不入韻。我們就可以有把握地把第三個字刪掉，把其他字確定為韻腳字，又與《義俠記》中其他韻腳字對比併系聯，我們看出：這六支曲子用韻並不相同，我們最後根據系聯結果把它們各歸其部。

　　2）同一作者在不同作品中使用的相同曲牌的曲子韻例一般也是相同的。如張鳳翼戲曲用韻例（原文略）：

〔瑞鶴仙〕勇略仲湧耀重雲夢去跡動（《紅拂記》第二齣）

〔瑞鶴仙〕絨換昔日樂籍古力馬孝斁（《祝髮記》第二折）

〔瑞鶴仙〕後眼侯首息媾下壽定待逗（《灌園記》第四齣）

〔瑞鶴仙〕烈握渴揭熾轍夜業務　傑（《竊符記》第二齣）

〔瑞鶴仙〕警志獷耿虜請逞聖武播境（《虎符記》第三十二折）

此曲十一句,《竊符記》十句,根據排列對比,第二、五、七、九、十句(《竊符記》第九句)不押韻。把不入韻的字去掉,就得到了下列韻腳字:

〔瑞鶴仙〕勇仲湧重夢動(《紅拂記》第二齣)

〔瑞鶴仙〕絨昔日籍力斁(《祝髮記》第二折)

〔瑞鶴仙〕後侯首媾壽逗(《灌園記》第四齣)

〔瑞鶴仙〕烈渴揭轍業傑(《竊符記》第二齣)

〔瑞鶴仙〕警獍耿請聖境(《虎符記》第三十二折)

　　3)不同作者在不同作品中使用的同宮調同曲牌的曲子,韻例是基本相同的。對於某個作者作品中出現的單支曲子,可以和其他作者使用的同宮調同曲牌的曲子排列對比,如「〔七娘子〕」曲:

〔河西七娘子〕危船歷盡江程永,喜歸來繡楹華棟。彩映金鋪,香霏瑤洞,輝煌珠翠冠瞻聳。(謝讜《四喜記》第四十二齣)

〔七娘子〕小簾朱戶頻頻倚,盼幽期漫勞屈指。多病嬋娟,少年羈旅,兩下一般愁緒。(張鳳翼《灌園記》第二十齣)

〔七娘子〕男兒不負窮居志,展弘謨遂成經濟。虎奮三軍,鷹揚千里,可信是青雲器。(沈鯨《雙珠記》第四十二齣)

〔七娘子〕春歸底是懨懨害,填不了煙花業債。好夢驚回,離情無奈,還將可意人兒待。(顧大典《青衫記》第十三齣)

〔七娘子〕雙親數載違言笑,盼庭闈碧天路遙。南浦春生,故山雲繞,今朝欣舉江千棹。(徐復祚《投梭記》第二十一齣)

〔七娘子〕欣迎泰嶽衣顛倒,痛睽違各天路遼。何意今朝,忽瞻玉貌。燈花昨夜曾開爆。(同上)

〔七娘子〕油幢畫戟營邊徼,看秋煙遍傳千灶。大角猶纏,前星喜曜,夢魂終夜長安道。(梅鼎祚《玉合記》第二十七齣)

〔七娘子〕洞簫聲徹清塵垢,掩松關逍遙自由。積烹黃房,凝神絳府,隨緣好把詩囊構。(葉憲祖《鸞鎞記》第十五齣)

　　把每句最後一字摘錄排列對比如下:

〔河西七娘子〕永棟鋪洞聳(謝讜《四喜記》第四十二齣)

〔七娘子〕倚指娟旅緒(張鳳翼《灌園記》第二十齣)

〔七娘子〕志濟軍里器(沈鯨《雙珠記》第四十二齣)

〔七娘子〕害債回奈待（顧大典《青衫記》第十三齣）

〔七娘子〕笑遙生繞棹（徐復祚《投梭記》第二十一齣）

〔七娘子〕倒遼朝貌爆（同上）

〔七娘子〕徽灶纏曜道（梅鼎祚《玉合記》第二十七齣）

〔七娘子〕垢由房府構（葉憲祖《鸞鎞記》第十五齣）

可以看出，每曲第三句是不入韻的，徐復祚有一曲第三句「朝」字可入韻，但另外一曲不入，說明作者認為這裡可以不入韻。根據排列對比結果，把每曲第三字去掉，剩下的就都是韻腳字了。

2、排列對比與曲譜互證法

很多曲子按照排列對比併不能非常容易地確定韻腳字，這時就要參照曲譜，我們主要參照吳梅先生的《南北詞簡譜》（以下簡稱《簡譜》）。此書作於1921年至1931年，北曲主要參酌《太和正音譜》、《北詞廣證譜》、南曲主要參酌《九宮譜定》和《南詞定律》，「取各譜所長，去各譜所短」[註19] 編輯而成。

1）同一曲牌的曲子在同樣的地方有的可入韻有的不可入韻，僅根據排列對比就不知是否應該把可入韻的算作韻腳字，這時就要參照《簡譜》，看《簡譜》是否規定該處入韻或不入韻。比如《四喜記》第九齣：

〔鎖南枝〕霽奇裏詩意短移臺至（《四喜記》第九齣）

〔前　腔〕畔西蟻依止忍施之濟

〔前　腔〕第涯起機戲郡非羅地

〔前　腔〕少多禮危喜內私春慰

根據排列對比，第一字、第六字、第八字有的曲子入韻，有的不入韻，不能立刻刪掉，這時就對比曲譜，查《南北詞簡譜》，此曲第一、四、六、八句不入韻，其餘入韻，這樣就可以把每曲第一、六、八字去掉，因為這三個位置是不入韻的，雖然「霽」「第」「之」「內」四字是可以系聯的，但是同一個作者這樣用韻說明他知道這些地方是可以不用韻的，這種情況下我們就不把它們算作韻腳字，這些字在其他地方還可能入韻，這並不影響我們對韻部的歸納。但對於第四字我們就不能按照韻譜的規定把它們去掉，因為在這四支曲子中，第四

〔註19〕　參考吳梅《南北詞簡譜》《吳梅全集》，河北教育出版社，2002年，（卷上）「說明」頁。

字都是可以入韻的，這樣的情況我們都按照排列對比的實際結果把它們確定爲韻腳字。至於最後一支〔前腔〕曲的第二字「多」字，我們暫時把它作爲例外來處理。

2）曲譜不入韻的地方，作者不一定不入韻，因爲早期的作者並無韻譜可依，如上面曲子第四字例，又如《四喜記》例：

〔哭岐婆〕細遞起几棋繫（第三十二齣）

〔前　腔〕體綺宇比嬉紀（第三十二齣）

此曲六句，《簡譜》規定第一句不入韻，其他五句都入韻，但根據作者這裡用韻的實際情況，第一字也是用韻的。這種情況我們按照排列對比的結果而不按照曲譜的規定來處理。

3）對於按《簡譜》要求入韻處但作者卻沒有入韻的情況，我們按照排列對比的結果而不按曲譜的規定來確定韻腳字。

如張鳳翼戲曲用韻例（原文略）：

〔浪淘沙〕空同通也東（《祝髮記》第十八折）

〔浪淘沙〕零清汀裏瀛（《虎符記》第十八折）

〔前　腔〕清驚營婦情

根據《簡譜》，此曲五句，句句入韻，但根據排列對比，張鳳翼此曲的第四句都不入韻，我們按照排列對比的結果把第四字去掉，其他字作爲韻腳字。這組曲子的韻腳字就確定爲：

〔浪淘沙〕空同通東（《祝髮記》第十八折）

〔浪淘沙〕零清汀瀛（《虎符記》第十八折）

〔前　腔〕清驚營情

又如〔雙聲子〕曲：

〔雙聲子〕列列疊接接滅折折別別綺月（梁辰魚《浣紗記》第十八齣）

〔雙聲子〕動動響遠遠上莽莽航航炬香（孫柚《琴心記》第二十六齣）

〔雙聲子〕受受　壽壽有厚厚酬酬久甌（同上，第四十四齣）

〔前　腔〕奏奏　朽朽口厚厚酬酬久甌

〔雙聲子〕上上蹴內內簇遍遍沐沐嶺麓（屠隆《彩毫記》第二十二齣）

〔南雙聲子〕係係隊披披輩氣氣義義史日（同上第三十齣）

〔雙聲子〕　路路首騎騎袖織織周周踘鉤（屠隆《曇花記》第五齣）

〔雙聲子〕　宴宴羨念念戀眷眷院院海山（邱瑞吾《運甓記》第十六齣））

〔雙聲子〕　復復告蹩蹩躅篤篤玉玉退腹（同上第二十四齣）

〔南雙聲子〕日日及實實息泣泣極極燭夕（梅鼎祚《玉合記》第三十七齣）

〔雙聲子〕　馨馨定競競定盛盛佞佞耆命（謝讜《四喜記》第十二齣）

〔雙聲子〕　至逝寄序問意屍　疑　春時（同上第三十二齣）

〔雙聲子〕　召召報教教道表表曹曹拙勞（王玉峰《焚香記》第二十一齣）

〔雙聲子〕　調調利令令喜緩緩嘶嘶慶攜（張四維《雙烈記》第十八齣）

〔前　腔〕　爽爽裏樂樂美賞賞子子見衣

〔雙聲子〕　會會典展展遠監監勉勉贊玷（沈鯨《雙珠記》第三十五齣）

　　此曲《簡譜》十二句，只有倒數第二句不入韻，其他句句入韻，但以上諸曲中暗色部分均不入韻（據系聯結果和中古音來源），除倒數第二字外，還主要集中在疊字處，此時，我們只能按照不同作者的實際用韻情況處理。除沈鯨之外的作者倒數第二字處均有不入韻例，我們就可以很有把握地把倒數第二字去掉。張四維《雙烈記》只有這兩支〔雙聲子〕曲，疊字處均不入韻，我們就把疊字也去掉，每曲剩下的五字確定為韻腳字；屠隆《彩毫記》第三十二齣此曲疊字處也不入韻，雖然他有入韻的例子（第三十齣），但也無法把他們確定為韻腳字；孫柚《琴心記》第二十六齣前兩個疊字處也不入韻；謝讜《四喜記》第三十二齣沒有用疊字，但句式和其他曲子還是基本相同的，第五字容易確定為不入韻；沈鯨只有第一處疊字無法入韻，只能去掉。

　　4）對於相近但不全相同的曲牌名，必須查《簡譜》，看它們是否為同一曲牌，有相同的韻例，若是，就可以在一起排列對比。如下列不同作品中的〔北滾繡球〕和〔滾繡球〕曲：

〔北滾繡球〕魔奴薄蘿秀武婦何狗鵝戈（《琴心記》第三十四齣）

〔北滾繡球〕刑長將邦人方嶂章議傍詳（《義俠記》第三十五齣）

〔滾繡球〕　歸滯配魚傾癡計非交悲妻如（《焚香記》第二十六齣）

〔滾繡球〕　姻門鬢裙稱倫緊春思魂人（鸚鵡記第七齣）

〔滾繡球〕　逃拋跳咷旁草鬧跑號勞梟（《曇花記》第二十六齣）

〔滾繡球〕　殃障上槍闔牆蕩場喪亡傷（《曇花記》第四十七齣）

〔滾繡球〕　強壯仗皇昏光將亡野旁陽（《曇花記》第四十七齣）

　　把「〔北滾繡球〕」和「〔滾繡球〕」曲分別與《簡譜》中「北詞譜」中的「〔滾繡球〕」曲和「南詞譜」中的「〔滾繡球〕」曲對比，發現它們的韻例都和《簡譜》「北詞譜」中的「〔滾繡球〕」曲韻例一致（只有《焚香記》多出一句，且可入韻），這樣就可以把它們放在一起排列對比如上。根據排列對比，第一、五、九字有的入韻有的不入韻，《簡譜》中此曲共十一句，第一、五、九句規定不入韻，這時我們就可以把一、五、九字去掉。但是，屠隆《曇花記》三曲第一字都入韻，說明作者認為這裡是入韻的，因此《曇花記》三曲的第一字都保留。《鸞鎞記》與《焚香記》第一字也可入韻，但每部戲都只有一支「〔滾繡球〕」曲，沒有其他同曲牌的曲子可證明，我們也把它們去掉。《曇花記》前兩支曲子第九字可入韻，但第三支曲子第九字不入韻，我們把前兩支曲子的第九字也去掉。最後得到的韻腳字是：

〔北滾繡球〕奴簿蘿武婦何鵝戈（《琴心記》第三十四齣）

〔北滾繡球〕長將邦方嶂章傍詳（《義俠記》第三十五齣）

〔滾繡球〕滯配魚癡計非悲妻如（《焚香記》第二十六齣）

〔滾繡球〕　門鬢裙倫緊春魂人（鸞鎞記第七齣）

〔滾繡球〕逃拋跳咷草鬧跑勞梟（《曇花記》第二十六齣）

〔滾繡球〕殃障上槍牆蕩場亡傷（《曇花記》第四十七齣）

〔滾繡球〕強壯仗皇光將亡旁陽（《曇花記》第四十七齣）

　　使用排列對比同時參照曲譜可以確定絕大部分曲子的韻腳字。

3、確定韻腳字的補充說明

　　確定韻腳字時若遇到錯訛字或斷句錯誤，有把握的就直接把它改過來，沒有把握的再參看其他版本或曲譜。

1）錯訛字例

　　如史槃《櫻桃記》第六齣：

〔普天插芙蓉〕柳風輕，翠雲鎖，花一片，香百和，歎征人逆旅窮途，惟消受
　　　　　　　萬里奔波。今晚向誰家臥，想前朝在村莊過，沒來由陡遇嬌嫁，何
　　　　　　　事就將金聘他，這其間豈容易，好一似夢裏南柯。

〔前　腔〕為荷衣，趲梨火，黃卷蠹，青氈破，縱棲身野店荒坡，兄和弟不廢
　　　　　　吟哦。惟願你我功名妥，不負寒窗捱飢餓。想吾儕命遇如何，若再

是蒼天折磨，那杏花枝開時，管教多挫折。

通過排列對比，得到下列韻腳字：

〔普天插芙蓉〕鎖和途波臥過嫁他柯

〔前　腔〕　　火破坡哦妥餓何磨挫

從上下文的內容判斷，第一曲倒數第四句「嬌嫁」應爲「嬌娥」（指劇中人物丁香），且按照排列對比的結果，「嫁」字處應該入韻，估計可能是傳抄過程中出現的錯誤，因此就把「嫁」字改爲「娥」字。

又如《浣紗記》第二十一齣：

〔錦堂月〕臺殿風微，山河氣轉，欣逢運開時泰。深荷驅馳，長風頓掃陰霾。
　　　　　受羈囚既歷艱難，誓雪恥肯坐觀成敗。〔合〕愁城解須待，戀乘機速圖休懈。

〔前　腔〕江山，三載歸來，親遭困苦，雙眉尙蹙羞開。大王，深荷群臣，同將社稷擔戴。試看取今日纖軀，渾不似舊時嬌態。〔合前〕

〔前　腔〕時乖，歲月難挨，殘軀未死，幸喜舌尖猶在。文大夫，深荷扶危，安然物阜民懷。主公夫人，既抬頭見前轍曾傾，須留意鑒後車當戒。〔合前〕

〔前　腔〕庸才，自愧駑駘，親承顧託，未曾報答涓埃。范大夫，深荷持顚，豺虎窟中脫械。主公夫人，須猛省君繫臣囚，休便認民安國泰。〔合前〕

通過排列對比併對照《簡譜》，可得到下列韻腳字：

〔錦堂月〕　微泰霾敗待懈（第二十一齣）

〔前　腔〕山來開戴態待懈

〔前　腔〕乖挨在懷戒待懈

〔前　腔〕才駘埃械泰待懈

第二支曲子第一個字有問題，「山」字放在一個應入韻的位置卻無法入韻，查張忱石等校注本「江山」作「江外」〔註20〕，我們認爲「外」字是正確的，因此就把「山」字改爲「外」字。吳書蔭先生校注本《浣紗記》中對「山」字注曰「『山』字原本作『外』，今據諸本改。」〔註21〕，我們認爲，「外」字不應

〔註20〕　張忱石等《浣紗記校注》，中華書局，1994年，第118頁。

〔註21〕　郭漢城主編《中國十大古典悲喜劇集》，上海文藝出版社，1992年，第337頁。

改爲「山」字，「外」字在這裡既符合句意，又符合韻律的要求，應該是作品本來的用字。

　　2）**斷句錯誤**

　　《六十種曲》（中華書局，1958 年 5 月第一版，1982 年 8 月北京第二次印刷）本斷句錯誤的地方很多，此處舉三例說明：

　　屠隆《彩毫記》第三十三齣〔沽美酒〕曲，六十種曲本的斷句是這樣的：

〔沽美酒〕繡宮羅，沒半縑。制凌波，五色鮮。卻與佳人腳下穿，行一步可人憐。相趁著雕輿翠輦，印香塵淺籠花毯，踏瑤階低覆金蓮。半霎時鳳頭幫綻，半霎時馬嵬香散。覓凌波，洛浦寒。去風流不還，剛斷送紅羅一片。

〔前　腔〕白楊根，玉骨穿。黃鼠穴，粉香殘。一樣淒風伴冷煙，分甚麼醜和妍？總不辨西施鄭旦，領春光道傍語燕。悲夜月冢上啼鵑，蔓野草依稀翠鈿，積荒臺猶疑羅薦。盼芳魂，落那邊？笑癡人尙牽，時時的雙彈淚眼。

〔前　腔〕美容華，秀可餐。工歌舞，若爲妍？無價明珠掌上看，施義髻，貼花鈿，有多少喬妝假扮逞歡樂？豈知憂患娛朝暮？不問流年，那管精枯髓乾。下場頭酒闌人散，好風光片餉間。你不信吾言，只看那玉環飛燕。

　　根據三支曲子的韻例對比，可發現第三支曲子有明顯的斷句錯誤，第二、三、四句應該斷成：「有多少喬妝假扮？逞歡樂豈知憂患？娛朝暮不問流年？」這樣這三支曲子的韻腳字就可確定爲：

〔沽美酒〕縑鮮穿憐輦毯蓮綻散寒還片

〔前　腔〕穿殘煙妍旦燕鵑鈿薦邊牽眼

〔前　腔〕餐妍看鈿扮患年乾散間言燕

　　《尋親記》第十八齣〔鳳凰閣〕曲，六十種曲本的斷句是這樣的：

〔鳳凰閣〕家鄉何處？回首重重煙水迷。駕幃幾度夢空歸，他那裡應疑我是鬼。音書難寄淚頻滴，煙嵐瘴雨。（《尋親記》第十八齣）

　　排列對比其他傳奇的同曲牌的曲子如下：

〔鳳凰閣〕重樓複殿，日對如花嬌面。年來身子甚龍鍾，想是精神勞倦。韶光

如箭，便恣意荒淫有幾年？（《浣紗記》第三十二齣）

〔鳳凰閣〕官居楚帥，七澤三湘襟帶。懷時寤寐棟樑材，無奈鴻冥增慨。後車徒載，甚日得買駿金臺？（《運甓記》第七齣）

〔鳳凰閣〕風花拈詠，謾把才情誇宋。盡堪蹤跡似飄蓬，不換醉鄉一夢。覓凰求鳳，近有個人兒意中。（《鸞鎞記》第十六齣）

〔鳳凰閣〕威名遠播，坐致西陲膽破。此身進退繫安危，未許蕭、曹獨步。鬢絲垂素，奈兒女婚姻未妥。（《焚香記》第十七齣）

通過以上曲子的排列對比，可以看出，《尋親記》最後兩句斷句有誤，應該斷成：

〔鳳凰閣〕家鄉何處？回首重重煙水迷。鴛幃幾度夢空歸，他那裡應疑我是鬼。音書難寄，淚頻滴煙嵐瘴雨。

這首曲子的韻腳字就可以確定為：

〔鳳凰閣〕處迷歸鬼寄雨（《尋親記》第十八齣）

《東郭記》第三十七齣〔啄木鸝〕曲，六十種曲本的斷句是這樣的：

〔啄木鸝〕梅英綻，朔吹銛，未報音書空自歉。昔日個口信遙聞，今日裏寸楮憑瞻。邊笳戍火空相念，閨人夢度黃雲塹。費春纖，七襄才就，霜管更重拈。（《東郭記》第三十七齣）

〔前　腔〕情緣一心。事兼彼此。柔腸都不掩。訴衷懷姐姐親書。再封題妹妹同籤。齊都豪傑雙雙借。齊姜文雅雙雙占。是無鹽。才華相似。薄命怯柔纖。（同上）

這裡只有兩支曲子，排列對比其他同曲牌的曲子如下：

〔啄木鸝〕聞嚴教，自忖量。侍尊前強把愁眉放，若教人棄舊憐新，怎下得義負恩忘？盈盈淚閣秋波泱，重重恨鎖春山上。論兒郎，羅敷空有，漫效野鴛鴦。（《紅拂記》第二十齣）

〔啄木鸝〕含新怨，理舊愁，打並鮫綃詩一首。便做道織錦迴文，這千絲萬縷難抽。看芳菲節變蕭森候，做洛陽一葉隨風透。倩誰收？寒波九曲，還是寄鱗遊。（《玉合記》第二十九齣）

〔啄木鸝〕嗟鳴鳳，恨鷲鴉，賦就悲生同鵬鳥。喜得管鮑交情，多憐范叔綈袍，虞翻落魄心猶傲，形容幸不淪枯槁。暗心焦，屏懸孔雀，何日鵲填

橋？（《節俠記》第十齣）

排列對比這幾支〔啄木鸝〕曲，《東郭記》的〔前腔〕曲的斷句應為：

〔前　腔〕情緣一，心事兼，彼此柔腸都不掩。訴衷懷姐姐親書，再封題妹妹
　　　　同簽。齊都豪傑雙雙借，齊姜文雅雙雙占。是無鹽，才華相似，薄
　　　　命怯柔纖。

這樣這兩首〔啄木鸝〕曲的韻腳字就可確定為：

〔啄木鸝〕銛歉瞻念壋纖拈（《東郭記》第三十七齣）
〔前　腔〕兼掩簽借占鹽纖

二、歸納韻部的幾點說明

系聯韻部時一般以一支曲子為一個基本用韻單位，但有些情況較特殊，這
時要分開處理。

1）一曲分兩闋的情況，要把它們看作一個韻段，如：

〔鵲橋仙前〕淚喜〔鵲橋仙後〕起（顧大典《青衫記》第二十一齣）
〔憶秦娥先〕近引引盡〔憶秦娥後〕信恨恨悶（屠隆《曇花記》第六齣）
〔憶秦娥前〕皺皺咎咎悠〔憶秦娥後〕舊舊舊膈（沈鯨《雙珠記》第十三齣）
〔滿庭芳前〕心身夢人門麟〔滿庭芳後〕盡雲宸樽村（沈鯨《雙珠記》第三十
　　　　二齣）

2）對於換韻的曲子，可以很明顯的看出韻腳字，就不用排列對比的方
　　法，而是直接把它們和其他韻腳字進行系聯。換韻的例子很多，有
　　些曲牌可能是要求換韻的，如「〔減字木蘭花〕」、「〔菩薩蠻〕」、「〔虞
　　美人〕」等。以下舉部分換韻例：

〔虞美人〕了少東中在改愁流（《浣紗記》記第十三齣）
〔減字木蘭花〕老惱紗花蘧玉前簾（《燕子箋》第十一齣）
〔木蘭花慢〕烈節艱寬酒首州愁（《運甓記》第十九齣）
〔菩薩蠻〕去處風紅數譜忙香（《燕子箋》第十二齣）
〔菩薩蠻〕織碧干難立急程亭（《雙珠記》第二十二齣）
〔菩薩蠻〕織碧樓愁立急年牽（《雙烈記》第三齣）
〔虞美人〕了老窮中小渺風東（《青衫記》第二十六齣）
〔虞美人〕月闕中雄沒咽情平（《投梭記》第二十一齣）

〔虞美人〕早曉飛離（《焚香記》第三十九齣）

〔更漏子〕久柳心衾上望悵窮中（《玉合記》第四十齣）

〔清平樂〕沸地避閉徉鐺涼（《投梭記》第二齣）

〔昭君怨〕幌放臺開倚起流頭（《投梭記》第三齣）

〔北醉花陰〕奉送中公誦匆頌波黐多城徵生（《紅梅記》第二十四齣）

3）對於作者自己規定好韻部的傳奇，歸納韻部時就不再使用系聯法，而是直接使用作者的韻部。如史槃《鷓釵記》。

有些情況，要當作例外處理，如孫柚《琴心記》第三十六齣「〔海棠春〕可歎久要人，臨難憐朋舊〔前腔〕肯信轍中魚，斗水重蒙救」，兩支曲子每支只有一個韻腳字「舊」和「救」，這時只能作為一個韻段處理。

4）一些傳奇作品中的少數韻腳字可以同時押入兩部甚至三部，雖然這兩部或三部可以依據這些字系聯到一起，但作者有明顯分用的趨勢，這時我們就將它們分開，而不完全依據系聯將之歸為一部。

如屠隆《彩毫記》第二齣〔破齊陣〕叶「雨霓水翅姿奇」，第三十七齣〔錦纏道〕叶「兒淚際啼遞墀涯悲綴饑女棲」、「歧持鷗飛湄累眉棄離悴去時」，魚模部「雨」字、「女」字、「去」字押入支微部，同時這三字也押入魚模部，《彩毫記》第六齣〔解三醒〕叶「署虞遇敷女虛妒瑚」，〔三學士〕叶「傅如疏去扶」，第三十五齣〔一江風〕叶「雨戶婦殊如路」，這時我們把「雨」、「女」、「去」三字隨其押入的曲子分別歸入支微（魚）部和魚模部，而不是僅依據系聯把這兩部合為一部，此種情況甚多；又如南曲中的入聲字既可以獨立用韻，也可以與平、上、去三聲通押，若僅依據系聯，則絕大多數作品都沒有獨立的入聲韻部，但根據作者用韻的實際情況，一些作品入聲韻獨立的傾向是非常明顯的，這時我們就把入聲韻部獨立出來，而不是將之歸入陰聲韻部。

三、文獻材料與現代方音相結合

通過對明傳奇文獻韻腳字系聯並歸部的結果，結合現代方言，來解釋傳奇用韻的特點，如結合現代蘇州方言解釋明傳奇反映的明代吳語的特點。

第二章　明傳奇用韻情況

通過對這 60 部傳奇韻腳字的歸納和整理，我們發現明傳奇並非像前輩學者所說的只分爲「戲文派」和「《中原音韻》派」〔註1〕，實際上，明傳奇的用韻情況要複雜得多：不同作者的作品用韻各有特色，按用韻特點可以歸爲一類的作品其用韻也有內部差別；即使是同一個作者的不同作品，也是由於某些原因用韻完全不同。在這一章裏，本文將以韻目爲綱，對六十部傳奇作品逐個地進行詳細地分析，通過分析，可以窺見明傳奇用韻的整體情況，也便於清晰地展現出單個作品的用韻特點。

因爲傳奇用韻與《中原音韻》韻部有比較整齊的對應關係，所以在討論和比較時本文就以《中原音韻》爲參考韻書，當用《中原音韻》韻部系統不便於說明傳奇用韻的時候，就兼用《廣韻》韻書，因爲曲韻平上去通押，所以在使用《廣韻》韻書時，除去祭泰夬廢外，一概舉平以賅上去。

根據明傳奇用韻中不同韻部之間的關係，本章將分七個單元對它們進行分別討論。

一、「東鍾、江陽、蕭豪、尤侯」四個韻部，這四個韻部之間涇渭分明，與《中原音韻》東鍾、江陽、蕭豪、尤侯四個韻部的對應也幾乎完全一致（個別作品的用韻除外）。

〔註1〕 周維培《試論明清傳奇的用韻》，《南戲與傳奇研究》徐朔方，孫秋克編，湖北教育出版社，2003 年，第 344 頁。

二、「庚青、眞文、侵尋」三個韻部，與《中原音韻》庚青、眞文、侵尋三個韻部相對應，根據這三個韻部之間通押與否或分為三部、兩部或合為一部。

三、「寒山、桓歡、先天、監咸、廉纖」五個韻部，與《中原音韻》寒山、桓歡、先天、監咸、廉纖五個韻部相對應，這一組韻部與其他韻部很少通押，只這五部之間經常通押，根據它們通押的情況或分為五部、三部或合為一部。

四、「車遮、家麻」兩個韻部，與《中原音韻》車遮、家麻兩個韻部相對應，這兩個韻部很少與其他韻部通押（《尋親記》除外），一些傳奇作品中有歌戈部字押入，但只有個別字，不足以合併成一個韻部，根據車遮和家麻通押與否把它們或分為兩部或合為一部。

五、「魚模、歌戈」部，與《中原音韻》「魚模」、「歌戈」兩個韻部相對應。一些明傳奇用韻中「魚模」、「歌戈」分立，與《中原音韻》一致，但在一些明傳奇用韻中屬《中原音韻》「魚模」韻部的字一部分與歌戈部相押，一部分進入了齊微部。根據魚模與歌戈互押與否把它們或分為兩部或合為一部。

六、「支思、齊微、皆來」三個韻部，與《中原音韻》支思、齊微、皆來韻部相對應，在很多傳奇用韻中，齊微、支思合為一部，皆來與「齊微」部合口一等灰泰韻字押韻較多。

七、入聲韻部。

2.1　東鍾、江陽、蕭豪、尤侯

一、東鍾部

　　此部包括《廣韻》東、冬韻一等、鍾韻、東韻三等以及庚、耕、登三韻的唇牙喉音字，庚、清、青三韻的個別合口字（舉平以賅上、去，下同），相當於《中原》「東鍾」部，涉及到 56 部傳奇（六十部傳奇中僅《鮫綃記》、《桃符記》、《墜釵記》、《焚香記》無此部）

　　《中原音韻》「東鍾」、「庚青」兩收的字有以下 28 個：「崩迸烹鵬棚萌盲艋蜢孟肱觥轟宏嶸橫弘泓傾兄榮永詠瑩繃薨虻絃」，其中在這些傳奇作品中只入東鍾部的有「宏弘泓」三字，既入東鍾部又入庚青部的有「崩迸烹鵬孟觥轟嶸橫傾兄榮永詠瑩」十五字，只入庚青部的有「棚萌艋蜢肱」五字，東鍾、庚青兩部都沒有的有「繃薨虻絃」四字，「盲」字入庚青部和江陽部。

　　《中原》庚青部「景 2、鼎 1、哽 1、營 4、扃 1、螢 1、迥 5、瓊 5、頃 1、靈 2」等十字押入此部（右下角數字為押入次數，下同），涉及到《四喜記》、《靈犀佩》、《紅梅記》、《錦箋記》、《浣紗記》、《玉鏡臺記》、《運甓記》、《灌園記》、《金蓮記》、《紅蕖記》、《投梭記》、《宵光記》、《節俠記》、《玉簪記》、《蕉帕記》和《春燈迷》等 16 部傳奇。

　　此部「恐 1、逢 3、寵 1、夢 5、送 1、翁 2、濛 1、凶 2、龍 2、穹 1、勇 4、誦 1、匈 1、風 5」等 14 字押入庚青部，涉及到《雙珠記》、《鮫綃記》、《玉簪記》、《錦箋記》、《靈犀佩》、《彩樓記》、《運甓記》、《焚香記》、《燕子箋》、《四喜記》、《彩毫記》、《玉鏡臺記》、《紅梅記》、《雙烈記》、《醉鄉記》等 15 部傳奇。

　　除與庚青部合叶外，此部沒有與其他部字合叶現象。

二、江陽部

　　此部包括《廣韻》唐韻、江韻、陽韻字，相當於《中原音韻》江陽部。本文考察的六十部傳奇均有江陽部。

　　寒纖部字有押入此部現象，涉及到三部戲：沈鯨《雙珠記》、周履靖《錦箋記》、王玉峰《焚香記》，如《雙珠記》第 13 齣〔清平樂〕叶「常糠沾光」，第 22 齣〔哭相思〕叶「散愴」，第 40 齣〔解三醒〕叶「項藏傍堂暗還想方」；《錦箋記》第 39 齣〔南步步嬌〕叶「攘障長單壤光限」，〔北折桂令〕叶「藏祥翔慌張商難」，〔北雁兒落帶得勝令〕叶「趲殘莽傍疆關藏壯亡長」，〔南僥僥令〕叶「航難難」，〔北收江南〕叶「安腸關擔場鄉香」，〔南園林好〕叶「忙想煩煩」，〔沽美酒帶太平令〕叶「腸想忘償殘浪觴壯枉當皇量」，〔南尾聲〕叶「樣間光」；《焚香記》第 14 齣〔香柳娘〕叶「喪巷蔓藏髒，范望唱肩向」，第 38 齣〔解三醒〕叶「難鄉恙亡妝枉長，況牆散祥堂枉長」，第 38 齣〔皂角兒〕叶「山瘴相長向恙鄉望，涼且腸況枉攘裝掌」。

　　庚青部字有押入此部現象，如張鳳翼《灌園記》第 26 齣〔山歌〕叶「娘張黨橫場腸賦光膀膨羊」；沈鯨《鮫綃記》第 5 齣〔玉交枝〕叶「況橫望涼傍上腸腸」；孟稱舜《嬌紅記》第 8 齣〔北端正好〕叶「生長強壯樣」。

　　沈鯨《雙珠記》中有真文部字押入此部現象，即第 45 齣〔五更轉〕叶「盆場將仗降爽響」。

　　除以上入韻現象外，其他韻部字沒有押入此部的現象。

三、蕭豪部

此部包括《廣韻》豪韻、肴韻、宵韻、蕭韻、侯韻、尤韻的個別唇音字，部分傳奇作品還包括《廣韻》鐸、末、覺、藥四韻的部分字，相當於《中原》「蕭豪」部。

「尤侯」部字押入此部的有朱鼎《玉鏡臺記》、許自昌《水滸記》。《玉鏡臺記》系聯到此部的曲子有 10 支，其中有 2 支曲子有「尤侯」部字入韻，即第 11 齣〔蝶戀花〕叶「跳候透瘦笑負奏少」，尤侯部「候透瘦奏」押入此部，第 17 齣〔望遠行〕叶「詔驟照報到」，尤侯部「驟」字押入此部。《水滸記》第 10 齣〔降黃龍〕叶「遙嶠道遊效倒」，尤侯部「遊」字押入此部。

魚模部字入此部的有一例，即《玉鏡臺記》第 11 齣〔蝶戀花〕叶「跳候透瘦笑負奏少」，魚模部「負」字押入此部。

「宿」字《廣韻》入聲只一讀「息逐切」，《中原》魚模、尤侯兩收，《廣韻》另有平聲「息救切」。此字在張鳳翼《紅拂記》中押入蕭豪部，第 12 齣〔梁州序〕叶「窓宿遙倒蕭喬調好勞」。

在這六十部傳奇中《中原》蕭豪部入聲字入韻的傳奇有 39 部，它們是：史槃《櫻桃記》、《鷫鸘記》、《吐絨記》；沈鯨《雙珠記》、《鮫綃記》；張四維《雙烈記》；顧大典《青衫記》、《葛衣記》；高濂《玉簪記》《節孝記》；屠隆《修文記》、《彩毫記》、《曇花記》；周履靖《錦箋記》；梅鼎祚《玉合記》、《長命縷》；沈璟《紅蕖記》、《桃符記》、《博笑記》、《墜釵記》、《義俠記》、《雙魚記》、《埋劍記》；徐復祚《投梭記》、《宵光記》；許自昌《水滸記》、《桔浦記》、《靈犀佩》；王錂《春蕪記》、《彩樓記》、《尋親記》；王驥德《題紅記》；單本《蕉帕記》；陳汝元《金蓮記》、王玉峰《焚香記》；孫鍾齡《東郭記》；孟稱舜《嬌紅記》、《貞文記》；阮大鋮《雙金榜》。

《中原》蕭豪、歌戈雙收的有 43 字：「薄泊箔末沫幕寞莫縛鐸度諾挪落洛烙絡酪樂鑿鶴萼鄂鼉惡濁濯鐲钁略掠弱蒻著杓學虐瘧嶽樂約躍鑰」，在傳奇用韻中，蕭豪、歌戈兩收的有（這裡只討論陰聲韻部，入聲韻部放在後面討論）「薄泊落惡略著」，只押入歌戈部的有「末沫寞縛酪萼」，只押入蕭豪部的有「諾樂鶴鄂杓學嶽約躍」，「幕濁」二字押入歌戈部和魚模部；「度」字入蕭豪、歌戈、魚模、支微魚部；「掠弱」字入蕭豪、歌戈、家麻（家車）部；「箔莫絡鑰」只押入入聲韻部；「鐸挪洛烙鑿濯鐲钁蒻虐瘧」等 11 字未見有入韻例。

四、尤侯部

此部包括《廣韻》尤韻、侯韻、幽韻，相當於《中原》「尤侯」部。

「負」字《廣韻》「房久切」，《中原》屬「魚模」部，在這六十部傳奇中押入尤侯部 3 次，涉及到 3 位作者 3 部作品，押入魚模部 35 次，涉及到 13 位作者 21 部作品。

「謀」字《廣韻》莫浮切，《中原》屬「魚模」部，在這六十部傳奇用韻中「謀」字入尤侯部 37 次，涉及到 18 位作者 22 部作品，入「魚模」部 3 次，涉及到 3 位作者 3 部作品。

「母」「某」「牡」「畝」四字《廣韻》「莫厚切」，《中原》屬「魚模」部，在這六十部傳奇用韻中「母」字入尤侯部 4 次，入魚模部 25 次，入歌戈部 1 次，入支微魚部 3 次；「某」字入尤侯部一次，沒有入魚模部例；「牡」字入尤侯部 3 次，沒有入魚模部例；「畝」字入尤侯部 4 次，入魚模部 1 次。

「剖」字在《廣韻》只有「普後切」一讀，在《中原》裏「蕭豪」、「尤侯」兩部雙收，在這六十部傳奇用韻中「剖」字在「蕭豪」部出現五次，涉及到 2 位作家（沈璟和孟稱舜）的 4 部作品，在「尤侯」部出現 32 次，涉及到 18 位作家 24 部作品。

蕭豪部「茂」字在張鳳翼《灌園記》、孫柚《琴心記》、高濂《彩毫記》、許自昌《桔浦記》中入此部。《灌園記》第 4 齣〔醉鄉子〕叶「祐茂柳牡儔透柔舊」；《琴心記》第 20 齣〔柰子花〕叶「鰍侯畫秀轇茂，鉤頭就守轇茂，牛丘就手轇茂，流儔口走轇茂」，第 36 齣〔瑣窗郎〕叶「侯儔丘柳又茂，浮憂秋愁又茂」，第 44 齣〔畫眉序〕叶「秋酒繆茂舊」；《彩毫記》第 21 齣〔黃鶯兒〕叶「流秋茂稠投候樓頭」；《桔浦記》第 11 齣〔一江風〕叶「猶茂悠九酬瘳愀」。

《中原》尤侯與魚模雙收的共九字：「否褥逐軸竹燭粥熟宿」。在這六十部傳奇用韻中「褥、逐、竹」既押入尤侯部，也押入魚模部；「軸、粥、熟、燭」字只有押入魚模部例（另有押入入聲韻部例，放在入聲字部分討論）；「否」字入蕭豪部 1 次，入尤侯部 52 次，入魚模部 2 次；「宿」字入蕭豪部 1 次，入尤侯部 15 次，入模歌部 1 次，入魚模部 9 次，入支微部 1 次。

除以上與魚模部及蕭豪部字互押的例字外，此部字沒有與其他部字互押的現象。

2.2 庚青、眞文、侵尋

屬《中原音韻》「庚青」、「眞文」與「侵尋」三部字在傳奇中常常互押，一般不與其他部字相押（少數有東鍾部字入韻的情況），根據其分合情況可以把六十部傳奇的用韻情況分爲以下三種類型：一、三者互押形成「庚眞侵」部；二、庚青、眞文分立；三，庚青、眞文、侵尋分立。

第一種類型：「庚青」、「眞文」、「侵尋」互押，形成「庚眞侵」部

此部包括《廣韻》庚（庚二、庚三）、耕、清、青、登、蒸六韻的開口字；多韻的「疼」字；清韻的合口字「傾」、「營」、「縈」、「榮」、「熒」；青韻的合口字「螢」；眞、諄、臻、文、欣、魂痕各韻字及侵韻開口三等字。相當於《中原》「庚青」、「眞文」、「侵尋」三部。六十部傳奇中有 19 部屬於這種類型，其中庚青、眞文、侵尋三部互押又有兩種情況：

1、庚青與眞文（或與侵尋）互押，或眞文與侵尋互押，或庚青、眞文、侵尋三者互押，沒有或很少有庚青、眞文或侵尋獨用例，即互押例遠遠多於其獨用例。如王錂《春蕪記》系聯到此部的曲子共 55 支，其中 2 支爲眞文獨用例，其餘 53 支均爲庚青、眞文（或侵尋）互押例，沒有出現庚青獨用例；許自昌《靈犀佩》系聯到此部的曲子共 16 支，其中 1 支爲眞文獨用例，其餘 15 支均爲庚青與眞文（或侵尋）互押例，沒有出現庚青獨用例；許自昌《節俠記》系聯到此部的曲子共 43 支，其中有 1 支庚青獨用例，1 支侵尋獨用例，其餘 41 支均爲庚青與眞文（或侵尋）互押例，沒有出現眞文獨用例；周履靖《錦箋記》系聯到此部的曲子共 55 支，其中 3 支爲眞文獨用例，1 支爲侵尋獨用例，其餘 51 支均爲庚、眞、侵互押例；邱瑞吾《運甓記》系聯到此部的曲子共 145 支，其中只有 3 支庚青獨用例，2 支眞文獨用例，其餘 140 支均爲庚、眞、侵互押例；高濂《玉簪記》系聯到此部的曲子共 36 支，其中 3 支爲庚青獨用例，2 支爲眞文獨用例，其餘 31 支爲庚青與眞文（或侵尋）互押例；阮大鋮《牟尼合》系聯到此部的曲子共 10 支，其中 5 支爲庚青獨用例，5 支爲庚青與眞文（或侵尋）互押例，沒有出現眞文或侵尋獨用例。

2、庚青、眞文（或侵尋）各有獨用例和互押例，互押例稍多於庚青獨用例或眞文獨用例，如張鳳翼的五部傳奇、史槃《櫻桃記》、沈鯨《雙珠記》、顧大典《青衫記》、梅鼎祚《玉合記》、王錂《尋親記》。如張鳳翼《紅拂記》系聯到

此部的曲子共 23 支，其中 5 支爲庚青獨用例，5 支爲眞文獨用例，1 支爲眞文與先天互押例（即 22〔南鄉子〕魂門言轅猿論騫恩），其餘 12 支均爲庚、眞（或侵）互押例；王錂《尋親記》系聯到此部的曲子共 37 支，其中 11 支爲眞文獨用例，4 支爲庚青獨用例，其餘 22 支均爲庚、眞、侵互押例。

　　從下表可以看出這種類型作品的作者、籍貫及「庚青」、「眞文」、「侵尋」三部獨用和互押的情況。表中「庚、眞、侵」互押包括「庚青」與「眞文」或與「侵尋」互押、「眞文」與「侵尋」互押以及「庚青」、「眞文」、「侵尋」三者互押等情況，表中數字指押韻曲子數。

表 2-1：庚青、真文、侵尋互押傳奇用韻情況表

作者	籍貫	作品	庚真侵韻曲子總數	庚青獨用	真文獨用	侵尋獨用	庚、真、侵互押
張鳳翼	江蘇蘇州	紅	23	5	5	0	12
		祝	22	13	3	0	6
		虎	47	15	10	3	19
		竊	53	31	6	3	13
		灌	26	11	4	0	11
史槃	浙江紹興	櫻	23	9	3	0	11
沈鯨	浙江平湖	雙	82	45	12	1	24
		鮫	25	1	3	0	21
張四維	河北大名	雙	61	33	10	1	17
顧大典	江蘇吳江	青	35	11	8	0	16
高濂	浙江杭州	玉	36	3	2	0	31
周履靖	浙江嘉興	錦	55	0	3	1	51
梅鼎祚	安徽宣城	玉	42	18	5	0	19
許自昌	江蘇蘇州	水	65	2	2	0	61
		節	43	1	0	1	41
		桔	32	3	1	0	28
		靈	16	0	1	0	15
王錂	浙江杭州	春	55	2	0	0	53
		彩	15	1	4	0	10
		尋	37	4	11	0	22
邱瑞吾	浙江杭州	運	145	3	2	0	140

作者	籍貫	作品	庚真侵韻曲子總數	庚青獨用	真文獨用	侵尋獨用	庚、真、侵互押
陳汝元	不詳	金	23	4	2	0	17
王玉峰	上海松江	焚	30	1	2	0	27
楊珽	浙江杭州	龍	49	3	2	1	43
阮大鋮	安徽懷寧	牟	10	5	0	0	5
		春	15	3	1	0	11
		燕	47	5	1	0	41
		雙	38	3	1	0	34

第二種類型：庚青、真文（或侵尋）分立

一些作品中沒有或很少有「侵尋」部字入韻，形成庚青部與真文部分立的局面。庚青部包括《廣韻》庚（庚二、庚三）、耕、清、青、登、蒸六韻的開口字；冬韻的「疼」字；清韻的合口字「傾」、「營」、「縈」、「榮」、「熒」；青韻的合口字「螢」；個別侵韻開口三等字。相當於《中原》庚青部（有時或有個別真文或侵尋部字入韻）。真文（侵尋）部包括真、諄、臻、文、欣、魂痕各韻字；部分侵韻開口三等字，相當於《中原》真文部（有部分侵尋部字入韻或個別庚青部字入韻）。這種類型侵尋與庚青、真文互押可分為以下三種情況：

1、「侵尋」字只與《中原》「真文」部字相押，或與「真文」部字相押例遠遠多於其與「庚青」部字相押例，「庚青」與「真文（侵尋）」獨用例遠遠多於其合用例，由此我們將「庚青」、「真文（侵尋）」分別立部，這類傳奇有顧大典《葛衣記》、沈璟《桃符記》、《墜釵記》、葉憲祖《金鎖記》、朱鼎《玉鏡臺記》、王驥德《題紅記》。如：顧大典《葛衣記》庚青獨用的曲子有 14 支，真文獨用的曲子有 10 支，真文押入庚青的曲子有 5 支，庚青押入真文的曲子有 1 支，庚青和侵尋同時押入真文的曲子有 2 支，因此我們也將庚青、真文（侵尋）分別立部；朱鼎《玉鏡臺記》庚青獨用的曲子有 49 支，東鍾、真文、侵尋押入庚青各 1 支（各有 1 字押入），真文獨用的曲子有 11 支，庚青押入真文的曲子有 3 支，庚青、侵尋同時押入真文的曲子有 2 支，侵尋押入真文的曲子有 6 支，監咸押入真文的曲子有 1 支，因此我們將庚青、真文分別立部；王驥德《題紅記》庚青獨用的曲子有 9 支，真文押入庚青的曲子有 2 支（各有 1 支押入），真文獨用的曲子有 17 支，侵尋部字押入真文的有 2 支（各有 1 字押入），因此將庚青、真文（侵尋）分別立部。

2、「侵尋」部字與《中原》「庚青」或「眞文」部字相押，但數量極少，且無獨用例或獨用例遠遠少於其押入「眞文」例，「庚青」與「眞文」獨用例遠遠多於或稍多於其互押例，由此我們將「庚青」和「眞文」分別立部，這類傳奇有謝讜《四喜記》、史槃《吐絨記》、屠隆《彩毫記》。如謝讜《四喜記》庚青獨用的曲子有 56 支，侵尋押入庚青的曲子有 2 支（其中有 1 支有東鍾部字押入），眞文押入庚青的曲子有 1 支，眞文獨用的曲子有 8 支，庚青押入眞文的曲子有 2 支。

3、無「侵尋」字，只有「庚青」部字和「眞文」部字，無「庚青」、「眞文」互押例或「庚青」、「眞文」獨用例遠大於其互押例，由此我們將「庚青」、「眞文」分別立部，這類傳奇有屠隆《修文記》、沈璟《博笑記》、《雙魚記》、徐復祚《紅梨記》、《宵光記》、周朝俊《紅梅記》、單本《蕉帕記》、孟稱舜《貞文記》。如：屠隆《修文記》庚青獨用的曲子有 23 支，眞文獨用的曲子有 22 支，無侵尋字入韻例，無庚青、眞文互押例；孟稱舜《貞文記》庚青獨用的曲子有 33 支，眞文部字押入庚青的曲子有 3 支（各有 1 字押入），眞文獨用的曲子有 17 支，庚青押入眞文的曲子有 1 支（有 1 字押入）。

這類傳奇的作者、籍貫及庚青、眞文、侵尋獨用及互押的情況見下表。表中「庚、眞互押」包括眞文押入庚青的曲子和庚青押入眞文的曲子，「庚、侵互押」指侵尋押入庚青的曲子，「眞、侵互押」指侵尋押入眞文的曲子，「庚眞侵互押」指眞文、侵尋押入庚青的曲子或庚青、侵尋押入眞文的曲子。表中數字入韻指曲子數。

表 2-2：庚青、真文（或侵尋）分立傳奇用韻情況表

作者	籍貫	作品	庚青獨用	真文獨用	侵尋獨用	庚、真互押	庚、侵互押	真、侵互押	庚真侵互押
謝讜	浙江上虞	四	56	8	0	3	2	0	0
史槃	浙江紹興	吐	20	2	0	0	2	0	0
顧大典	江蘇吳江	葛	14	10	0	6	0	0	2
屠隆	浙江寧波	修	23	22	0	0	0	0	0
		彩	28	16	0	0	1	1	0

作者	籍貫	作品	庚青獨用	真文獨用	侵尋獨用	庚、真互押	庚、侵互押	真、侵互押	庚真侵互押
沈璟	江蘇吳江	桃	17	24	0	5	0	2	0
		博	17	21	0	1	0	0	0
		墜	5	14	0	5	0	1	0
		雙	8	16	0	0	0	0	0
徐復祚	江蘇常熟	紅	16	20	0	1	0	0	0
		宵	3	2	0	5	0	0	0
葉憲祖	浙江紹興	金	8	10	0	0	0	1	0
朱鼎	江蘇崑山	玉	49	11	0	3	0	6	2
周朝俊	浙江寧波	紅	18	7	0	0	0	0	0
王驥德	浙江紹興	題	9	17	0	2	0	2	0
單本	浙江紹興	蕉	1	5	0	0	0	0	0
孟稱舜	浙江紹興	貞	17	33	0	4	0	0	0

第三種類型：庚青、真文、侵尋分立

一些傳奇作品可以分為庚青、真文、侵尋三部。庚青部包括《廣韻》庚（庚二、庚三）、耕、清、青、登、蒸六韻的開口字；冬韻的「疼」字；清韻的合口字「傾」、「營」、「縈」、「榮」、「熒」；青韻的合口字「螢」；真文部包括真、諄、臻、文、欣、魂痕各韻字；侵尋部包括侵韻開口三等字。可分為以下兩種情況：

1、庚青、真文、侵尋部字涇渭分明，不互押或極少互押，這類傳奇有：史槃《鷫鷜記》、高濂《節孝記》、屠隆《曇花記》、梅鼎祚《長命縷》、沈璟《紅蕖記》、《埋劍記》、徐復祚《投梭記》、孫鍾齡《東郭記》、《醉鄉記》、孟稱舜《嬌紅記》、《二胥記》。如：史槃《鷫鷜記》系聯到庚青部的曲子有 17 支，系聯到真文部的曲子有 8 支，系聯到侵尋部的曲子有 3 支，三部無一字出韻現象；屠隆《曇花記》系聯到庚青部的曲子共 30 支，系聯到真文部的曲子共 24 支，系聯到侵尋部的曲子共 7 支，三部涇渭分明，無一字出韻現象；沈璟《紅蕖記》系聯到庚青部的曲子共 15 支，系聯到真文部的曲子共 46 支，其中有兩支曲子有侵尋部「吟」字押入，系聯到侵尋部的曲子共 8 支，無庚青或真文部字押入。

2、庚青、眞文、侵尋部字有互押現象，但其獨用例遠遠多於互押例，分用傾向非常明顯，這類傳奇有：梁辰魚《浣紗記》、孫柚《琴心記》、沈璟《義俠記》、葉憲祖《鸞鎞記》。如梁辰魚《浣紗記》系聯到庚青部的曲子共 28 支，其中有 3 支有眞文部各 1 字押入，有 1 支有侵尋部 1 字押入，系聯到眞文部的曲子共 35 支，其中有 3 支有庚青部各 1 字入韻，系聯到侵尋部的曲子共 6 支，沒有其他部字押入。

這類傳奇的作者、籍貫及庚青、眞文、侵尋獨用及互押的情況見下表。表中「庚、眞互押」包括眞文押入庚青的曲子和庚青押入眞文的曲子，「庚、侵互押」指侵尋押入庚青的曲子，「眞、侵互押」指侵尋押入眞文的曲子，「庚眞侵互押」指眞文、侵尋同時押入庚青的曲子或庚青、侵尋同時押入眞文的曲子。表中數字指曲子數。

表 2－3：庚青、真文、侵尋分立傳奇用韻情況表

作者	籍貫	作品	庚青獨用	真文獨用	侵尋獨用	庚、真互押	庚、侵互押	真、侵互押	庚真侵互押
梁辰魚	江蘇崑山	浣	22	30	6	8	1	2	0
史槃	浙江紹興	鵜	17	8	3	0	0	0	0
孫柚	江蘇常熟	琴	19	28	1	9	1	0	3
高濂	浙江杭州	節	21	30	4	3	2	0	0
屠隆	浙江寧波	曇	30	24	6	0	0	0	0
梅鼎祚	安徽宣城	長	13	14	1	1	0	0	0
沈璟	蘇州吳江	紅	15	44	8	0	0	2	0
		義	28	21	5	1	0	1	0
		埋	25	24	5	0	0	0	0
徐復祚	江蘇常熟	投	18	15	5	0	0	0	0
葉憲祖	浙江紹興	鸞	7	6	2	5	1	0	0
孫鍾齡	未詳	東	25	14	12	0	0	0	0
		醉	19	12	12	0	0	0	0
孟稱舜	浙江紹興	嬌	37	23	7	13	0	0	1
		二	15	15	1	1	0	0	0

傳奇用韻中「庚青（或庚眞侵）」部字與「東鍾」部字合韻情況見東鍾部。

齊微部「歸、知、飛、治、醫」等字各押入庚眞侵部一次，先天部「言、

轅、猿、騫、泉、員」等字各押入庚眞侵或眞文部一次，監咸部「檻」字、「驂」字分別押入庚青部和「眞侵」部各一次，具體押入情況見下表：

表2－4：其他韻部字押入情況表

押入字例	所屬《中原》韻部	押入傳奇韻部	涉及作家作品
歸	齊微	庚眞侵	張鳳翼《紅》
言轅猿騫	先天	庚眞侵	張鳳翼《紅》
泉	先天	庚眞侵	張鳳翼《竊》
知	齊微	庚眞侵	史槃《櫻》
飛	齊微	庚眞侵	張四維《雙》
治、醫	齊微	庚眞侵	王錂《尋》
回	齊微	庚眞侵	陳汝元《金》
夯	江陽	庚眞侵	阮大鋮《雙》
檻	監咸	庚青	周朝俊《紅》
過	歌戈	庚青	葉憲祖《金》
驂	監咸	眞侵	朱鼎《玉》
員	先天	眞文	梁辰魚《浣》

2.3 寒山、桓歡、先天、監咸、廉纖

屬《中原音韻》的「寒山、桓歡、先天、監咸、廉纖」五部的字在傳奇中的分合大致有以下幾種類型：

第一種類型：五部字互押，形成「寒廉」部

很多傳奇中屬《中原》「寒山、桓歡、先天、監咸、廉纖」五部的字完全互押，我們把它們合為一部，稱為「寒廉部」。這些傳奇有張鳳翼《紅拂記》、《祝髮記》、《灌園記》、《竊符記》、《虎符記》、史槃《櫻桃記》、沈鯨《雙珠記》、《鮫綃記》、張四維《雙烈記》、顧大典《青衫記》、孫柚《琴心記》、高濂《玉簪記》、周履靖《錦箋記》、梅鼎祚《玉合記》、葉憲祖《鸞鎞記》、朱鼎《玉鏡臺記》、許自昌《水滸記》、《節俠記》、《桔浦記》、《靈犀佩》、王錂《春蕪記》、《彩樓記》、《尋親記》、王驥德《題紅記》、邱瑞吾《運甓記》、陳汝元《金蓮記》、王玉峰《焚香記》、楊珽《龍膏記》、阮大鋮《牟尼合》、《春燈迷》、《燕子箋》、《雙金榜》。

以上這些傳奇作品以押「先天」部字爲主，根據各部用字的多少還可以分爲以下兩小類：

1、有「先天」獨用例，無「寒山」、「桓歡」、「監咸」或「廉纖」獨用例，如《紅拂記》、《祝髮記》、《灌園記》、《竊符記》、《虎符記》、《青衫記》、《錦箋記》、《玉合記》、《鸞鎞記》、《玉鏡臺記》、《水滸記》、《節俠記》、《桔浦記》、《靈犀佩》、《春蕪記》、《彩樓記》、《尋親記》、《題紅記》（無「監咸」部字）、《運甓記》、《金蓮記》、《焚香記》、《龍膏記》、《雙金榜》。

2、有「先天」獨用例，亦有個別「寒山」或「桓歡」獨用例（無「監咸」或「廉纖」獨用例），但「先天」與「寒山」、「桓歡」合用例遠遠多於「寒山」或「桓歡」獨用例，如《櫻桃記》、《雙珠記》、《鮫綃記》、《雙烈記》、《琴心記》、《玉簪記》、《车尼合》、《春燈迷》、《燕子箋》。

張鳳翼所作傳奇中，眞文部「闉、門、村、昏、根、恩」等字各入韻一次，「人」字入韻兩次，齊微部「罪」字入韻一次；史槃《櫻桃記》中，尤侯部「兜、透」二字各入韻一次；沈鯨《雙珠記》中，江陽部「囊洋」二字各入韻一次；許自昌《水滸記》中，眞文部「存」字入韻一次；王錂《彩毫記》中，皆來部「諧」字入韻一次。

下表是這類傳奇五部字獨用及互押的情況，其中「寒桓先監廉互押」包括「寒山」、「桓歡」、「先天」互押或這三部字中的任何一部或兩部或三部與「監咸」或「廉纖」部字相押。表中數字指曲子數，數字下邊或右邊字爲《中原》其他部押入此部的字。

表2−5：寒山、桓歡、先天、監咸、廉纖互押傳奇用韻情況表

作者	籍貫	作品	入韻曲子數	寒山獨用	桓歡獨用	先天獨用	監咸獨用	廉纖獨用	寒桓先監廉互押
張鳳翼	江蘇蘇州	紅	12	0	0	1	0	1	10 闉門人村
		祝	36	0	0	2	0	0	34
		灌	30	0	0	2	0	0	28 昏根恩
		竊	36	0	0	2	0	0	34 罪
		虎	29	1	1	3	0	0	24 人

作者	籍貫	作品	入韻曲子數	寒山獨用	桓歡獨用	先天獨用	監咸獨用	廉纖獨用	寒桓先監廉互押
史槃	浙江紹興	櫻	32	2兜	2	9透	0	0	19
沈鯨	浙江平湖	雙	46	1	0	18	0	0	27囊洋
		鮫	20	1	0	10	0	0	9
張四維	河北大名	雙	50	1	0	19	0	0	30
顧大典	江蘇吳江	青	18	0	0	3	0	0	15
孫柚	江蘇常熟	琴	36	0	2	4	0	0	30
高濂	浙江杭州	玉	73	1	0	5	0	0	67
周履靖	浙江嘉興	錦	69	0	0	10	0	0	59
梅鼎祚	安徽宣城	玉	49	0	0	7	0	0	42
葉憲祖	浙江紹興	鸞	30	0	0	9	1	1	19
朱鼎	江蘇崑山	玉	75	1	0	1	0	0	73
許自昌	江蘇蘇州	水	44	0	0	3	0	0	41存
		節	58	0	0	3	0	0	55
		桔	40	0	0	5	0	0	35
		靈	16	0	0	4	0	0	12
王錂	浙江杭州	春	37	2	0	5	0	0	30
		彩	16	1	0	6	0	0	9諧
		尋	40	0	0	6	0	0	34
王驥德	浙江紹興	題	55	0	0	3	0	0	52
邱瑞吾	浙江杭州	運	30	0	0	4	0	0	26
陳汝元	不詳	金	38	0	0	7	0	0	31
王玉峰	上海	焚	75	0	0	7	0	0	68

作者	籍貫	作品	入韻曲子數	寒山獨用	桓歡獨用	先天獨用	監咸獨用	廉纖獨用	寒桓先監廉互押
楊珽	浙江杭州	龍	67	0	0	3	0	0	64
阮大鋮	安徽懷寧	牟	19	1	0	5	0	0	13
		春	73	0	0	21	0	0	52
		燕	71	0	0	8	0	0	63
		雙	34	0	0	1	0	0	33

第二種類型：寒桓先、監廉分立

　　一些傳奇中寒山、桓歡、先天互押形成「寒桓先」部，監咸、廉纖互押形成「監廉」部，這類傳奇有謝讜《四喜記》、屠隆《修文記》、《曇花記》。

　　這三部傳奇中「先天、寒山、桓歡」字互押，我們將之合爲一部，稱爲「寒桓先」部。《四喜記》系聯到本部的共有 64 支曲子，其中 19 支「先天」獨用例，5 支桓歡獨用例，其餘 40 支均爲「寒山、桓歡、先天」合用例。《修文記》系聯到本部的曲子有 41 支，其中 6 支爲「先天」獨用例，無「寒山」或「桓歡」獨用例，另有 3 支曲子分別有一個「監咸」或「廉纖」字入韻，即第 21 齣〔打草竿〕叶「厭仙遍飯泉見」，「廉纖」部「厭」字押入此部，第 24 齣〔孝順歌〕叶「全玄懸挽善善濫天箭」，「監咸」部「濫」字押入此部，第 41 齣〔普天樂〕叶「院燦傳占然爛辦田蓮仙」，「廉纖」部「占」字押入此部，其餘 32 支曲子均爲「寒山、桓歡、先天」合用例。《曇花記》系聯到本部的曲子共 36 支，其中 5 支曲子爲「先天」獨用例，3 支曲子有「監咸」部字押入，即第 32 齣〔齊天樂〕叶「懸電炭慘餐然仙」、〔山坡羊〕叶「卷展簪淺喧傳殿間冤鵑憐弦」、第 39 齣〔泣顏回〕叶「園間減襌蓮扇顏」分別有「監咸」部「慘」字、「簪」、「減」字押入此部，1 支曲子有「廉纖」部字押入，即第 32 齣〔啼鶯兒〕叶「奸險冤辨天殿年遷」，「廉纖」部「險」字押入此部，其餘 27 支均爲「寒山、桓歡、先天」互押例。

　　這三部傳奇中「監咸」、「廉纖」字互押，我們將之合爲一部，稱爲「監廉」部。《四喜記》系聯到此部的有 5 支曲子，其中 1 支爲「廉纖」獨用例，其餘 4 支均爲「監咸、廉纖」合用例。《修文記》系聯到此部到曲子有 4 支，其中有 1 支有「寒山」字押入，即第 18 齣〔駐雲飛〕叶「嚴瞻念緘檢塹顏」，「寒山」部「顏」字押入此部，其餘均爲「監咸、廉纖」合用例。《曇花記》系聯到此部

的曲子有 10 支，其中有 1 支「廉纖」獨用例，即第 40 齣〔繞池遊〕叶「饜斂纖」，另有 1 支曲子有「寒山」部「凡」字入韻，即第 40 齣〔東甌令〕叶「敢男銛砍勘凡芟」，其餘 8 支曲子均爲「監咸、廉纖」合用例。

第三種類型：寒桓先部

一些作品中只有寒山、桓歡、先天部字互押，極少或沒有出現監咸或廉纖字，我們稱之爲「寒桓先」部，如屠隆《彩毫記》系聯到本部的曲子共 29 支曲子中 3 支爲「先天」獨用例，1 支爲「桓歡」獨用例，1 支有「監咸」和「廉纖」部各一字入韻，即 33 齣〔沽美酒〕叶「縑鮮穿憐輦毯蓮綻散寒還片」，「廉纖」部「縑」字和「監咸」部「毯」字入「先天」韻，其餘 25 支均爲「寒山、桓歡、先天」合用例。徐復祚《宵光記》系聯到本部的曲子有 21 支，其中 5 支爲「先天」獨用例，1 支爲「桓歡」獨用例，其餘 15 支均爲「寒山、桓歡、先天」合用例，無「監咸」或「廉纖」部字。

下表反映了以上兩類傳奇中五部字獨用或互押情況，表中數字指曲子數：

表 2－6：寒桓先、監廉分立傳奇及只有寒桓先部傳奇用韻情況表

作者	籍貫	作品	寒山獨用	桓歡獨用	先天獨用	寒、桓、先互押	監咸獨用	廉纖獨用	監、廉互押	寒桓先監廉互押
謝讜	浙江上虞	四	0	5	19	40	0	1	4	1
屠隆	浙江寧波	修	0	0	6	32	0	0	4	1
		曇	0	0	5	27	0	1	9	4
		彩	0	1	3	25	0	0	0	1
徐復祚	江蘇常熟	宵	0	1	5	15	0	0	0	1
孟稱舜	浙江紹興	二	1	0	0	18	0	0	0	2

第四種類型：寒山、桓歡、先天、監咸、廉纖五部分立

屬《中原》的「寒山、桓歡、先天、監咸、廉纖」五部字在一些傳奇作品用韻中涇渭分明，沒有或極少有出韻情況。根據系聯，把它們分爲寒山、桓歡、先天、監咸、廉纖五部，這類傳奇有史槃《鷓釵記》、沈璟《紅蕖記》、《埋劍記》、徐復祚《投梭記》、孫鍾齡《東郭記》、《醉鄉記》。

史槃《鷫釵記》中，尤侯部「酬」字押入「監咸」部。

下表反映了這類傳奇五部字獨用或互押的情況。表中數字為曲子數。「出韻曲子」中屬寒、桓、先、監、廉五部中字互押的不標出入韻字，其他部字入韻的標出入韻字。

表2-7：寒山、桓歡、先天、監咸、廉纖五部分立傳奇用韻情況表

作者	籍貫	作品	寒山獨用	桓歡獨用	先天獨用	監咸獨用	廉纖獨用	五部出韻曲子
史槃	浙江紹興	鷫	7	9	12	2	3	3 酬
沈璟	江蘇吳江	紅	19	10	10	9	7	1
		埋	15	2	15	2	5	0
徐復祚	江蘇常熟	投	14	5	10	6	12	6
孫鍾齡	未詳	東	11	12	13	13	11	4
		醉	12	9	20	14	8	7

以上四位作者都是比較嚴格地遵守《中原音韻》十九部的作家，史槃《鷫釵記》在每一齣前面都標上《中原》十九部的韻目，沈璟、徐復祚都是嚴格的曲律派作家，孫鍾齡生平不詳，但其兩部作品都是遵循《中原》十九部用韻的。

第五種類型：五部中少或一部或兩部或三部或四部

這類傳奇有《浣紗記》、《鷫釵記》、《吐絨記》、《節孝記》、《長命縷》、《紅梨記》、《紅梅記》、《紅葉記》、《桃符記》、《義俠記》、《埋劍記》、《雙魚記》、《投梭記》、《蕉帕記》、《東郭記》、《醉鄉記》、《嬌紅記》、《貞文記》。

在實際用韻中，又可以分為以下幾種類型：

1、分為「寒山、先天、監咸、廉纖」部，如高濂《節孝記》。

《節孝記》系聯到「寒山」部的有6支曲子，其中3支為「寒山」獨用例，另外3支有「監咸」、「桓歡」或「先天」部字押入，即卷上第4齣〔金瓏璁〕叶「劍旛壇翰亂難」，卷上第14齣〔桂枝香〕叶「歎挽散漢岸閒變遠，懶綿飯遷岸關難」，分別有「廉纖」部「劍」字、「桓歡」部「亂」字、「先天」部「變、遠、綿、遷」等字押入；系聯到「先天」部的曲子共22支，其中3支有「監咸」部、「廉纖」部或「桓歡」部字入韻，如卷上第17齣〔黃鶯兒〕叶「漣蹇怨遣天轉延淡喧」、〔貓兒墜〕叶「言染然戀電」，卷下第5齣〔鵲橋仙調〕叶「斷

便變怨減面丸願」，分別有「監咸」部「淡」字、「減」字，「廉纖」部「染」字、「桓歡」部「斷」字入韻，其餘 19 支均爲「先天」獨用例；系聯到「監咸」部的曲子只有 1 支，即卷下第 5 齣〔哭相思〕叶「慘減感黯」，系聯到「廉纖」部的曲子也只有 1 支，即卷上第 10 齣〔四園春〕叶「簷添漸尖劍顏」，「寒山」部「顏」字入韻。

2、分爲「寒山、桓歡、先天」部，如《浣紗記》、《吐絨記》。

《浣紗記》系聯到「寒山」部的共 4 支曲子，其中有 2 支「寒山」獨用例，1 支有「先天」部一字入韻，即第 15 齣〔鎖南枝〕叶「斑鬢縈飯難賤」，「先天」部「賤」字入韻，1 支有「桓歡」部一字入韻，即第 15 齣〔浪淘沙引〕叶「潺珊寒歡關山難間」，「桓歡」部「歡」字入韻；系聯到「桓歡」部的曲子只有 2 支，其中 1 支爲「桓歡」獨用例，1 支有「寒山」和「先天」部字入韻，即第 30 齣〔洞仙歌〕叶「汗滿亂漢轉換」，「寒山」部「汗」字、「漢」字及「先天」部「轉」字入韻；系聯到「先天」部的曲子共 20 支，其中 1 支有「寒山」部字入韻，即第 32 齣〔獅子序〕叶「顛間言前轉川殿然」，「寒山」部「間」字入韻，1 支有「桓歡」部字押入，即第 19 齣〔甘州歌〕叶「遠芊換年先園天煙」，「桓歡」部「換」字入韻，其餘 18 支均爲「先天」獨用例。《吐絨記》系聯到「寒山」部的曲子共 7 支，其中 4 支曲子爲「寒山」獨用例，3 支有先天部字入韻，即第 2 齣〔遶地遊〕叶「案難雁便棧散」，第 23 齣〔甘州歌〕叶「漢萬間膽炭反灣變艱關還綸，難飡殘戰鞍塡山燔寒」，「先天」部「便」字、「變」字、「戰」字、「塡」字入韻，第 23 齣第一支〔甘州歌〕曲還有「監咸」部「膽」字入韻；系聯到「桓歡」部的曲子有 1 支，爲「桓歡」獨用例；系聯到「先天」部的曲子有 4 支，其中 3 支爲「先天」獨用例，1 支有「廉纖」部一字入韻，即第 14 齣〔香柳娘〕叶「仙仙衍險天天錢勸眠眠船見」，「廉纖」部「險」字入韻。

3、分爲「寒山、先天、監咸」三部，如徐復祚《紅梨記》。

《紅梨記》系聯到「寒山」部的有 5 支曲子，均爲寒山獨用例；系聯到「先天」部的有 21 支曲子，其中 1 支有「寒山」部一字入韻，即第 11 齣〔鳳凰閣〕叶「殿遍邊面轉顏」，「寒山」部「顏」字押入「先天」韻，1 支有「廉纖」部一字入韻，即第 27 齣〔懶畫眉〕叶「天煙喧灩仙」，「廉纖」部「灩」字押入「先天」韻，其餘 19 支均爲「先天」獨用例；系聯到「監咸」部的曲子有 2

支，其中 1 支爲「監咸」獨用例，1 支有「廉纖」部一字入韻，即第 8 齣〔月雲高〕叶「暗感撼監濫膽三嵐，慘轗勘堪陷賺擔淹」，第一支曲子爲「監咸」獨用例，第二支曲子有「廉纖」部「淹」字押入。

4、分爲「寒山、先天、廉纖」三部，如梅鼎祚《長命縷》、沈璟《桃符記》、《義俠記》。

《長命縷》系聯到「寒山」部的曲子有 6 支，其中 4 支爲「寒山」獨用例，2 支有「先天」或「廉纖」部字押入，即第 11 齣〔水底魚〕叶「連寒韓」、〔劃鍬兒〕叶「天灘掩間殘祖返」，分別有「先天」部「連」字、「天」字，「廉纖」部「掩」字押入；系聯到「先天」部的曲子共 25 支，其中 3 支有「桓歡」部字入韻，即第 9 齣〔江兒水〕叶「誼建轉變電鞭斷，懸面便遠戰鞭斷」、〔尾聲〕叶「暖淺賢」，「桓歡」部「斷」字、「暖」字入韻，3 支有「廉纖」部一字押入，即第 16 齣〔催拍〕叶「邊前千千鳶年瞻濺，先連懸宣錢瞻濺，堅傳然然圓穿瞻濺」，「廉纖」部「瞻」字入韻，其餘 19 支均爲先天獨用例；系聯到「廉纖」部的曲子共 3 支，均爲「廉纖」獨用例；《桃符記》系聯到「寒山」部的曲子共 6 支，系聯到「先天」部的曲子共 8 支，系聯到「廉纖」部的曲子共 1 支，均爲「寒山」、「先天」、「廉纖」獨用例；《義俠記》系聯到「寒山」部的曲子共 13 支，其中 3 支有「先天」部各一字入韻，即第 21 齣〔寶鼎現〕叶「免歎案範盞」、〔錦堂月〕叶「悍寒軟欄看散挽安患」、〔尾聲〕叶「幻健看」，分別有「先天」部「免」字、「軟」字、「健〔註2〕」字入韻，1 支有「桓歡」部一字入韻，即第 21 齣〔錦堂月〕叶「繁滿限山雁挽安患」，「桓歡」部「滿」字入韻；系聯到「先天」部的曲子各 9 支，均爲「先天」獨用例；系聯到「廉纖」部的曲子共 5 支，均爲「廉纖」獨用例。

5、分爲「寒山、先天」部，如沈璟《雙魚記》、單本《蕉帕記》、孟稱舜《嬌紅記》、《貞文記》。

《雙魚記》系聯到「寒山」部的曲子共 10 支，均爲「寒山獨用例」；系聯到「先天」部的曲子共 5 支，均爲「先天」獨用例。《蕉帕記》系聯到「寒山」部的曲子共 8 支，均爲「寒山」獨用例；系聯到「先天」部的曲子共 13 支，均爲「先天」獨用例。《嬌紅記》系聯到「寒山」部的曲子共 4 支，均爲「寒山」

〔註 2〕《中原音韻》無「健」字，這裡依「建」字歸部。

獨用例，系聯到「先天」部的曲子共 49 支，其中有 11 支曲子有「寒山」部入韻的現象，即第 12 齣〔忒忒令〕叶「怨轉覵散言畔見」、〔江兒水〕叶「面天岸棧殿戀天便」、〔三月海棠〕叶「眼遍煙怨轉面川岸」，第 21 齣〔一封羅〕叶「旋前晚懸邊間踐」，第 25 齣〔駐雲飛〕叶「前痊誕舛延牷患間，邊然遣患煙牷壇遍天」，第 31 齣〔梧葉兒〕叶「斑言遍天轉」、〔黃鶯兒〕叶「篇斑蘚怨鈿辨川」、〔金絡索〕叶「偏變漢見年言箋牽遣邊泉見」，第 42 齣〔鎖窗寒〕叶「連懸全眷轉攀田，川緣堅限權免便」，分別有「寒山」部「散」「岸」「眼」「晚」「間」「患」「壇」「斑」「漢」「攀」「限」等 11 字入韻，第 12 齣〔忒忒令〕曲還有「桓歡」部「畔」字入韻，另有 3 支曲子有「廉纖」部字押入，即第 31 齣〔十二時〕叶「遣怨閃煎線」、〔梧桐樹犯〕叶「前變苑戀鈿卷奩扇」、〔攤破簇御林〕叶「然然前淺怨念專緣」，分別有「廉纖」部「閃」字、「奩」字、「念」字入韻，其餘 35 支曲子均為「先天」獨用例。《貞文記》系聯到「寒山」部的曲子共 14 支，其中 1 支有「眞文」部字押入，即第 22 齣〔皂羅袍〕叶「旦存斑看寒殘半」，「眞文」部「存」字入韻，2 支有「先天」部字入韻，即第 22 齣〔玉胞肚〕叶「怨難雁珊欄」、〔三囑付〕叶「返安坦願攀限」，分別有「先天」部「怨」字、「願」字押入，3 支曲子有「桓歡」部字押入，即第 22 齣〔醉扶歸〕叶「綰山幹眼鸞限」、〔薄媚賺〕叶「安攀限漢酸襴幹歡宦誕誕」、〔喜還京〕叶「難番襴館換間案」，分別有「桓歡」部「鸞」「酸」「館」「換」四字入韻，其餘 8 支曲子均為「寒山」獨用例；系聯到「先天」部的曲子共 28 支，其中 3 支曲子有「寒山」部字押入，即第 14 齣〔海棠醉春風〕叶「淺眷穿鮮慳艱眠」、〔玉交枝〕叶「淺鵑岸川緣願天泉」，第 23 齣〔憶多嬌〕叶「艱牽千圓緣緣緣邊」，分別有「寒山」部「慳」「艱」「岸」三字入韻，2 支曲子有「桓歡」部字入韻，即第 14 齣〔五供養犯〕叶「天泉憐然轉滿氈賤，酸連煎然怨全免」，分別有「桓歡」部「滿」「酸」二字入韻，其餘 23 支曲子均為「先天」獨用例。

　　6、只有先天部，如沈璟《博笑記》

　　《博笑記》沒有寒山、桓歡、監咸或廉纖部字入韻，系聯到「先天」部的 12 支曲子中無其他部字入韻。

　　第六種類型：分為先天、桓歡、監廉三部

　　如周朝俊《紅梅記》可分為「先天」、「桓歡」、「監廉」三部，但先天部有

寒山、桓歡、監咸、廉纖部字入韻。該戲「先天」部共 13 支曲子，其中 7 支爲「先天」獨用例，6 支曲子有「寒山」、「桓歡」、「監咸」或「廉纖」部字入韻，如第 12 齣〔金蕉葉〕叶「閒院男便」，寒山「閒」字與監咸「男」字入先天韻，第 12 齣〔江頭送別〕叶「釧店見傳，貫縣便連，喘扇電鸞」，廉纖「店」字、桓歡「貫」字、「鸞」字入先天韻，第 34 齣〔人月圓〕叶「願案殿綣綿」，〔尾聲〕叶「見纏眼」，寒山「案」字、「眼」字入先天韻，但同時《紅梅記》有 6 支桓歡獨用例，1 支「廉纖」部字押入「桓歡」例，即第 11 齣〔玉芙蓉〕叶「添亂歡喚寬酸鸞」，「廉纖」部「添」字押入「桓歡」，1 支「寒山」部字押入「桓歡」例，即第 11 齣〔朱奴兒〕叶「殘歡鸞斷亂端短」，「寒山」部「殘」字押入「桓歡」，另有 1 支廉纖獨用例，6 支監咸、廉纖互押例，因此我們將桓歡單立一部，監咸、廉纖合爲一部，稱爲「監廉」部。

五、六兩種類型的作品五部獨用及互押的情況見下表：

（表中「寒、桓、先互押」表示屬《中原》「寒山」「桓歡」「先天」三部字互押或三部中的任意兩部字互押；「寒桓先監廉互押」包括「寒山」、「桓歡」、「先天」互押或這三部字中的任何一部或兩部或三部與「監咸」或「廉纖」部字相押。）

表 2-8

作者	籍貫	作品	寒山獨用	桓歡獨用	先天獨用	寒、桓、先互押	監咸獨用	廉纖獨用	監、廉互押	寒、桓、先、監、廉互押
高濂	浙江杭州	節	3	0	2	2	1	2	0	4
徐復祚	浙江常熟	紅	5	0	20	1	1	0	1	0
梅鼎祚	安徽宣城	長	4	0	21	5	0	3	0	1
沈璟	江蘇吳江	桃	6	0	7	0	0	1	0	1
		義	12	0	9	1	0	5	0	0
		墜	1	0	17	2	0	0	0	0
		雙	10	0	4	1	0	0	0	0
		博	0	0	12	0	0	0	0	0

作者	籍貫	作品	寒山獨用	桓歡獨用	先天獨用	寒桓、先互押	監咸獨用	廉纖獨用	監、廉互押	寒、桓、先、監、廉互押
單本	浙江紹興	蕉	8	0	13	0	0	0	0	0
孟稱舜	浙江紹興	嬌	4	0	34	11	0	0	0	4
		貞	7存	0	22	13	0	0	0	0
周朝俊	浙江寧波	紅	0	4	5	9	0	1	6	2

2.4　家麻、車遮

　　車遮、家麻兩部在一些傳奇中區別使用，但在有些傳奇中則可以在一起押韻，因此這裡放在一起討論。

　　「大」「他」二字中古同為果攝歌韻字，但在《中原》中「大」屬家麻部，「他」屬「歌戈」部，在這六十部傳奇作品中，「大」字押入「歌戈」部的頻度與押入「家麻」部的頻度一樣高，「他」字押入「家麻」部的頻度與押入「歌戈」部的頻度一樣高，所以我們在討論歌戈、家麻二部的分合時，不以「大」「他」為依據。

一、車遮

　　《中原》「車遮」部字較少，且多數為入聲派入陰聲韻字。

　　一些傳奇中的「車遮」部與《中原》的「車遮」部完全一致，但一些傳奇中，屬《中原》「車遮」部陰聲韻字與屬《中原》「家麻」部陰聲韻字獨立系聯為一部，我們稱之為「家車」部（另外有部分傳奇《中原》「家麻」與「車遮」部的陰聲韻字和入聲韻字在一起相押，我們也稱之為「家車」部，如《虎符記》、《葛衣記》等）；屬《中原》「車遮」部所收入聲韻字可以系聯為獨立的入聲韻部，我們稱之為「月帖」部（有屬《中原》其他韻部的入聲字入韻），純粹以《中原》「車遮」部陰聲韻字入韻的曲子能夠獨立系聯為一部的傳奇一部也沒有。具體說來，有以下幾種情況：

　　1、無入聲獨立韻部的傳奇共有19部：史槃《櫻桃記》、《鷦釵記》、《吐絨記》，梅鼎祚《長命縷》，沈璟《桃符記》、《博笑記》、《義俠記》，徐復祚《紅梨記》，葉憲祖《鸞鎞記》，許自昌《水滸記》，王錂《彩樓記》，單本《蕉帕記》，

王玉峰《焚香記》，孫鍾齡《東郭記》、《醉鄉記》，孟稱舜《嬌紅記》、《貞文記》，阮大鋮《牟尼合》、《燕子箋》。

在這 19 部傳奇中，無獨立「車遮」部的有 7 部：《櫻桃記》、《桃符記》、《博笑記》、《彩樓記》、《蕉帕記》、《焚香記》、《牟尼合》。其中「車遮」與「家麻」合爲一部的有《牟尼合》，該戲第 15 齣〔步步嬌〕叶「發者銜下家詐」，〔江兒水〕叶「遮汊暇挲架大磨話」〔僥僥令〕叶「閘艖捨打」，〔收江南〕叶「譁擦些斜家家差」，〔沽美酒帶太平令〕叶「滑下瓜馬下撒刹薩斜發馬」，〔尾聲〕叶「掛刺捨」，第 25 齣〔川撥棹〕叶「鴉者芽芽紗加」，其餘 6 部無《中原》車遮部字入韻。

有獨立「車遮」韻部的有 12 部：《鸚釵記》、《吐絨記》、《長命縷》、《義俠記》、《紅梨記》、《鸞鎞記》、《水滸記》、《東郭記》、《醉鄉記》、《嬌紅記》、《貞文記》、《燕子箋》。

這 12 部戲中系聯到「車遮」部的曲子中都有韻腳字爲陰聲韻字，如《鸚釵記》第 18 齣〔點絳唇〕叶「笳野裂」，同齣〔包子令〕叶「捨堞截穴撇」；《長命縷》第 20 齣〔二郎神〕叶「怯折熱些葉拽劣遮、躡揭疊耶姐迭舌遮」；《義俠記》第 14 齣〔香柳娘〕叶「謝設竭撇結奢夜」；《紅梨記》第 16 齣〔沉醉東風〕叶「嗟熱撇裂蛇蠍決」，同齣〔尾〕叶「姐也歇」；《鸞鎞記》第 14 齣〔縷縷金〕叶「車賒也斜切切」；《水滸記》第 19 齣〔六么令〕叶「者者者者也也、也也也也者者」，同齣〔北折桂令〕叶「劣怯射揭列訣孽也車」；《東郭記》第 22 齣〔北新水令〕叶「嗟也賒烈」，同齣〔步步嬌〕叶「寫葉遮劣些咽」；《醉鄉記》第 27 齣〔北點絳唇〕叶「遮捨鶵寫」，同齣〔賺尾〕叶「些歇孽接邪蛇嗟伽車蠍蝶」；《嬌紅記》第 4 齣〔羅江怨〕叶「褶怯些也惹賒歇切」；《貞文記》第 3 齣〔齊破陣〕叶「嗟榭蛇斜」，同齣〔普天帶芙蓉〕叶「姐帖撇夜節邪葉賒」；《燕子箋》第 25 齣〔香柳娘〕叶「怯怯賒捨歇歇節劣劣挈，血血拆絕捨捨別者者摺，白白者挈姐姐也別別撇，絕絕者色得得熱歇歇折」。

以上 12 部戲也都有純粹「車遮」部入聲字押韻的曲子，如《紅梨記》第 1 齣〔瑤輪第五曲〕叶「列浹別業屑月拙捷折節鍥舌」，第 16 齣〔川撥棹〕叶「切越轍轍迭滅絕」；《鸞鎞記》第 14 齣〔撲燈蛾〕叶「裂轍決折貼絕」；《水滸記》第 19 齣〔南江兒水〕叶「列設徹滅脫烈」；《東郭記》第 22 齣〔江兒水〕叶「咽

舌潔藉妾月折」；《醉鄉記》第 37 齣〔黃龍衰〕叶「茄舌鼉蠍啜」；《嬌紅記》第 4 齣〔五更轉〕叶「怯別切血說咽月、說穴葉劣迭折貼」；《貞文記》第 24 齣〔鮑老兒〕叶「別血切摺迭穴」；《燕子箋》第 35 齣〔真珠馬〕叶「月切說節血」。這些純粹入聲字押韻的曲子與陰入互押的曲子都能系聯到一起，因此這裡將它們合為一部。

以上 12 部戲中「車遮」部字同時也押入「家麻」部的有《吐絨記》、《紅梨記》、《鸞鎞記》、《水滸記》、《嬌紅記》、《貞文記》、《燕子箋》，如《吐絨記》第 25 齣〔皂羅袍〕叶「達家車榻」；《紅梨記》第 15 齣〔生查子〕叶「嘩麝紗罷」；《鸞鎞記》第 10 齣〔八聲甘州〕叶「髮誇嘉下奢喳花」，〔一封羅〕叶「賒家價霞加退訝」；《水滸記》第 4 齣〔瑣窗郎〕叶「奢沙華納價誇、嗟沙芽納法誇」；《嬌紅記》第 20 齣〔尾聲〕叶「話些咱」，第 39 齣〔醉太平〕叶「訝夜霞紗涯琶假下加」，〔白練序〕叶「下涯夜掛麻花亞罷」，〔醉太平〕叶「呀也鴉家呀花跨察差」，〔尾聲〕叶「滑也花」；《貞文記》第 11 齣〔太師引〕叶「些話家馬鴉下撒涯花」，第 27 齣〔祝英臺近〕叶「亞下家惹」，第 29 齣〔忒忒令〕叶「華亞惹要」；《燕子箋》第 6 齣〔七娘子〕叶「斜鴉聒下」，〔刷子帶芙蓉〕叶「瑕華花紗答些畫花」，〔山漁燈犯〕叶「罷馬牙甲寡茶謝花法差煞馬花」。「家麻」部字押入「車遮」部的有《鸚釵記》、《貞文記》，如《鸚釵記》第 18 齣〔點絳唇〕叶「笳野裂」，〔滾春花〕叶「伽爺血鐵靴要」，〔包子令〕叶「匣加冶爺蛇」；《貞文記》第 24 齣〔紅衫兒〕叶「闕襪發雪徹徹滑」。

2、有入聲獨立韻部的傳奇共 41 部，它們是：謝讜《四喜記》，梁辰魚《浣紗記》，張鳳翼《紅拂記》、《祝髮記》、《灌園記》、《竊符記》、《虎符記》，沈鯨《雙珠記》、《鮫綃記》，張四維《雙烈記》，顧大典《青衫記》、《葛衣記》，孫柚《琴心記》，高濂《玉簪記》、《節孝記》，屠隆《修文記》、《彩毫記》、《曇花記》，周履靖《錦箋記》，梅鼎祚《玉合記》，沈璟《紅蕖記》、《墜釵記》、《雙魚記》、《埋劍記》，徐復祚《投梭記》、《宵光記》，袁于令《金鎖記》、朱鼎《玉鏡臺記》、周朝俊《紅梅記》，許自昌《節俠記》、《桔浦記》、《靈犀佩》，王錂《春蕪記》、《尋親記》，王驥德《題紅記》，邱瑞吾《運甓記》，陳汝元《金蓮記》，楊珽《龍膏記》，孟稱舜《二胥記》，阮大鋮《春燈迷》、《雙金榜》。

這 41 部傳奇中「車遮」部有無及合韻情況如下：

　　1）有獨立的入聲韻部「月帖」部，沒有「車遮」部的有22部戲：《紅拂記》、《竊符記》、《雙珠記》、《鮫綃記》、《雙烈記》、《青衫記》、《琴心記》、《修文記》《彩毫記》、《曇花記》、《玉合記》、《金鎖記》、《玉鏡臺記》、《紅梅記》、《桔浦記》、《靈犀佩》、《春蕪記》、《題紅記》、《運甓記》、《金蓮記》、《龍膏記》、《春燈迷》。

　　在這22部傳奇中，無陰聲韻部「車遮」部，屬《中原》「車遮」部的陰聲韻字押入與「家麻」部，即「車遮」與「家麻」合爲一部的有12部：《紅拂記》、《青衫記》、《修文記》、《彩毫記》、《曇花記》、《玉合記》、《紅梅記》、《桔浦記》、《靈犀佩》、《春蕪記》、《金蓮記》、《春燈迷》。這12部戲的「家車」部的韻腳字基本上都是原屬《中原》「家麻」部和「車遮」部的陰聲韻字，有的曲子也有個別「車遮」部入聲字和「家麻」部入聲字入韻。

　　《紅拂記》系聯到「家車」部的曲子共8支，其中2支爲家麻獨用，5支有「車遮」部字押入，即第17齣〔番卜算〕叶「夜家捨」，〔西地錦〕叶「斜涯」，〔降黃龍〕叶「嗟捨摀訝摸發」，〔大聖樂〕叶「靶捨嗟灑」，第21齣〔南園林好〕叶「遮沙卦麻華」，另有1支有魚模部和歌戈部共四字押入。

　　《青衫記》「家車」部9支曲子中4支爲「家麻」自押，5支有「車遮」部字入韻，如第4齣〔一翦梅〕叶「霞花花斜涯涯」，同齣〔黃鶯兒〕叶「霞賒畫麻加價家花，馬啹花掛瓜咱下嗟紗」，〔簇御林〕叶「賒花掛化遮些，花涯掛駕誇槎」。

　　《修文記》「家車」部共25支曲子，其中有7支爲「家麻」獨用例，1支爲「車遮」獨用例，其餘17支均爲「家麻」「車遮」互押例，如第6齣〔夜行船〕叶「駕嫁夏邪，下畫掛謝」，第31齣〔西地錦〕叶「駕霞下車」，第32齣〔急板令〕叶「霞紗花花葩賒加芽，華車花花奢拿加芽，加茶花花沙嗟加芽」，同齣〔大環著〕叶「訝訝華詫摀下花也灑迓沙掛駕雅」，〔越恁好〕叶「謝謝麻遮沙捨也下」，第44齣〔三煞〕叶「賒差化馬車大他」，第47齣〔步蟾宮〕叶「暇車譁話」，同齣〔二郎犯〕叶「話灑媽花夜差，嗟亞謝芽雅拔華」，〔囀林鶯〕叶「大沙也查罰下他，要瓜些瑕迓下咱家」，〔啄木公子〕叶「麻寫沙灑駕霞賒，誇寡花舍下家涯」，第48齣〔引子〕叶「灑者」。

　　《彩毫記》「家車」部16支曲子中有7支「家麻」自押，9支與「車遮」部字互押，如第13齣〔臨江仙〕叶「花霞紗華家賒」，第19齣〔漁家傲〕叶「華些謝花嗟」，同齣〔剔銀燈〕叶「遮馬下夜涯賒」，第29齣〔那吒令〕叶

「笳楂邪蛇嗟傑車」。

《曇花記》系聯到「家車」部的 8 支曲子中 4 支爲「家麻」自押，4 支有車遮部字押入，即第 11 齣〔小桃紅〕叶「嗟也邪嫁花馬琶牙下賒娃」，〔下山虎〕叶「家瓜花笳話華下斜咱」，〔蠻牌令〕叶「華花沙掛芽加車」，第 43 齣〔重疊令〕叶「車花」。

《玉合記》「家車」部 18 支曲子中 12 支爲「家麻」自押，6 支爲「家麻」「車遮」互押，即第 17 齣〔駐雲飛〕「遮鬙嫁壓衙下架他他」，〔勝如花〕叶「賒灑瓦靶麻瓜沙下那家家」，〔榴花泣〕叶「車笳些娃嗟化花」，〔急板令〕叶「斜賒槎槎華加家牙」，〔一撮棹〕叶「騧鴉遐華馬遮遮」，〔刮鼓令〕叶「斜霞嗟馬馬紗花」。

《紅梅記》「家車」部共 24 支曲子，其中 17 支爲「家麻」自押，7 支有「車遮」部字押入，即第 4 齣〔繡帶兒〕叶「假花芽價話嗟野」，〔白練序〕叶「花剌些馬他衙鴉」，〔降黃龍〕叶「喳華化掛嗟怕下譁花」，〔簇御林〕叶「咱他化法家蛇」，第 17 齣〔北一枝花〕叶「詫些喳發衙殺」，〔梁州第七〕叶「打喳呀剎押衙枷呀又牙呀查察拿耍大詫差些」，第 19 齣〔駐雲飛〕叶「紗霞滑襪花把甲斜」。

《桔浦記》「家車」部 10 支曲子中 5 支爲「家麻」自押，5 支有「車遮」部字押入，如第 7 齣〔駐馬聽〕叶「槎花嗟霞畫華架，枒華喳槎下車架」，〔泣顏回〕叶「譁加嗟髮遮罷寡巴」，〔撲燈蛾〕叶「嘉大雜灑嗟駕蝦」，〔尾聲〕叶「大家嗟」。

《靈犀佩》「家車」部 5 支曲子中只有 1 支爲「家麻」自押，其餘 4 支均爲「家麻」「車遮」互押，即第 26 齣〔引〕叶「嗟馬」，〔憶鶯兒〕叶「車遮他華嘉約加涯」，〔憶虎序〕叶「卦娃鶴花華耶奢奢霞」，〔山虎嵌蠻牌〕叶「亞華牒家嫁鴨雀蛇架涯下協花」。

《春蕪記》「家車」部只有 2 支曲子，都是「家麻」「車遮」互押，即第 18 齣〔泣顏回〕叶「華霞麝花誇價麻，誇花鴉下查斜弱巴」。

《金蓮記》「家車」部 14 支曲子中有 4 支爲「家麻」自押，其餘 10 支均爲「家麻」「車遮」互押，如第 6 齣〔駐馬聽〕叶「騧花紗斜掛槎畫」，〔不是路〕叶「華花惹遮斜罷誇畫架下下」，〔急板令〕叶「斜賒華華霞花家遮，麻瓜華華芽鴉家遮」，第 18 齣〔桂枝香〕叶「邁灑帶華華下寫涯鴉，在待對賒賒債敗涯紗」。

《春燈迷》「家車」部共 23 支曲子（不計〔集唐〕詩），其中 19 支爲「家麻」自押，4 支有「車遮」部字押入，即第 16 齣〔黃鶯兒〕叶「花譁瓦嘉華捨沙家，鴉賒下紗滑煞沙家」，〔簇御林〕叶「華斜畫雅涯花」，第 20 齣〔皂羅袍〕叶「獺花牙化家達者」。

在這 22 部傳奇中，沒有「車遮」部，也沒有「家車」部的有 10 部：《竊符記》、《雙烈記》、《雙珠記》、《鮫綃記》、《琴心記》、《金鎖記》、《玉鏡臺記》、《題紅記》、《運甓記》、《龍膏記》。其中《鮫綃記》系聯到「月帖」部的曲子共 6 支，有「車遮」部陰聲韻字押入，即第 25 齣〔高陽臺〕叶「熱滅咽也折裂」；《雙烈記》有「車遮」部 1 字押入「家麻」部，即第 13 齣〔泣顏回〕叶「麻家假些他大花」。

2）無獨立入聲韻部「月帖」部，但有「家車」部的有 3 部：《灌園記》、《虎符記》、《葛衣記》、《曇花記》。

《灌園記》系聯到「家車」部的曲子共 4 支，每支都有「車遮」部字押入，即第 29 齣〔謁金門〕叶「罷畫大捨駕也假話」，〔金索掛梧桐〕叶「差假罵他沙花家迓車呀掛，差靶話咱華霞下家迓車呀掛，咱嫁吒瑕誇媧價家迓車呀掛」。

《虎符記》系聯到家車部的曲子共 7 支，曲中 5 支爲「家麻」「車遮」互押例，即第 28 齣〔宜春令〕叶「雪熱寡綫暇葉，徹雪架折假跌，節越夏蛇寡潔，疊別夜屑靶下」，第 36 齣〔菩薩蠻〕叶「葉匝」；2 支爲「車遮」入聲韻字押韻例（曲中 1 支有「歌戈」部入聲一字押入），即第 4 齣〔蝶戀花〕叶「歇節爇鐵越傑折月」，第 28 齣〔憶秦娥〕叶「節月月合歇絕絕血」。

《葛衣記》「家車」部共 4 支曲子，其中 2 支曲子爲「家麻」「車遮」互押例，即第 19 齣〔水底魚〕叶「笳遮邪，霞賒蛇」，2 支爲「車遮」獨用例，即第 19 齣〔點絳唇〕叶「野滅蹶」，〔四邊靜〕叶「雪烈赫烈邪闕」，這兩支曲子爲「車遮」入聲韻入韻例。

3）無獨立的「月帖」部，但有「車遮」部的有 5 部：《錦箋記》、《玉簪記》、《節孝記》、《宵光記》、《雙金榜》。

《錦箋記》系聯到「車遮」部的曲子共 10 支，即第 25 齣〔霜天曉角〕叶「涉歇折遮」，〔香柳娘〕叶「切切月怯疊疊蛇別也也越，揭揭烈絕爇爇遮閱也也越，貼貼說折絕絕嗟闋頰頰蝶，悅悅決揭別別奢葛頰頰蝶」，〔憶多嬌〕叶「決

烈穴竭裂裂別，絕竭越缺裂裂別」，〔鬥黑麻〕叶「閱鉞烈悅越徹訣，說月節結越徹訣」，〔尾聲〕叶「涉也嗟」。

《玉簪記》系聯到「車遮」部的曲子共 7 支，即第 6 齣〔金瓏璁〕叶「冶遮熱疊穴接」，第 18 齣〔桂枝香〕叶「葉月熱蝶鐵說血，舍夜月熱貼說嗟」，〔不是路〕叶「蛇也遮榭些者撇舍接接」，〔長拍〕叶「蝶遮潔鐵舌折奢烈」，〔短拍〕叶「月撇熱折」，〔尾〕叶「說掘折」。同時「家麻」部有「車遮」部字押入，即第 1 齣〔沁園春〕叶「雅涯霞誇呀娃佳華家遮麻葭」，〔二犯朝天子〕叶「斜花涯沙車他呀咱」。

《節孝記》「車遮」部僅 1 支曲子，即卷下第 12 齣〔霜天曉月〕叶「葉夜轍蛇」，同時有《中原》「車遮」部字押入「家麻」部例，如第 2 齣〔僥僥令〕叶「花賒」，第 12 齣〔臨江仙〕叶「花家茶賒霞加」。

《宵光記》系聯到「車遮」部的曲子共 3 支，即第 28 齣〔引〕叶「揭疊」，〔青衲襖〕叶「別些結滅孽葉切說」，〔香柳娘〕叶「別別夜月野野瓜葉」。

《雙金榜》系聯到「車遮」部的曲子共 6 支，即第 30 齣〔二郎神〕叶「咽些別遮雪冽怯刻」，〔集賢賓〕叶「疊貼孑撇絕褶」，〔囀林鶯〕叶「傑策涉折帖結者泊」，〔黃鶯兒〕叶「別攝褋歇箔竭切拆」，〔貓兒墜〕叶「越涉切月」，〔尾聲〕叶「咽蝶惹」。

二、家麻

這六十部傳奇中「家麻」部的有無及合韻情況有以下幾種：

1、無獨立「家麻」部的傳奇有 25 部：《紅拂記》、《祝髮記》、《虎符記》、《竊符記》、《灌園記》、《雙珠記》、《鮫綃記》、《青衫記》、《葛衣記》、《琴心記》、《修文記》、《彩毫記》、《曇花記》、《玉合記》、《玉鏡臺記》、《紅梅記》、《桔浦記》、《靈犀佩》、《春蕪記》、《尋親記》、《運甓記》、《金蓮記》、《焚香記》、《牟尼合》、《春燈迷》。根據《中原》「家麻」部字的入韻情況可分爲以下幾類：

1）無《中原》「家麻」部字入韻的有 4 部：《祝髮記》、《雙珠記》、《鮫綃記》、《焚香記》。這 4 部戲沒有《中原》「家麻」部陰聲韻或入聲韻字入韻。

2）無獨立「家麻」部，《中原》「家麻」部字入其他韻部的有 3 部：《竊符記》、《琴心記》、《運甓記》。

《竊符記》有「家麻」部入聲字押入「月帖」部，如第 2 齣〔錦堂月〕叶

「悅葉夾怯別業」，〔僥僥令〕叶「薹業，洽笝」，第 34 齣〔高陽臺〕叶「越熱發節絕，迭國葛發傑活月」，〔尾聲〕叶「發遏別」。

《琴心記》有「家麻」部入聲字押入「月帖」部，如第 2 齣〔高陽臺引〕叶「說滅髮鋏」，〔高陽臺序〕叶「噎曳越殺閱缺，怯拙舌達業絕」；第 10 齣〔孝順歌〕叶「妾合蝶浹接疊闥貼，蝶劫鬢跌血押妾業」，〔鎖南枝〕叶「折插頰疊法，囓掐搭掣鐵」，〔憶多嬌〕叶「說怯拽拉拉儸，接法切躡躡熱，壓撚遏狹狹妾」，〔鬥黑麻〕叶「峽榻法穴愜愜涉月」，〔尾〕叶「蹀答捷」。

《運甓記》有「家麻」部入聲字押入「月帖」部，如第 6 齣〔高陽臺序〕叶「達別悅竭」，〔高陽臺〕叶「迭嚇越達折舌，別絕躄切撥盡」。

3）無獨立「家麻」部，「家麻」與「車遮」合為一部的有 16 部：《紅拂記》、《虎符記》、《灌園記》、《青衫記》、《葛衣記》、《修文記》、《彩毫記》、《曇花記》、《玉合記》、《紅梅記》、《桔浦記》、《靈犀佩》、《春蕪記》、《金蓮記》、《牟尼合》、《春燈迷》。這 16 部戲中屬《中原》「車遮」部的陰聲韻字與屬《中原》「家麻」部的陰聲韻字相押形成「家車」部，有的戲中以屬《中原》「車遮」部的入聲韻字為主形成「月帖」部，但有些戲中「家車」部也有部分《中原》「家麻」部入聲韻字入韻，個別戲還有《中原》「車遮」部入聲韻字入韻；「月帖」部也有部分《中原》「車遮」部陰聲韻字入韻，個別戲還有部分《中原》「家麻」部陰聲韻字入韻。具體情況有以下幾種：

①有「家車」部，也有「月帖」部，且「月帖」部中有「家麻」部入聲字入韻的有《紅拂記》、《青衫記》、《曇花記》。

《紅拂記》、《曇花記》中，《中原》「家麻」和「車遮」的陰聲韻字互押形成「家車」部，《中原》「家麻」和「車遮」的入聲韻字互押形成「月帖」部，但「月帖」部中有部分「車遮」部陰聲韻字入韻；《青衫記》「月帖」部中有一個「家麻」部入聲韻字入韻，即第 2 齣〔高陽臺〕叶「哲說別闊絕達」。

②有「家車」部，也有「月帖」部，「月帖」部中沒有「家麻」部陰聲韻或入聲韻字押入的傳奇有 7 部：《彩毫記》、《玉合記》、《紅梅記》、《桔浦記》、《春蕪記》、《金蓮記》、《春燈迷》。

《彩毫記》「月帖」部有「車遮」部陰聲韻一字入韻。

《玉合記》「家車」部有部分《中原》「家麻」部入聲韻字入韻，如第 17 齣

〔駐雲飛〕叶「葩家亞大嗏踏他他」，〔北清江引〕叶「搭抹查軋遢，發刮抓掐瞎」。

《紅梅記》「家車」部有部分《中原》「家麻」部入聲韻字入韻，如第 4 齣〔憶秦娥〕叶「下詫詫發」，〔醉太平〕叶「查家假瑕要答雜華下家達」，〔簇御林〕叶「咱他化法家蛇」；第 6 齣〔北點絳唇〕叶「擱灑刮沙下」，〔清江引〕叶「乍刮馬下」；第 17 齣〔北一枝花〕叶「詫些嗏發衙殺」，〔梁州第七〕叶「打嗏呀刹押衙枷呀又牙呀查察拿要大詫差些」，〔牧羊關〕叶「家紗涯下怕加殺家大牙」，〔罵玉郎〕叶「下華罷他呀踏」，〔哭皇天〕叶「麼殺雅呀話他花」，〔烏夜啼〕叶「把家花殺霞華誇吒差」；第 19 齣〔駐雲飛〕叶「紗霞滑襪花把甲斜」。

《桔浦記》「月帖」部中有個別《中原》「歌戈」（「合」字）、「魚模」（「窟」字、「沒」字）、「蕭豪」（「鵲」字）、「皆來」（「白」字）等部字入韻。

《春蕪記》「月帖」部有「捨」字入韻，「家車」部有「弱」字入韻。

《金蓮記》「家車」部有「邁帶在待債敗」等《中原》「皆來」部字和「齊微」部「對」字入韻，如第 18 齣〔唐多令〕叶「賒槎帶笳」，〔桂枝香〕「邁灑帶華華下寫涯鴉，在待對賒賒債敗涯紗」，另有「掠」字入韻；「月帖」部有「寫」字入韻。

《春燈迷》「月帖」部只有 1 支曲子；「家車」部有《中原》「家麻」部入聲韻字入韻，如第 16 齣〔黃鶯兒〕叶「鴉賒下紗滑煞沙家」，〔山坡羊〕叶「下乏假罰夏搭花芽花插，法煞鮓辣罷掛花沙花搭」；第 20 齣〔皂羅袍〕叶「獺花牙化家達者」；第 35 齣〔醉花陰〕叶「馬跨乍縶話獺罷納」，〔喜遷鶯〕叶「瓜滑譁架擱」，〔出隊子〕叶「紗大衙擦撒打」，〔刮地風〕叶「大花發榻抹家撻花發掛差畫」，〔四門子〕叶「塔家砑打加雅嫁價花撒」，〔水仙子〕叶「他又下家大化滑花搽」。

③只有「家車」部，無「月帖」部的傳奇有 4 部：《灌園記》、《修文記》、《靈犀佩》、《牟尼合》。

《灌園記》系聯到「家車」部的曲子共 4 支，即第 29 齣〔謁金門〕叶「罷畫大捨駕也假話」，〔金索掛梧桐〕叶「差假罵他沙花家迓車呀掛，差靶話咱華霞下家迓車呀掛，咱嫁吒瑕誇媧價家迓車呀掛」。

《修文記》「家車」部有兩個《中原》「家麻」部入聲字入韻，即第 32 齣〔大環著〕叶「話家寡馬踏沙掛駕雅」，第 47 齣〔二郎犯〕叶「嗟亞謝芽雅拔華」。

《靈犀佩》系聯到「家車」部的曲子共 5 支，即第 26 齣〔引〕叶「嗟馬」，

〔憶鶯兒〕叶「車遮他華嘉加涯」，〔憶虎序〕叶「卦娃花華耶奢奢霞」，〔上林春〕叶「衙下」，〔山虎嵌蠻牌〕叶「亞華牒家嫁鴨雀蛇架涯下協花」。

《牟尼合》系聯到「家車」部的 20 支曲子中有 13 支曲子有《中原》「家麻」部入聲韻字入韻，其中 1 支有《中原》「車遮」部入聲韻一字入韻，如第 15 齣〔新水令〕叶「發者衙下家詐」，〔折桂令〕叶「牙牙差痂蟆薩法拿晶」，〔雁兒落帶得勝令〕叶「伽蠟瓜剌喳抹洽唛」，〔僥僥令〕叶「閘艋捨打」，〔收江南〕叶「譁擦些斜家家差」，〔園林好〕叶「撒下發發」，〔沽美酒帶太平令〕叶「滑下瓜馬下撒刹薩斜發馬」，〔尾聲〕叶「掛剌捨」；第 25 齣〔園林好〕叶「家瓜法紗達」，〔江兒水〕叶「紗馬閥謝瓦話，涯打話假罰灑」，〔川撥棹〕叶「葭達咱花」，〔尾聲〕叶「雜下佳」。

④「家車」部中既有《中原》「家麻」和「車遮」部的陰聲韻字，又有「家麻」和「車遮」部的入聲韻字的傳奇有《虎符記》、《葛衣記》。

《虎符記》系聯到「家車」部的曲子共 7 支，其中 2 支為車遮入聲韻字自押例（其中 1 支有歌戈部「合」字押入），即第 4 齣〔蝶戀花〕叶「歇節爇鐵越傑折月」，第 28 齣〔憶秦娥〕叶「節月月合歇絕絕血」，4 支為家麻部陰聲韻字與車遮部陰聲韻、入聲韻字互押例，即第 28 齣〔宜春令〕叶「雪熱寡絏暇葉，徹雪架折假跌，節越夏蛇寡潔，疊別夜屑靶下」，1 支為家麻陰聲韻字與車遮陰聲韻字互押例，即第 36 齣〔菩薩蠻〕叶「葉匜」。

《葛衣記》「家車」部共 4 支曲子，其中 2 支為家麻陰聲韻字、入聲韻與車遮陰聲韻字互押例，即第 19 齣〔水底魚〕叶「笳遮邪，霞賒蛇」，2 支為車遮陰聲韻字與入聲韻字互押例，即第 19 齣〔點絳唇〕叶「野滅蹶」，〔四邊靜〕叶「雪烈赫烈邪關」。

4）無獨立「家麻」部，「家麻」與「車遮」、「歌戈」、「魚模」合為一部的有《尋親記》，該戲第 13 齣〔鎖南枝〕叶「家下差下話惹打假巴達下」，「家麻」與「車遮」互押；同齣〔玉交枝〕叶「下家火途坡渡馬」，「家麻」與「歌戈」、「魚模」互押；同齣〔沉醉東風〕叶「拿假個查寫過打下」，「家麻」與「歌戈」、「車遮」互押；同齣〔玉胞肚〕叶「詐衙牙婦墮查涯」，「家麻」與「魚模」、「歌戈」互押；同齣〔步步嬌〕叶「下話広掛家坐」，「家麻」與「歌戈」互押；第 16 齣〔解三酲〕叶「寫家坐涯才家」，「車遮」、「家麻」、「歌戈」、「皆來」互押；

同齣〔瑣寒窗〕叶「跎過華做果查何」，「歌戈」、「家麻」互押。《尋親記》同時有「模歌」部。

5）無獨立「家麻」部，「家麻」與「皆來」合為一部的有《玉鏡臺記》，該戲第 5 齣〔花心動〕叶「畫罷賴外」。

2、有獨立「家麻」部的傳奇有 35 部：《四喜記》、《浣紗記》、《櫻桃記》、《鸊釵記》、《吐絨記》、《雙烈記》、《玉簪記》、《節孝記》、《錦箋記》、《長命縷》、《紅蕖記》、《桃符記》、《博笑記》、《墜釵記》、《義俠記》、《雙魚記》、《埋劍記》、《投梭記》、《紅梨記》、《宵光記》、《金鎖記》、《鸞鎞記》、《水滸記》、《節俠記》、《彩樓記》、《題紅記》、《蕉帕記》、《龍膏記》、《東郭記》、《醉鄉記》、《嬌紅記》、《二胥記》、《貞文記》、《燕子箋》、《雙金榜》。根據《中原》「家麻」入聲字入韻與否可以分成以下兩類：

1）無《中原》「家麻」部入聲字入韻的有 7 部：《四喜記》、《浣紗記》、《雙烈記》、《錦箋記》、《玉簪記》、《節俠記》、《彩樓記》。據「車遮」或「歌戈」部字入韻與否可以分為以下幾種情況：

有「車遮」部字入韻的有 5 部：《四喜記》、《浣紗記》、《雙烈記》、《錦箋記》、《玉簪記》。如《四喜記》，第 25 齣〔生查子〕叶「榭迓」；《浣紗記》第 2 齣〔金井水紅花〕叶「斜霞誇畫家花罷他咱話，紗芽釵訝斜花下他咱嫁」；《雙烈記》第 13 齣〔泣顏回〕叶「麻家假些他大花」；《錦箋記》第 10 齣〔賀聖朝〕叶「鴉摭涯嗟」，〔好姐姐〕叶「花冶佳掛下賒」，〔玉胞肚〕叶「訝耶車沙嗟，假斜瑕差花，冶葩話花嗟」；《玉簪記》第 1 齣〔沁園春〕叶「雅涯霞誇呀娃佳華家遮麻葭」，第 33 齣〔二犯朝天子〕叶「斜花涯沙車他呀咱」。這 4 部戲均有獨立的「車遮」部，而無「月帖」部。

有「歌戈」部字入韻的有《四喜記》，如第 22 齣〔海棠春〕叶「花下，科野」，該戲無獨立的「歌戈」部。

既無「車遮」部也無「歌戈」部字入韻的有《節俠記》、《彩樓記》。《節俠記》「家麻」部只有一支曲子，即第 25 齣〔梨花兒〕叶「大花化要」；《彩樓記》「家麻」部只兩支曲子，即第 18 齣〔光光乍〕叶「家罰下乍」，第 19 齣〔光光乍〕叶「家裟罷乍」。

2）有《中原》「家麻」部入聲字入韻的有 28 部：《櫻桃記》、《鸊釵記》、《吐

絨記》、《節孝記》、《長命縷》、《紅藥記》、《桃符記》、《博笑記》、《墜釵記》、《義俠記》、《雙魚記》、《埋劍記》、《投梭記》、《紅梨記》、《宵光記》、《金鎖記》、《鸞鎞記》、《水滸記》、《題紅記》、《蕉帕記》、《龍膏記》、《東郭記》、《醉鄉記》、《嬌紅記》、《二胥記》、《貞文記》、《燕子箋》、《雙金榜》。據「車遮」或「歌戈」部字入韻與否可以分為以下幾類：

有「車遮」部字入韻的有 12 部戲：《吐絨記》、《節孝記》、《埋劍記》、《紅梨記》、《宵光記》、《鸞鎞記》、《水滸記》、《龍膏記》、《嬌紅記》、《二胥記》、《燕子箋》、《雙金榜》。

如《吐絨記》第 25 齣〔皂羅袍〕叶「達家車榻」；《節孝記》第 12 齣〔臨江仙〕叶「花家茶賒霞加」；《埋劍記》第 27 齣〔越調過曲小桃紅〕叶「家駕賒達衙話寡他拔」；《紅梨記》第 15 齣〔生查子〕叶「嘩麝紗罷」；《宵光記》第 17 齣〔窣地錦襠〕叶「街斜芽鞢」；《鸞鎞記》第 10 齣〔八聲甘州〕叶「髮誇嘉下奢喳花」，〔一封羅〕叶「賒家價霞加退訝」；《水滸記》第 4 齣〔瑣窗郎〕叶「奢沙華納價誇，嗟沙芽納法誇」；《龍膏記》第 18 齣〔鬼三臺〕叶「架射鍔麻加家髮」；《嬌紅記》第 20 齣〔尾聲〕叶「話些咱」，第 39 齣〔醉太平〕叶「呀也鴉家呀花跨察差」，〔尾聲〕叶「滑也花」；《二胥記》第 7 齣〔甘州歌〕叶「雅家話鴉鈀花斜紗，衙踏華家賒呀麻奢，花家馬麻爺蝦差華」，第 15 齣〔天下樂〕叶「耍家些麻衙辣」，〔醉扶歸〕叶「大洽加辣嗟煞下」，〔後庭花〕叶「遮沙野咱麻剮家花把麼掛」；《貞文記》第 11 齣〔太師引〕叶「些話家馬鴉下撒涯花」，〔祝英臺近〕叶「亞下家惹」，第 29 齣〔忒忒令〕叶「華亞惹耍」；《燕子箋》第 6 齣〔七娘子〕叶「斜鴉聒下」，〔刷子帶芙蓉〕叶「瑕華花紗答些畫花」，〔山漁燈犯〕叶「罷馬牙甲寡茶謝花法差煞馬花」；《雙金榜》第 2 齣〔步步嬌〕叶「瓦鞢亞差夜」，〔江兒水〕叶「斜滑跨社夜話」，〔五供養〕叶「臘鴉牙雅大花接」，第 7 齣〔生查子〕叶「花夜斜馬」。

以上 12 部戲中《龍膏記》有獨立的「月帖」部，其餘 11 部都有獨立的「車遮」部，《埋劍記》另外還有獨立的「曷洽」部。

②有「歌戈」部字入韻的有 5 部：《鵜釵記》、《博笑記》、《二胥記》、《義俠記》、《鸞鎞記》。

如《鵜釵記》第 32 齣〔尾聲〕叶「價託紗」；《博笑記》第 17 齣〔中呂過

曲駐雲飛〕叶「價麻雅罵嗏麼詤瞎」；《二胥記》第7齣〔香遍滿〕叶「捺他假麼麻罷」，〔東甌令〕叶「麻麼壩亞耖家」，第15齣〔寄生草〕叶「拔麼夜汊下乍」；《義俠記》第8齣〔古輪臺〕叶「呀巴罜灑下夏達架麼詐咱」，《鸞鎞記》第18齣〔太師引〕叶「搭麼芽寡花訝佳法」。

以上5部戲均有獨立的「歌戈」部。

③無「車遮」、「歌戈」部字入韻的有14部戲：《櫻桃記》、《長命縷》、《紅蕖記》、《桃符記》、《博笑記》、《墜釵記》、《義俠記》、《雙魚記》、《投梭記》、《金鎖記》、《題紅記》、《蕉帕記》、《東郭記》、《醉鄉記》。

這14部戲中，《長命縷》、《紅蕖記》、《義俠記》、《雙魚記》、《投梭記》、《東郭記》、《醉鄉記》有「車遮」部，無「月帖」部；《金鎖記》、《題紅記》無「車遮」部，有「月帖」部；《櫻桃記》、《桃符記》、《博笑記》、《墜釵記》、《蕉帕記》無「車遮」，也無「月帖」部。

傳奇中家麻、車遮有的分為兩部，有的合為一部，分為兩部的傳奇也有二者互押的例子，部分傳奇中有個別歌戈部字入韻，但極少有車遮與歌戈或家麻與歌戈合為一部的現象。

下表為60部傳奇中有家麻、車遮部的傳奇家麻、車遮獨用或互押例，表中數字為入韻曲子數。

表2-9：家麻、車遮部用韻情況表

作家	籍貫	作品	家麻陰獨用	車遮陰獨用	家陰車陰互押	家、遮互押	車、歌互押	家、歌互押	家麻陰入互押	車遮陰入互押	家陰入車陰入押	麻或與遮或互押	家入、車入互押	家麻入獨用	車遮入獨用
謝讜	浙江上虞	四	7	0	1	0	6	0	9	1	0	0	9
梁辰魚	江蘇崑山	浣	4	1	2	0	0	0	2	0	0	0	7
張鳳翼	江蘇蘇州	紅	2	0	4	1	0	0	0	1	0	0	0
		虎	0	0	0	0	1	0	4	1	0	1
		灌	0	0	4	0	0	0	0	0	0	0	0

作家	籍貫	作品	家麻陰獨用	車遮陰獨用	麻遮家陰車陰互押	麻、遮互押	家、歌互押	車、歌互押	家麻陰入互押	車遮陰入互押	家陰入車陰入押	麻或與遮或互押	家入、車入互押	家麻入獨用	車遮入獨用
史槃	浙江紹興	櫻	5	0	0	0	0	7	0	0	0	0	0
		鵑	9	0	0	1	0	6	1	3	0	0	0
		吐	2	0	0	0	0	6	2	1	0	0	2
張四維	河北大名	雙	9	0	1	0	0	0	0	0	0	0	0
顧大典	江蘇吳江	青	5	0	4	0	0	0	0	0	0	0	0
		葛	0	0	1	0	0	0	2	1	0	0	0
高濂	浙江杭州	玉	8	0	2	0	0	0	4	0	0	0	3
		節	11	0	2	0	0	7	1	0	0	0	0
屠隆	浙江寧波	修	6	1	15	0	0	1	0	2	0	0	0
		彩	2	0	9	1	0	2	0	2	0	0	0
		曇	4	0	4	0	0	0	4	6	5	0	0
周履靖	浙江嘉興	錦	3	0	5	0	0	0	6	0	0	0	4
梅鼎祚	安徽宣城	玉	9	0	7	1	0	2	0	1	0	0	0
		長	3	0	0	1	0	0	8	0	0	0	0
沈璟	江蘇吳江	紅	14	1	0	0	0	4	11	0	0	0	7
		埋	3	2	0	0	0	5	7	0	0	0	0
		桃	3	0	0	0	0	7	0	0	0	0	0
		博	1_	0	0	0	0	8	0	0	0	0	0
		墜	1	0	0	0	0	1	0	0	0	0	0
		義	6	0	0	1	0	7	8	0	0	0	1
		雙	8	2	0	0	0	6	5	0	0	1	3
徐復祚	江蘇常熟	投	1	0	0	1	0	6	8	0	0	0	7
		紅	4	0	1	0	0	7	6	0	0	0	5
		宵	6	0	1	0	0	6	2	0	0	0	1

作家	籍貫	作品	家麻陰獨用	車遮陰獨用	麻遮、家陰、車陰互押	家、遮互押	家、歌互押	車、歌互押	家麻陰入互押	車遮陰入互押	家陰入、車陰入互押	麻或與遮或互入押	家入、車入互押	家麻入獨用	車遮入獨用
葉憲祖	浙江餘姚	金	2	0	0	0	0		2	0	0	0		0	0
		鸞	5	0	1	0	0		5	3	1	0		0	1
周朝俊	浙江寧波	紅	9	0	2	0	0		8	0	5	0		0	0
許自昌	江蘇蘇州	水	2	2	0	3	0		0	3	2	0		0	2
		節	1	0	0	0	0		0	0	0	0		0	0
		桔	3	0	3	1	0		1	0	2	0		0	0
		靈	1	0	3	0	0		0	0	1	0		0	0
王錢	浙江杭州	春	0	0	2	0	0		0	0	0	0		0	0
		彩	1	0	0	0	0		1	0	0	0		0	0
		尋	1	0	1		6		0	0	0	0		0	0
王驥德	浙江紹興	題	4	0	0	0	0		1	0	0	0		0	0
單本	浙江紹興	蕉	12	0	0	0	0		4	0	0	0		0	0
陳汝元	不詳	金	4	0	10	0	0		0	0	0	0		0	0
楊珽	浙江杭州	龍	4	0	0	0	0		7	0	1	0		0	0
孫鍾齡	不詳	東	5	0	0	2	0		19	21	1	0		0	5
		醉	7	1	0	0	0		9	13	0	0		0	0
孟稱舜	浙江紹興	嬌	7	0	4	0	0		11	22	1	0		0	6
		二	12	0	12	4	1		8	15	6	0		0	2
		貞	11	2	3	0	0		8	19	2	0		0	4
阮大鋮	安徽懷寧	牟	3	0	1	1	1		8	0	7	0		0	0
		春	9	0	2	1	0		10	0	1	0		0	0
		燕	4	0	0	1		2	0	15	2	0		0	3
		雙	6	0	8	0	0		3	3	3	0		0	3

支思、齊微、魚模、歌戈、皆來、蕭豪等部都有個別字押入家麻、車遮或家車的現象，具體押入情況見下表；

表2－10：其他韻部字押入家麻、車遮部情況表

入韻字	在《中原》所屬韻部	傳奇中押入韻部	涉及傳奇
壚故渡	魚模	家車	紅拂
歌	歌戈	家車	紅拂
我	歌戈	家車	彩毫
麼	歌戈	家麻	博、二
合	歌戈入	家車	虎、水
挪	歌戈	家車	玉合
掠	蕭豪入；歌戈入	家車	金蓮
託	未收	家麻	鸂
個羅過科賀	歌戈	家麻	二
眲	歌戈	家麻	四、燕
潑掇闊葛	歌戈	車遮	四
界	皆來	車遮	義俠
耳	支思	車遮	嬌
科	歌戈	車遮	四
白、側、色	皆來入	車遮	燕
得、黑	齊微入	車遮	燕
刻、策	皆來入	車遮	雙金
泊、箔	蕭豪入、歌戈入	車遮	雙金
拆	未收	車遮	雙金
客	皆來入、車遮入	歌戈	修
酌	蕭豪入	車遮	投
脫	歌戈入	車遮	水
何、壑	歌戈	車遮	東
泣	齊微入	車遮	投
曲	魚模	車遮	四
街	皆來	家麻	宵
合	歌戈	家車	虎、疊
磨	歌戈	家車	疊、车
覓	齊微	家車	吐、疊

入韻字	在《中原》所屬韻部	傳奇中押入韻部	涉及傳奇
敵	齊微	家車	曇
雀	蕭豪入	家車	靈
弱	歌戈	家車	桔、春蕪
帶邁在待對債敗	皆來	家車	金蓮
坐火坡個過墮果何	歌戈	家麻	尋
途渡做	魚模	家麻	尋
才	皆來	家麻	尋

2.5　歌戈、魚模

傳奇用韻中屬《中原》「歌戈」與「魚模」部字常在一起押韻，因此這裡把六十部傳奇的「魚模」部和「歌戈」部放在一節討論。

一、歌戈

六十部傳奇中「歌戈」部的有無及合韻有以下幾種情況：

1、有獨立「歌戈」部的傳奇共 33 部：《浣紗記》、《櫻桃記》、《鸚釵記》、《吐絨記》、《節孝記》、《修文記》、《彩毫記》、《曇花記》、《玉合記》、《長命縷》、《紅葉記》、《桃符記》、《博笑記》、《義俠記》、《雙魚記》、《埋劍記》、《投梭記》、《紅梨記》、《金鎖記》、《鸞篦記》、《玉鏡臺記》、《紅梅記》、《題紅記》、《蕉帕記》、《東郭記》、《醉鄉記》、《嬌紅記》、《二胥記》、《貞文記》、《牟尼合》、《春燈迷》、《燕子箋》、《雙金榜》。

這 33 部傳奇中，無其他韻部（如魚模、蕭豪、家麻等）的字押入的有 13 部：《鸚釵記》、《長命縷》、《桃符記》、《博笑記》、《埋劍記》、《紅梨記》、《金鎖記》、《鸞篦記》、《玉鏡臺記》、《題紅記》、《蕉帕記》、《東郭記》、《醉鄉記》。

其餘 20 部均有不同程度的「魚模、家麻、車遮、齊微、蕭豪、尤侯」部字押入的現象。

其中有「魚模」部字押入的有 13 部：《浣紗記》、《櫻桃記》、《吐絨記》、《節孝記》、《彩毫記》、《曇花記》、《紅葉記》、《義俠記》、《雙魚記》、《投梭記》、《嬌紅記》、《貞文記》、《春燈迷》。如《浣紗記》第 32 齣〔醉太平〕叶「娑羅助麼羅訴墮磨」；《櫻桃記》第 6 齣〔普天插芙蓉〕叶「鎖和途波臥過娥他柯」，〔黃龍捧燈〕叶「科夫貨學多坷做」，第 33 齣〔洞仙青歌哥〕叶「何袨那破多大住

薄波他果」，〔金蕉葉〕叶「露戈錯破魔他訛座多合果」；《吐絨記》第 6 齣〔桂枝香〕叶「戶課惰我可抹磋」，〔一江風〕叶「何吐娥坐他他多過」，第 16 齣〔皂角兒〕叶「他母婆我嗑錯魔我哦」，〔尾〕叶「數落覺」；《節孝記》第 3 齣〔羅帳裏坐〕叶「阿瀆谷歌足，目櫝穀謨鹹」；《彩毫記》第 31 齣〔懶畫眉〕叶「戈羅謨挫坷」；《曇花記》第 35 齣〔醉羅歌〕叶「奪挫河坐羅歌虜磨麼」；《紅蕖記》第 32 齣〔南呂過曲三換頭〕叶「墮怯多那脫怖波泊」；《義俠記》第 9 齣〔尾聲〕叶「污我訶」；《雙魚記》第 26 齣〔南呂過曲紅衫兒〕叶「污破麼何呵訛舵」；《投梭記》第 10 齣〔麻婆子〕叶「裏窩舸梭魔那阻搓」；《嬌紅記》第 29 齣〔醉扶歸〕叶「錯多何和哥個」，〔桂枝香〕叶「挫彈閣大我模他」；《貞文記》第 30 齣〔囀林鶯〕叶「摸波我何鎖破多我他」；《春燈迷》第 11 齣〔北新水令〕叶「柯喝多羅羅摸」，〔尾聲〕叶「所播錯」，第 24 齣〔泣顏回〕叶「歌和臕駝無坐河」。

　　有「蕭豪」部字押入的是阮大鋮的四部傳奇：《牟尼合》、《春燈迷》、《燕子箋》、《雙金榜》。如《牟尼合》第 10 齣〔皂羅袍〕叶「顆河科遏學作錯，泊多鶩火窩雀果」；《春燈迷》第 11 齣〔香柳娘〕叶「可可合閣落落所踱踱舵，弱弱挫過墩墩顆落落覺，朵朵破坐多多惡覺覺卻」，〔二郎神〕叶「可覺歇妥摩臥那渴」，〔步步嬌〕叶「坐躲訶臥掠何剁」，〔江兒水〕叶「多過薄學大雀」，〔北雁兒落德勝令〕叶「科嗑惡破多羅落那苛作作」，〔尾聲〕叶「所播錯」，第 21 齣〔二郎神〕叶「可合昨窩覺火惡撥」，〔囀林鶯〕叶「索涴作麼渴那過，著科瞌羅作摩他」，〔啄木公子〕叶「蛾作落和挫波莎，度作裏角合蘿梭」；《燕子箋》第 31 齣〔金蕉葉〕叶「蛾落螺缺雀」，〔五更轉〕叶「火磨活可錯托個妁」，〔梧桐樹犯〕叶「訛錯果麼卻科閣可」；《雙金榜》第 11 齣〔梁州序〕叶「錯可科度訛羅何鎖禍何，柯朵過酌坐羅磨大禍濁，羅索何篋錯訛科和略何」，〔節節高〕叶「科陀脫酌和夥臥脫」，〔尾聲〕叶「大駝多」。

　　有「車遮」部字押入的有 5 部：《修文記》、《紅蕖記》、《春燈迷》、《燕子箋》、《雙金榜》。如《修文記》第 39 齣〔粉紅蓮〕叶「我何客哥拖睉哥火撮」；《紅蕖記》第 32 齣〔南呂過曲　三換頭〕叶「墮怯多那脫怖波泊」；《春燈迷》第 11 齣〔二郎神〕叶「可覺歇妥摩臥那渴」，〔僥僥令〕叶「夜歌脫羅羅」；《燕子箋》第 31 齣〔金蕉葉〕叶「蛾落螺缺雀」；《雙金榜》第 11 齣〔梁州序〕叶「羅

索何簁錯訛科和略何」。

有「家麻」部字押入的有 3 部：《投梭記》、《二胥記》、《春燈迷》。如《投梭記》第 1 齣〔滿庭芳〕叶「多蘿梭艖戈磨河活阿」；《二胥記》第 28 齣〔孝南枝〕叶「過歌多佐摩坷座哦拔，多和河妥摩坷麼哦拔」；《春燈迷》第 11 齣〔貓兒墜〕叶「螺窩艖可那」。

有「齊微」部字押入的傳奇有 2 部：《曇花記》、《玉合記》。如《曇花記》第 35 齣〔醉羅歌〕叶「那國何錯多過破挲麼」；《玉合記》第 24 齣〔縷縷金〕叶「波陂裏科我科我」。

有「支思」部字押入的有《東郭記》，該戲第 18 齣〔雙聲子〕叶「餓餓撮左左破躲可可爾我」。

有「尤侯」部字押入的傳奇有《紅梅記》，該戲第 7 齣〔撲燈蛾犯〕叶「陀座肉陀娥」。

下表為這 33 部傳奇歌戈部曲子陰聲、入聲獨用、互押情況，表中數字為入韻曲子數：

表 2－11：歌戈部用韻情況表

作者	籍貫	作品	歌戈部曲子總數	歌戈陰獨用	歌戈陰、入互押	歌戈入獨用	其他韻部押入						
							魚模	家麻	車遮	支思	齊微	蕭豪	尤侯
梁辰魚	江蘇崑山	浣	10	9	0	0	1	0	0	0	0	0	0
史槃	浙江紹興	櫻	24	5	15	0	5	0	1	0	0	0	0
		鶼	20	1	17	0	1	0	0	0	0	1	0
		吐	11	2	2	0	7	0	0	0	0	0	0
高濂	浙江杭州	節	8	5	1	0	2	0	0	0	0	0	0
屠隆	浙江寧波	修	6	3	1	0	1	0	1	0	0	0	0
		彩	11	10	1	0	0	0	0	0	0	0	0
		曇	6	4	2	0	1	0	0	0	1	0	0
梅鼎祚	安徽宣城	玉	6	5	0	0	0	0	0	0	1	0	0
		長	3	3	0	0	0	0	0	0	0	0	0

作者	籍貫	作品	歌戈部曲子總數	歌戈陰獨用	歌戈陰、入互押	歌戈入獨用	其他韻部押入						
							魚模	家麻	車遮	支思	齊微	蕭豪	尤侯
沈璟	江蘇吳江	紅	12	6	5	0	1	0	1	0	0	0	0
		埋	5	5	0	0	0	0	0	0	0	0	0
		桃	5	4	0	0	1	0	0	0	0	0	0
		博	4	2	2	0	0	0	0	0	0	0	0
		義	15	12	2	0	1	0	0	0	0	0	0
		雙	6	2	2	0	2	0	0	0	0	0	0
徐復祚	江蘇常熟	投	6	3	1	0	1	1	0	0	0	0	0
		紅	9	6	3	0	0	0	0	0	0	0	0
葉憲祖	浙江餘姚	金	6	5	1	0	0	0	0	0	0	0	0
		鸞	1	0	1	0	0	0	0	0	0	0	0
朱鼎	江蘇崑山	玉	1	1	0	0	0	0	0	0	0	0	0
周朝俊	浙江寧波	紅	16	8	7	0	0	0	0	0	0	0	1
王驥德	浙江紹興	題	10	8	1	0	0	0	1	0	0	0	0
單本	浙江紹興	蕉	2	1	1	0	0	0	0	0	0	0	0
孫鍾齡	不詳	東	21	10	11	0	1	0	0	1	0	0	0
		醉	13	10	3	0	0	0	0	0	0	0	0
孟稱舜	浙江紹興	嬌	22	15	6	0	1	0	0	0	0	0	0
		二	17	7	7	0	0	3	0	0	0	0	0
		貞	20	9	9	0	1	1	0	0	0	0	0
阮大鋮	安徽懷寧	牟	13	7	3	0	2	0	0	0	0	1	0
		春	30	5	9	0	3	0	2	0	0	12	0
阮大鋮	安徽懷寧	燕	3	0	0	0	2	0	1	0	0	1	0
		雙	11	3	3	0	0	0	1	0	0	4	0

注：表中有的作品中各獨用、互押及其他韻部押入的曲子數大於「歌戈」部入韻曲子總數，是因為曲子有重複計算的情況，如沈璟《紅蕖記》，「魚模」部的「怖」字和「車遮」部的「怯」字押入的是同一支曲子。

2、無獨立「歌戈」部，「歌戈」與「魚模」合為一部的有 16 部：《紅拂記》、《祝髮記》、《灌園記》、《竊符記》、《虎符記》、《雙珠記》、《鮫綃記》、《琴心記》、

《玉簪記》、《錦箋記》、《水滸記》、《節俠記》、《靈犀佩》、《尋親記》、《運甓記》、《焚香記》。

《紅拂記》系聯到「模歌」部的曲子共 4 支，均爲「魚模」、「歌戈」互押例，其中 1 支曲子有支思部一字押入：第 1 齣〔西地錦〕叶「渡波火鳥」；第 4 齣〔北二犯江兒水〕叶「戶戶鎖歌侶戈途過河取符符度度壺，佐佐虜符紫夫呼酥毹雨夫夫虎虎廬」；第 17 齣〔東甌令〕叶「窠坷渡固多波」。

《祝髮記》系聯到「模歌」部的曲子共 3 支，均爲「魚模」、「歌戈」互押例，其中 1 支曲子有「齊微」部字押入一次：第 14 齣〔破齊陣〕叶「泥主孤多」，〔楚江情〕叶「姑和波何羅姐跎跎過奴奴奴路，初和途夫蛾隅胡胡婦麼奴他暮」。

《灌園記》系聯到「模歌」部的曲子共 6 支，其中 1 支爲「魚模」獨用例，即第 20 齣〔園林好〕叶「鋤膚護蹉娛」，其餘 5 支均爲「魚模」、「歌戈」互押例，其中有 1 支曲子有「齊微」部一字押入，即第 8 齣〔西江月〕叶「楚多符我」，第 20 齣〔園林好〕叶「幃扶火蔗莎」，第 27 齣〔金蕉葉〕叶「何祖柯戶」，〔紅衫兒〕叶「賀夫他過跎我我，怒何他多夫戶戶」。

《竊符記》系聯到「模歌」部的曲子共 8 支，其中 4 支爲「歌戈」獨用例，即第 20 齣〔一江風〕叶「波我坷火莪莪何臥」，〔步蟾宮〕叶「過火歌鎖」，〔泣顏回〕叶「河魔過我阿」，〔催拍〕叶「阿何坡蝸河坡訛」，其餘 4 支爲「魚模」、「歌戈」互押例，即第 20 齣〔步蟾宮〕叶「坐鎖戈武」，〔泣顏回〕叶「符戈扶座何」，〔催拍〕叶「鴛戈都蘿他跎孤」，〔一撮棹〕叶「伍虎蓊俎苦撫櫓和」。

《虎符記》「模歌」部共 22 支曲子，其中 6 支爲「魚模」獨用例，即第 1 齣〔賀聖朝〕叶「主舞婦古土俎」，第 13 齣〔番卜算〕叶「驅主虜府」，〔孝順歌〕叶「侶雛孤符所數路護途都」，第 24 齣〔解三酲〕叶「主孤護符赴都訴魚，楚孤遇敷疏駒去衢」，第 29 齣〔封眞兒〕叶「腑符府武」；1 支爲「歌戈」獨用例，即第 11 齣〔水底魚兒〕叶「戈多我羅羅我羅」；10 支爲「魚模」、「歌戈」互押例，即第 11 齣〔縷縷金〕叶「波跎露扶虜」，〔水底魚兒〕叶「多歌婦徒，波坷路戈」，〔縷縷金〕叶「沱羅佈過護護」，〔皂羅袍〕叶「訴婦夫呱躲破無火無路」，第 13 齣〔番卜算〕叶「驅左府」，〔孝順歌〕叶「故途夫波虎主破故俘都，語多羅圖虜輔五措兒所」，第 24 齣〔北沽美酒〕叶「扶壺都梟墓樹多土呼悟」，第 29 齣〔番卜算〕叶「波俎孤父」；另外 9 支有「支思」、

「齊微」部字押入「魚模」，即第 13 齣〔孝順歌〕叶「虜夫餘魚至濟訴府虛吾」，第 24 齣〔步蟾宮〕叶「戶樹曦至」，〔鳳凰閣〕叶「御御尺珠處阻符」，〔解三酲〕叶「露壚故孤母渠喜廬」，第 29 齣〔梁州序〕叶「斧譜舞夫書旨事虜」，第 30 齣〔香柳娘〕叶「耳耳止砥辭辭枝樹途途壚李，苦苦馳誤蕭蕭塗府途途壚李，姐姐旅苦目目扶土途途壚李，楚楚釜雨夫夫珠睹途途壚李」。

　　《雙珠記》：系聯到「模歌」部的曲子共 16 支，其中 5 支爲「魚模」獨用，即第 1 齣〔法曲獻仙音〕叶「伍武府土苦侶母數浦」，第 33 齣〔翠華引〕叶「呼孤」，〔紅繡鞋〕叶「驅驅途途弧胡糊糊，隅隅枯枯郢壚糊糊，徒徒趨趨酥廬糊糊」；1 支爲「歌戈」獨用，即第 29 齣〔風馬兒〕叶「波惰」；另外 10 支均爲「魚模」、「歌戈」互押，即第 29 齣〔瑞煙濃〕叶「火堵路誤臥」，〔排歌〕叶「蘇枯羅多歌都虜胡圖，過戈徒磨歌都虜胡圖，夫河謨頗歌都虜胡圖，孚和孤哦歌都虜胡圖」，〔三換頭〕叶「可娥瑣阻魔多何，素吾果坷途夫何，數何許府符無何」，第 33 齣〔紅繡鞋〕叶「辜辜屠屠戈都糊糊」，第 38 齣〔西江月〕叶「壚糊座梧蘿數」。

　　《鮫綃記》系聯到「模歌」部的曲子共 10 支，其中 1 支爲「魚模」獨用例；即第 23 齣〔清江引〕叶「舞部兔欲數」；2 支有「齊微」部字押入「魚模」，即第 23 齣〔引〕叶「疊圖膚」，〔清江引〕有「惧弩鼠偪襯」；1 支爲「歌戈」獨用例，即第 10 齣〔剔銀燈〕叶「坐火大我躲禍」；其餘 6 支均爲「魚模」、「歌戈」互押例（其中一支有「家麻」部一字押入），即第 10 齣〔菊花新〕叶「多坡陀路，波羅寡婦」，〔皂羅袍〕叶「府土過河路夫鼓娥兔，怒和湖婦烏磨數福處」，〔剔銀燈〕叶「虎土貨補躲禍」，第 28 齣〔普天樂〕叶「怒播惡火故波寡躲攄」。

　　《琴心記》系聯到「模歌」部的曲子共 26 支，曲子 12 支爲「魚模」、「歌戈」互押例，即第 4 齣〔風檢才〕叶「破大苦餓做，可過務個做，火虎我大破，補做裸我火，個數過坐大」，第 31 齣〔雁兒落〕叶「枯度吐赴夫多暮徂顧孤烏」，〔沽美酒〕叶「夫孤多孤徒徒故顧素污奴度」，第 34 齣〔北端正好〕叶「餓脯苦我，剁戈虎火，過波鼓斧，大歌果苦」，〔北滾繡球〕叶「奴簿蘿武婦何鵝戈」；其餘 12 支爲「魚模」獨用例，即第 4 齣〔一翦梅〕叶「途孤孤書都都」，第 5 齣〔錦衣香〕叶「儒顧露負吾臚具聚午慕赴」，〔惜奴嬌〕叶「醐塗苦途數訴」，〔鬥寶蟾〕叶「吾故古伍孤壺布」，〔漿水令〕叶「暮模廬車戶路晤晤度噓」，〔尾〕

叶「阻鴣初」，第 31 齣〔祝英臺〕叶「暮度路露步」，〔唐多令〕叶「苦路」，〔折桂令〕叶「爐扶促苦孤阻苦壚」，〔收江南〕叶「塗途乎枯枯辜」，〔尾〕叶「措赴顧」，第 34 齣〔喜遷鶯〕叶「訴故婦孤負阻苦呼」，〔金雞叫〕叶「戶怒」；1 支有「齊微」部一字押入「魚模」，即第 31 齣〔園林好〕叶「知虛誤孤孤」。

《玉簪記》系聯到「模歌」部的曲子共 8 支，其中只有 1 支爲「歌戈」自押例，即第 8 齣〔尾〕叶「和我他」，其餘 7 支均爲「魚模」、「歌戈」互押例，即第 8 齣〔梁州序〕叶「土朵波苦磨河悟墮陀，鎖誤窩簿波何悟墮陀，屙暮娑措姑何悟墮陀，波果無路孤爐悟墮陀」，〔節節高〕叶「蘿多暮坐羅臥度度，珂河楚訴多大幕躲」，第 13 齣〔字字雙〕叶「娜個陀過我貨拖我」。

《錦箋記》系聯到「模歌」部的 6 支曲子均爲「魚模」、「歌戈」互押例，即第 37 齣〔生查子〕叶「左步」，〔滴溜子〕叶「娥霧舞無荷女訛」，〔鷓鴣天〕叶「娥盧多訛吐磨」，〔刮鼓令〕叶「過羅盧吾何途呼，坷無娥磨鎖他何」，〔尾聲〕叶「暮誣魔」。

《水滸記》系聯到「模歌」部的曲子共 15 支，其中 1 支爲「魚模」自押例，即第 9 齣〔瑣窗繡〕叶「都夫途虜土土」；1 支爲「歌戈」自押例，即第 12 齣〔熙州三臺〕叶「跎娥過他」；其餘 13 支均爲「魚模」、「歌戈」互押例（其中有 1 支曲子有「蕭豪」部一字押入，一支有「家麻」部一字押入），即第 9 齣〔光光乍〕叶「途戈泊負」，〔瑣窗繡〕叶「多夫徒虜土土」，〔黃鶯學畫眉〕叶「過疏左朔鴣壺」，〔黃鶯穿皀羅〕叶「梭搓那睃蘇路羅疏慕」，〔貓兒墜玉嬌〕叶「初珂娑貨負錯」，〔貓兒墜桐花〕叶「顧波蜍雛拖露」，第 29 齣〔玉井蓮〕叶「蘇坐」，〔風入園林〕叶「珂河鴣躲蛾蛾」，〔月上園林〕叶「瑣我過錯娥娥」，〔風入園林〕叶「蘿跎暮露河河」，〔月上園林〕叶「吐過韉誤河河」，〔風入園林〕叶「波他負怒磨磨」，〔月上園林〕叶「顧禍娥措磨磨」。

《節俠記》系聯到「模歌」的 6 支曲子中，1 支爲「魚模」自押例，即第 4 齣〔北點絳唇〕有「娛鼓呼溥」；2 支爲「歌戈」自押例，即第 19 齣〔似娘兒〕有「多戈過羅」，〔瑣窗郎〕叶「跎珂歌左禍珂」；其餘 3 支爲「魚模」、「歌戈」互押例，即第 4 齣〔北點絳唇〕叶「河主壚武」，〔鳳凰閣〕叶「玉蛾蘿宿土」，第 19 齣〔瑣窗郎〕叶「多壺河輔禍珂」。

《靈犀佩》系聯到「模歌」部的 6 支曲子均爲「魚模」、「歌戈」互押例，即第 17 齣〔懶畫眉〕叶「敷鴣胡鴣河，羅蘿波路婆，蕪波和朵姑，珂多羅暮盧」，

〔梧桐樹犯〕叶「歌破路爐附墮」，第 18 齣〔五更轉〕叶「過訛我鷺步兔故」。

《尋親記》系聯到「模歌」部的 5 支曲子中 2 支爲「魚模」自押例，即第 5 齣〔賞宮花〕叶「孤婦吾夫無」，第 13 齣〔玉胞肚〕叶「布暮助吾婦」；3 支爲「魚模」、「歌戈」互押例，即第 12 齣〔臨江仙〕叶「訴我」，第 13 齣〔五供養〕叶「素途暮臥物路訴禍」，〔玉胞肚〕叶「故途過夫麼」。

《運甓記》系聯到「模歌」部的曲子共 35 支，其中 4 支爲「魚模」自押例，如第 2 齣〔黃鶯兒〕叶「弧粗路瑜沽府符圖」，〔節節高〕叶「無奴脯母膚哺睹附路」，其餘 31 支均爲「魚模」、「歌戈」互押例，如第 2 齣〔黃鶯兒〕叶「吳舒賦謨戈播符圖」，〔梁州序〕叶「素布鋪播柯多戶壺，垛虎和富多何戶壺，蕪虜扶怒摹麼戶壺，誅舞臥苦何屠戶壺」，第 16 齣〔北二犯江兒水〕叶「火火鎖歌度波螺河過和和佐佐壺，圍圍午羅侶和多梭伍蘇蘇鼓鼓波」，第 21 齣〔破齊陣引〕叶「蘇堵梭旛」，其中有 4 支曲子有「齊微」部各一字押入，如第 31 齣〔撲燈蛾〕叶「圖虜戲吾度波，疏怒備鋤誤河」。

《焚香記》系聯到「模歌」部的 10 支曲子中有 2 支爲「魚模」自押例，即第 5 齣〔西地錦〕叶「姝儒處」，第 10 齣〔生查子〕叶「妒吐」；1 支爲「歌戈」自押例，即第 5 齣〔駐雲飛〕叶「鵝窠禍破婆儸個多」；其餘 7 支均爲「魚模」、「歌戈」互押例，即第 5 齣〔生查子〕叶「可路」，〔薄倖〕叶「鎖楚呼步塢度」，〔薄媚令〕叶「聒活躲果婦」，〔駐雲飛〕叶「嬤波路貨唆吾破多」，第 17 齣〔鳳凰閣〕叶「播破步妥」，〔醉太平〕叶「婆苦多訛」，第 20 齣〔金錢花〕叶「波波湖湖科過呵」。

以上 16 部傳奇「魚模」、「歌戈」獨用及互押的情況見下表。

表 2－12：模歌部用韻情況表

作者	籍貫	作品	模歌部曲子總數	魚模陰獨用	歌戈陰獨用	魚模陰歌戈陰互押	其他部字押入			
							支思	齊微	家麻	蕭豪
張鳳翼	江蘇蘇州	紅	5	0	0	5	0	1	1	0
		祝	3	0	0	3	0	1	0	0
		虎	26	6	1	10	9	0	0	0
		竊	8	0	4	4	0	0	0	0
		灌	6	1	0	5	0	1	0	0

作者	籍貫	作品	模歌部曲子總數	魚模陰獨用	歌戈陰獨用	魚模陰歌戈陰互押	其他部字押入			
							支思	齊微	家麻	蕭豪
沈鯨	浙江平湖	雙	16	5	1	10	0	0	0	0
		鮫	9	1	1	5	0	2	1	0
孫柚	江蘇常熟	琴	26	12	1	12	0	1	0	0
高濂	浙江杭州	玉	8	0	1	7	0	0	0	0
周履靖	浙江嘉興	錦	6	0	0	6	0	0	0	0
許自昌	江蘇蘇州	水	15	1	1	13	0	0	1	1
		節	6	1	2	3	0	0	0	0
		靈	6	0	0	6	0	0	0	0
王錂	浙江杭州	尋	5	2	0	3	0	0	0	0
邱瑞吾	浙江杭州	運	35	4	0	31	0	4	0	0
王玉峰	上海松江	焚	10	2	1	7	0	0	0	0

3、無獨立「歌戈」部，屬《中原》「歌戈」部的個別字押入「家麻」部的有《四喜記》、《桔浦記》、《春蕪記》。如《四喜記》第 22 齣〔海棠春〕叶「花下，科野」；《桔浦記》第 7 齣〔撲燈蛾〕叶「花瓦弱灑加塌蝦」，《春蕪記》第 18 齣〔泣顏回〕叶「誇花鴉下查斜弱巴」。另外《四喜記》中有屬《中原》「歌戈」部與「家麻」部入聲字押韻的曲子，即第 38 齣〔憶多嬌〕叶「缽活寞脫殺」。

4、無《中原》「歌戈」部字入韻的傳奇有 8 部：《雙烈記》、《青衫記》、《葛衣記》、《墜釵記》、《宵光記》、《彩樓記》、《金蓮記》、《龍膏記》。

支思、齊微部、家麻、車遮、皆來部、蕭豪等部都有個別字押入歌戈部或模歌部的現象，具體押入情況見下表：

表 2－13：其他韻部字押入歌戈部或模歌部情況表

入韻字	在《中原》所屬韻部	傳奇中押入韻部	涉及傳奇
爾	支思	歌戈	東
紫	支思	模歌	紅拂
泥	齊微	模歌	紅拂
枝止旨至事兒耳辭	支思	模歌	虎符
濟曦尺喜李馳	齊微	模歌	虎符

入韻字	在《中原》所屬韻部	傳奇中押入韻部	涉及傳奇
纍備	齊微	模歌	鮫綃
臂棋戲備	齊微	模歌	運
陂	齊微	歌戈	玉合
寡	家麻	模歌	鮫綃
罷麻涯	家麻	模歌	紅拂
罅	家麻	模歌	水
艖	家麻	歌戈	投
蟆	家麻	歌戈	貞
拔	家麻	歌戈	二
怯	車遮入	歌戈	紅藥
缺	車遮	歌戈	燕
闕	車遮	歌戈	題
也	車遮	歌戈	櫻
夜	車遮	歌戈	春燈
歇	車遮入	歌戈	春燈
篋	車遮入	歌戈	雙金
索	皆來入、蕭豪入	歌戈	鵝
客	皆來入；車遮入	歌戈	修
踱雀作覺角索剝	蕭豪入	歌戈	车、燕、春燈
酌索駮	蕭豪入	歌戈	雙金
朔	蕭豪入	模歌	水
肉	尤侯	歌戈	紅梅

二、魚模

　　屬《中原》「魚模」部字在部分傳奇中陰聲韻字和入聲韻字相押形成「魚模」部，相當於《中原》的「魚模」部；在部分傳奇中陰聲韻字在一起相押形成「魚模」部，入聲韻字在一起相押形成「屋燭」部；在有些傳奇中和屬《中原》「歌戈」部字相押形成「模歌」部；一部分「魚模」字在很多傳奇中押入「支微」部。

　　1、有獨立「魚模」部的有 40 部傳奇，它們是：《四喜記》、《浣紗記》、《櫻桃記》、《鵝釵記》、《吐絨記》、《雙烈記》、《葛衣記》、《節孝記》、《修文記》、《彩

毫記》、《曇花記》、《玉合記》、《長命縷》、《紅蕖記》、《桃符記》、《博笑記》、《墜
釵記》、《義俠記》、《雙魚記》、《埋劍記》、《投梭記》、《紅梨記》、《宵光記》、《金
鎖記》、《鸞鎞記》、《玉鏡臺記》、《紅梅記》、《彩樓記》、《題紅記》、《蕉帕記》、
《龍膏記》、《東郭記》、《醉鄉記》、《嬌紅記》、《二胥記》、《貞文記》、《牟尼合》、
《春燈迷》、《燕子箋》、《雙金榜》。這些傳奇按系聯到「魚模」的字可以分為以
下幾類：

1）系聯到「魚模」部的韻腳字無《中原》「魚模」部入聲韻字的傳奇有 9
部：《四喜記》、《浣紗記》、《吐絨記》、《彩毫記》、《長命縷》、《玉鏡臺記》、《彩
樓記》、《題紅記》、《龍膏記》。這些傳奇「魚模」部韻腳字純粹是或主要是《中
原》「魚模」部陰聲韻字，無一《中原》入聲韻字押入例。但有的傳奇中《中原》
「魚模」部入聲韻字可以獨立系聯成一部，有的傳奇中有個別「齊微」部字入
韻。

①屬《中原》「魚模」部入聲韻字獨立系聯成一部的傳奇有 6 部：《四喜記》、
《浣紗記》、《吐絨記》、《彩毫記》、《玉鏡臺記》、《龍膏記》。如《四喜記》第
29 齣〔憶秦娥〕叶「鬱玉束簇胥曲」；《浣紗記》第 27 齣〔憶秦娥〕叶「辱曲
曲復，熟束束蹙」，第 29 齣〔憶多嬌〕叶「觸哭卜福獨獨促，熟戮贖屋獨獨促」；
《吐絨記》第 3 齣〔引〕叶「穀足曲祿」；《彩毫記》第 22 齣〔傳言玉女〕叶
「肅速足燭」，〔畫眉序〕叶「屋蠹燭菊醁，軸促曲玉醁」。

②有個別「齊微」部字押入的傳奇有《浣紗記》、《彩毫記》、《玉鏡臺記》。
如《浣紗記》第 20 齣〔三段子〕叶「紆齊孤吳顧土扶」，第 24 齣〔皂羅袍〕
叶「句徒馳處予儒覷」，第 43 齣〔香柳娘〕叶「途途路舞孤孤知所吳吳虜，胥
胥齬處夫夫區主軀軀地」，〔紅衲襖〕叶「轤土兒虎魚木湖」；《彩毫記》第 6 齣
〔針線箱〕叶「羽助日部梟遇娛」；《玉鏡臺記》第 6 齣〔普賢歌〕叶「迂餘稀
如侶」，〔水底魚兒〕叶「資衢車」。

2）有《中原》「魚模」部入聲韻字入韻的有 31 部：《櫻桃記》、《鵜釵記》、
《雙烈記》、《葛衣記》、《節孝記》、《修文記》、《曇花記》、《玉合記》、《紅蕖記》、
《桃符記》、《博笑記》、《墜釵記》、《義俠記》、《雙魚記》、《埋劍記》、《投梭記》、
《紅梨記》、《宵光記》、《金鎖記》、《鸞鎞記》、《紅梅記》、《蕉帕記》、《東郭記》、
《醉鄉記》、《嬌紅記》、《二胥記》、《貞文記》、《牟尼合》、《春燈迷》、《燕子箋》、

《雙金榜》。這些傳奇又可分為以下幾類：

①僅個別入聲字入「魚模」部的傳奇有 7 部：《雙烈記》、《葛衣記》、《修文記》、《曇花記》、《玉合記》、《埋劍記》、《紅梨記》。

如《雙烈記》系聯到「魚模」部的 16 支曲子中僅 2 支有「魚模」部入聲字入韻，如第 31 齣〔掛眞兒〕叶「虜疏復」，第 44〔大環著〕叶「祿祿廚福土喜路玉細簇布數補」；《葛衣記》系聯到「魚模」部第 10 支曲子中有 2 支有入聲韻字入韻，如第 18 齣〔宜春令〕叶「禝踈慮軀楚錄，篤苦羽侶取錄」；《修文記》系聯到「魚模」部的 22 支曲子中僅 4 支有「魚模」部入聲字各一字入韻，其中有一支曲子有「歌戈」部入聲一字押入，如第 2 齣〔步步嬌〕叶「露府物語廬路」，〔醉扶歸〕叶「數轤逐絮都土」，〔皂羅袍〕叶「姆途醐露樹徂玉枯度」，第 48 齣〔前引〕叶「泊木」；《曇花記》系聯到「魚模」部的 28 支曲子中，僅 1 支有「魚模」部入聲字入韻，即第 50 齣〔六犯宮詞〕叶「注土盧疏覆跌如呼書度虛廬」；《玉合記》系聯到「魚模」部的 20 支曲子中僅 2 支有入聲字入韻，即第 12 齣〔瑣窗郎〕叶「圖廬胡鶻路度」，第 33 齣〔醉太平〕叶「取褥鋪娛糊虛戶婦躕」；《埋劍記》系聯到「魚模」部的 15 支曲子中僅 2 支有入聲字各一字入韻，即第 24 齣〔仙呂過曲月雲高〕叶「裕緒阻故疎盧」，〔光光乍〕叶「徒局賈路路」；《紅梨記》系聯到「魚模」部的 12 支 3 支曲子 2 個入聲字入韻，即第 22 齣〔醉扶歸〕叶「路圖孤苦蜍玉」，〔皂羅袍〕叶「土途呼赴步都腹雛誤，舉紆虛阻步都腹雛誤」。

這 7 部傳奇中《中原》「魚模」部入聲字入韻且能獨立系聯成一部的有《雙烈記》，該傳奇第 28 齣〔畫眉序〕叶「衢屋燭玉祿，睦束軸玉祿，沒族淑玉祿，幄曲褥玉祿」，〔滴溜子〕叶「㲯福祿縠足」，〔鮑老催〕叶「辱復逐勖棟掬」，〔滴滴金〕叶「郁續逐玉篤足足燭」，〔雙聲子〕叶「菊菊曲魄魄曲綠綠斛斛谷」，〔尾聲〕叶「目續玉」。

②入聲韻字入韻的較多，即由《中原》陰聲韻字和入聲韻字組成「魚模」部的傳奇有 24 部：《櫻桃記》、《鸚釵記》、《節孝記》、《紅葉記》、《桃符記》、《博笑記》、《墜釵記》、《義俠記》、《雙魚記》、《投梭記》、《宵光記》、《金鎖記》、《鸞鎞記》、《紅梅記》、《蕉帕記》、《東郭記》、《醉鄉記》、《嬌紅記》、《二胥記》、《貞文記》、《牟尼合》、《春燈迷》、《燕子箋》、《雙金榜》。

　　如《櫻桃記》系聯到「魚模」部的曲子共 9 支，其中有 4 支有入聲字入韻，如第 5 齣〔元和令〕叶「屬路母呼阻讀吾夫熟戶鋤」，〔豆葉黃〕叶「恤疏父玉砆逐」；《鵜釵記》系聯到「魚模」部的 18 支曲子中 11 支有入聲韻字入韻，如第 6 齣〔逍遙樂〕叶「國目觸鷺鹿梟」，〔大迓鼓〕叶「無都舞俗宿，逐扶物蚨轤，初吾暮醐讀」；《節孝記》系聯到「魚模」部的 15 支曲子中 6 支有「魚模」部入聲字共 7 字入韻，如第 13 齣〔瑞雲濃〕叶「符模蝦稌俗」，卷下第 12 齣〔山桃紅〕叶「苦劬虛夫鹿負補吾孤，楚吾枯除露玉幕途孤，哺烏如枯菊富輔隅孤」；《紅藥記》系聯到「魚模」部的 24 支曲子中雖只 4 支有「魚模」部入聲字入韻，但入韻的入聲字較多，如第 14 齣〔北南呂一枝花〕叶「鑪戶疏圖錄蕪福」，〔梁州第七〕叶「佛怖符鋤車租足株俗數速處愚珠」；《桃符記》系聯到「魚模」部的 15 支曲子中 11 支有入聲字入韻，如第 15 齣〔小桃紅〕叶「暮糊做途福婦富枯初」，〔蠻牌令〕叶「疏伏蘆與糊婦謀膚」，〔憶多嬌〕叶「徒鞠覆𩵋𩵋贖」，〔鬥蝦蟆〕叶「欲縮逐育圖圖夫贖」；《博笑記》系聯到「魚模」部的 17 支曲子中 12 支有入聲韻字入韻，如第 18 齣〔南呂過曲刮鼓令〕叶「俗穀目促虎腹歿，苦途粥粟虎屠吾，路負哭縮虎曲鋪，注圖撲菟虎促惡」；《投梭記》入聲字入韻的曲子如第 2 齣〔小桃紅〕叶「曲澳目足碌哭」，〔福馬郎〕叶「務物誤與壚糊」，〔尾聲〕叶「祿辱麚」；《宵光記》入聲字入韻的曲子如第 24 齣〔北寄生草〕叶「蟲骨禺宿釀曲路」，〔么篇〕叶「鶩麓賦數曲」；《金鎖記》入聲字入韻的曲子如第 17 齣〔桃李爭春〕叶「扶褥」，〔羅帳裏坐〕叶「篤護肚虛粥」，〔雁過沙〕叶「木塗毒苦故目」；《鸞鎞記》入聲字入韻的曲子如第 12 齣〔混江龍〕叶「故驅疏都玉珠摹樹廬」，〔油胡盧〕叶「夫無塗簇綠膚暮屠」，〔天下樂〕叶「無毒瑣呼烏」；《紅梅記》入聲字入韻的曲子如第 2 齣〔蝶戀花〕叶「木綠馥玉篤哭束逐」，第 20 齣〔金絡索〕叶「襦睩楚轤籲玉淚書府虛魚與」，〔尾聲〕叶「句湖讀」。

　　這 24 部傳奇中《中原》「魚模」部入聲韻字入韻且能獨立系聯為一部的有《紅藥記》，該戲第 35 齣〔商調引子　解連環前〕叶「續玉麚竹鸞」，〔解連環後〕叶「足曲宿綠谷」，〔商調過曲　高陽臺〕叶「月簇觸沒束骨，忽局突瀆讀目，縮蓄牘卜肉逐，躅覆鹿伏祿燭」。

　　③有「齊微」或「支思」部字押入的有《雙烈記》、《葛衣記》、《曇花記》、

《玉合記》、《桃符記》、《墜釵記》、《紅梅記》、《嬌紅記》、《牟尼合》、《春燈迷》。如《雙烈記》第 44 齣〔大環著〕叶「祿祿廚福土喜路玉細簇布數補」，〔越恁好〕叶「戶霧舞呼幾止苦數」；《葛衣記》第 18 齣〔不是路〕叶「迤居去虛嫗書顧語絮」；《曇花記》第 19 齣〔青歌兒〕叶「覷去哺歸故」，第 46 齣〔縷縷金〕叶「圖將徒鼓儀路」；《玉合記》第 8 齣〔倒拖船〕叶「圖圖與與麗麗胡，弧弧衢衢旗旗胡」；《桃符記》第 9 齣〔不是路〕叶「居廬處除趄主居語麗遇遇，劬曲與珠密女拘慮娶去去」；《墜釵記》第 4 齣〔宜春令〕叶「渝吃棄貯絮句，模母婦與你諭」；《紅梅記》第 20 齣〔金絡索〕叶「襦睞楚轤籲玉淚書府虛魚與」；《嬌紅記》第 18〔剔銀燈〕叶「語緒戶句吾蔬模」，第 48 齣〔哭相思〕叶「隨路」；《牟尼合》第 6 齣〔簇御林〕叶「儒徒樹取之無，扶愚係筋之池」，第 9 齣〔尾聲〕叶「慮理取」，第 11 齣〔惜分飛〕叶「露聚淚處絮暮語去」，第 32 齣〔菊花新〕叶「廬書車係，諸渠舒旨」，〔江兒撥棹〕叶「舒舉勵取雨襦居」；《春燈迷》第 18 齣〔金甌線解酲〕叶「符路府箍浮虎孛腹楚尺塗」，第 24 齣〔泣顏回〕叶「蘇佛字符雨奴塗」。

④有「歌戈」部字押入的有《節孝記》、《修文記》、《曇花記》、《博笑記》、《紅梨記》、《投梭記》、《金鎖記》、《鸞鎞記》、《醉鄉記》、《貞文記》。如《節孝記》卷下第 12 齣〔蠻牌令〕叶「扶無路呼古沱途虛」；《曇花記》第 22 齣〔劃鍬兒〕叶「度途負逋污苦羅土」，第 50 齣〔玉山頹〕叶「路衢污座所步躕如」；《博笑記》第 17 齣〔雙調過曲玉抱肚〕叶「戶我做蚨疏」；《紅梨記》第 9 齣〔玉山頹〕叶「部幕舉侶取府盱區」；《金鎖記》第 6 齣〔風馬兒後〕叶「座與」；《鸞鎞記》第 12 齣〔天下樂〕叶「無毒瑣呼鳥」；《醉鄉記》第 17 齣〔收尾〕叶「和妬處主」；《貞文記》第 4 齣〔天香滿羅袖〕叶「宇閭書數土閣模負」。

⑤有「家麻」部字押入的有《紅梨記》，如該戲第 9 齣〔玉山頹〕叶「女娛虜馬顧去趄迂」；有「車遮」部字押入的有《東郭記》，如該戲第 4 齣〔么〕叶「楚居且母廬」，第 25 齣〔朱奴兒〕叶「都且抒縷曲蕪去」。

⑥尤侯部「肉」字入韻較多，如《嬌紅記》第 48 齣〔二賢賓〕叶「語雨居雛女負楚肉，取雨軀無姝物楚肉」；《二胥記》第 26 齣〔么〕叶「苦篤哭續肉僇」；《牟尼合》第 6 齣〔鬥黑麻〕叶「骨肉足卜屋續哭，獄足目肉辱屋宿佛」；《春

燈迷》第 18 齣〔憶多嬌〕叶「骨肉錄覆福福木」;《燕子箋》第 8 齣〔鎖南枝〕叶「糊蚨壺肉鋪宿」。另外尤侯部「彀」字在《醉鄉記》押入此部，如該戲第 17 齣〔么〕叶「壚疎趨彀虛」。

下表反映了以上 40 部傳奇的作者、籍貫、魚模部用韻情況，表中數字爲入韻曲子數，數字旁邊字爲其他部押入字。

表 2－14：魚模部用韻情況表

作者	籍貫	作品	魚模部曲子總數	魚模陰獨用	魚模陰、入互押	其他韻部押入			魚模入獨用
						支思	齊微	歌戈	
謝讜	浙江上虞	四	11	11	0	0	0	0	0
梁辰魚	江蘇崑山	浣	30	25	1		4	0	0
史槃	浙江紹興	櫻	9	6	3	0	0	1	0
		鵜	18	8	10	0	1	0	0
		吐	10	10	0	0	0	0	0
張四維	河北大名	雙	16	12	2	1	3	0	0
顧大典	江蘇吳江	葛	10	7	2	0	1	0	0
高濂	浙江杭州	節	15	11	3	0	0	1	0
屠隆	浙江寧波	修	22	19	2	0	0	0	1
		彩	21	20	0	0	1	0	0
		曇	28	24	2	0	2	0	0
梅鼎祚	安徽宣城	玉	20	13	3	0	4	0	0
		長	20	20	0	0	0	0	0
沈璟	江蘇吳江	紅	24	18	6	0	0	0	0
		桃	15	3	11	0	1	0	0
沈璟	江蘇吳江	博	17	4	12	0	0	1	0
		墜	9	4	3	0	2	0	0
		義	16	12	4	0	0	0	0
		雙	20	12	8	0	0	0	0
徐復祚	江蘇常熟	投	18	9	9	0	0	0	0
		紅	12	7	3	0	0	1	0
		宵	3	1	2	0	0	0	0

作者	籍貫	作品	魚模部曲子總數	魚模陰獨用	魚模陰、入互押	其他韻部押入			魚模入獨用
						支思	齊微	歌戈	
葉憲祖	浙江餘姚	金	28	22	4	0	1	1	0
		鸞	10	4	6	0	0	1	0
朱鼎	江蘇崑山	玉	10	8	0	0	2	0	0
周朝俊	浙江寧波	紅	11	7	3	0	1	0	1
王錂	浙江杭州	彩	1	1	0	0	0	0	0
王驥德	浙江紹興	題	16	16	0	0	0	0	0
單本	浙江紹興	蕉	10	7	3	0	0	0	0
楊珽	浙江杭州	龍	1	1	0	0	0	0	0
孫鍾齡	不詳	東	27	18	9	0	0	0	0
		醉	29	9	18	0	0	1	1
孟稱舜	浙江紹興	嬌	50	35	13	0	2	0	0
		二	25	18	7	0	0	0	0
		貞	36	24	12	0	0	0	0
阮大鋮	安徽懷寧	牟	24	10	5	2	5	0	2
		春	7	3	3	0	0	0	2
		燕	9	6	3	0	0	0	0
		雙	16	9	7	0	0	0	0

　　支思、齊微、歌戈、家麻、車遮、尤侯等部都有個別字押入此部的現象，具體押入情況見下表：

表2-15：其他部字押入魚模部情況表

入韻字	在《中原》所屬韻部	傳奇中押入韻部	涉及傳奇
止	支思	魚模	雙烈
兒	支思；齊微	魚模	浣
資	支思	魚模	玉鏡臺
之旨	支思	魚模	牟
齊馳齮地	齊微	魚模	浣
國	齊微入	魚模	鶼
役喜細幾	齊微	魚模	雙烈

入韻字	在《中原》所屬韻部	傳奇中押入韻部	涉及傳奇
迤	齊微	魚模	葛
儀	齊微	魚模	曇
未旗	齊微	魚模	玉合
麗	齊微	魚模	玉合、桃
你	齊微	魚模	墜
幾	齊微	魚模	金鎖
希	齊微	魚模	玉鏡臺
淚	齊微	魚模	紅梅
蕊隨	齊微	魚模	嬌
理係	齊微	魚模	牟
尺	齊微	魚模	春燈
日	齊微入	魚模	彩毫
沱	歌戈	魚模	節孝
羅座	歌戈	魚模	曇
我	歌戈	魚模	博
幕	歌戈	魚模	紅梨
座	歌戈	魚模	金鎖
瑣	歌戈	魚模	鸞
閣	歌戈	魚模	貞
和	歌戈	魚模	醉
活	歌戈入	魚模	醉
泊	蕭豪入；歌戈入	魚模	修
薄	蕭豪入；歌戈入	魚模	投
馬	家麻	魚模	紅梨
且	車遮	魚模	東
穀	尤侯	魚模	醉
肉	尤侯入	魚模	嬌、二、牟、春燈、燕

　　2、無獨立「魚模」部，「魚模」與「歌戈」合為「模歌」部的傳奇有 16
部，例見「歌戈」部。其中「魚模」部入聲字獨立系聯成一部的有《琴心記》、
《玉簪記》、《尋親記》、《運甓記》。如《琴心記》第 16 齣〔北醋葫蘆〕叶「足

祿屋築曲」，〔么〕叶「粟矗辱續哭」；《玉簪記》第 7 齣〔定風波〕叶「綠束玉泊」；《尋親記》第 10 齣〔四邊靜〕叶「服毒束伏獄，曲戮續伏獄」，《運甓記》第 24 齣〔疏影〕叶「速曲掬卜逐」，〔畫眉序〕叶「綠旭谷玉續，酴屋舳燭續，督沐瀆薄育北續，儀篤馥譽肉穀續」。

以下是這 16 部傳奇「模歌」部中屬《中原》「魚模」部的所有字：

《紅拂記》：渡烏戶戶侶途取符符度度壺虜符夫呼酣毹雨夫夫虎虎廬故渡渡固

《祝髮記》：主孤姑殂奴奴奴路初途夫隅胡胡婦奴暮

《灌園記》：楚符扶蕪鋤膚護蹉娛祖戶夫怒夫戶戶

《竊符記》：武符扶都弧伍虎翥俎苦撫櫓

《虎符記》：主舞婦古土俎露扶虜婦徒路佈護護訴婦夫無無路驅主虜府軀府故途
夫虎主故俘都虜夫餘魚訴府虛吾語圖虜輔五措所侶雛孤符所數路
護途都戶樹御御珠處阻符主孤護符赴都訴魚楚孤遇敷疏駒去衢露
爐故孤母渠廬扶壺都梟墓樹土呼悟俎孤父斧譜舞夫書虜腑符府武
樹途途壚苦苦誤肅肅塗府途途壚俎俎旅苦目目扶土途途壚楚楚釜
雨夫夫珠睹途途壚

《雙珠記》：伍武府土苦侶母數浦堵路誤蘇枯都虜胡圖徒都虜胡圖謨都虜胡圖，
孤都虜胡圖阻素吾途夫數許府符無呼孤驅驅途途弧胡糊糊隅隅枯
枯郛壚糊糊辜辜屠屠都糊糊徒徒趨趨酥廬糊糊爐糊梧數

《鮫綃記》：路婦府土路夫鼓兔怒湖婦烏數福處虎土補圖膚惧弩鼠舞部兔欲數怒
故擄

《琴心記》：途孤孤書都都大苦做務做虎補做數儒顧露負吾臞具聚午慕赴酤塗苦
途數訴吾故古伍孤壺布暮模廬車戶路晤晤度噓阻鴣初暮度路露步
苦路壚扶促苦孤阻苦壚枯度吐赴夫暮徂顧孤烏塗途乎枯枯辜虛誤
孤孤夫孤孤徒徒故顧素污奴度措赴顧脯苦虎鼓斧苦奴簿武婦訴故
婦孤負阻苦呼戶怒

《玉簪記》：土苦悟誤簿悟墮陀暮措姑悟無路孤爐悟暮度度楚訴幕路句

《錦箋記》：步霧舞無女廬吐廬吾途呼無暮誣

《水滸記》：途負都夫途虜土土夫徒虜土土疏鷓壺蘇路疏慕初負錯顧蜍雛露蘇鷓
暮露吐誤負怒顧措

《節俠記》：主壚武娛鼓呼溥玉宿土壺輔

《靈犀佩》：敷鴣胡鵡路蕪姑暮盧路鑪附鷺步兔故

《尋親記》：孤婦吾夫無訴素途暮物路訴布暮助吾婦故途夫麼

《運甓記》：縷組母古府補羽伍腑譜處主俎午土阻吐虎閣廣吳舒賦符圖弧粗路瑜
　　　　　　沽府符圖素布鋪戶壺虎富戶壺蕪虜扶怒戶壺誅舞苦屠戶壺無奴脯
　　　　　　母膚哺睹附路疏壺鼓壚墮臥吐路無衢暮戶絮處去路度壺圃圃午伍
　　　　　　蘇蘇鼓鼓蘇堵呼賈阻疏步負蹰鋪戶度度故初俎苦弩補符悟幕幕瓿
　　　　　　扶吾土數符賈奴虜素素路烏侮土蠱糊怒餘布扈附駒娛鼓兔夫脯吐
　　　　　　酤夫布賦負夫固數蒲盧夫戶虞如隅魚圖虜吾度疏怒鋤誤符圖吾枯
　　　　　　奴粗吾弧狐僕鴣鵡足奴塢湖隅盧烏都弩五顧郛峨

《焚香記》：姝儒處路楚呼步塢度婦路吾妒吐步苦湖湖

3、無「魚模」部，無「屋燭」部，屬《中原》「魚模」部的部分字只押入「支微」部的傳奇有 4 部：《青衫記》、《桔浦記》、《春蕪記》、《金蓮記》。

4、屬《中原》「魚模」部部分字押入「支微」部的傳奇除以上 4 部外，還有 45 部，這 49 部傳奇中屬《中原》「支思」和「齊微」的字在一起相押形成「支微」部，另外還有很多《中原》「魚模」部字入韻，其中「魚模」部字大量押入的我們將之合為「支微魚」部。以下是這 49 部傳奇「魚模」入「支微」的所有字：

《四喜記》：宇緒聚書

《浣紗記》：住緒主辱樹去暑雨珠

《紅拂記》：路絮據許遇樹數羽魚車遇處舒蹰驅居圖符夫阻谷苦遇訴途逐覆蘇遇
　　　　　　訴途屬據壚遇訴途語遇訴途暮驅主雨魚主許旅斧去覰予樹絮住去
　　　　　　渠車去樹慮如如去主緒處入居去住具處取絮取住絮緒書處住住具
　　　　　　去緒縷土車羽徐驅樹雨趨珠竿臾釜取徂絮雨處與處去許語去主去
　　　　　　雨旅遇護除書隅術去主住主

《祝髮記》：處去苴珠魚侶母女主姑主去取書處去緒處緒籲去去書書魚縷宇盂去

《灌園記》：處恕庶鬚枯枯挫魯榆夫鹵魚去夫書去旅緒侶珠渠渠處慮取履住渠處

《竊符記》：取輸慮如虞虞狐虞腴愚枯隅魚樹烏書取吾軀懼書軀去夫慮付誤誤書
　　　　　　鶩途路處孤狐夫遇嵎樹梟處孤狐聚嫵絮疏途多壺戶鴣雛去舒魚躕

籲步竿閭數與軀符符瑚鶋居居雨夫夫豫珠珠與俣河渡故故吾付許
慮蛛注衢衢宇閭閭使處渠去魚鼠杼虎鬚呂汝豫書

《虎符記》：處餘艅處餘羽語部主舒懼艅呂儲徒素寓繻賦去

《櫻桃記》：緒絮娛聚恤

《吐絨記》：覷去

《雙珠記》：樗閭縷去慮語杼趣處語寓緒嵎句娛珠取琚與蛆俱嵎軀渚儒遇居如豫
余書區隅途符裾羽雨庶無殊許余軀梟於榆娛籲恤圖除樞衢珠

《鮫綃記》：除住雨嫗枯主雨女書語縷雨餘娛取娛懼書魚儒廬書取去去魚居許儒
處慮去書旅序聚宇許隅語主取去主除

《雙烈記》：軀據旅去去遇

《青衫記》：處裾居居去語侶軀樹慮渠珠余

《葛衣記》：去居足書取許書渠取去舒虞絮取據取取

《琴心記》：裾娛車裾主去處躅主去聚語侶語去珠珠縷襦裾取雨緒去遇余樹去
娶遇語處注處去車樹處去處女輿去處取雨居籲車除語予居雨樹廬
去

《玉簪記》：路句處樹姑女趣玉緒襦取女娛去雨居緒主序燭路續余閭恕余去去樹
侶

《節孝記》：踞隅鼓霧趣趣車舒侶霧訴恤國余許術衢服目鷺

《修文記》：盧鬚語絮居鬚縷

《彩毫記》：雨雨嫗女隅去

《曇花記》：據侶珠語

《錦箋記》：軀如緒此縷許區譽俞侶愚籲取縷去雨覷去住聚住語諭俱住時渝取女
雨女趣藥處郁樹居住語處郁樹語枝艅趨胥藥雨徐遇嫗躅軀去處雨
取需具女侶主去禹取取書去語予覷予覷迂樹雨侶緒午女姝柱如居
許雨語怒楮予慮諭取書去曙如伍伍軀狐去去去除縷主許居去躅懼
趨侶梳書縷縷予如府軀主去據

《玉合記》：居去女舒夫許處餘處去杼去去處去

《桃符記》：旅女處女取取取閭塗符取宿斧盧

《義俠記》：暮路雛顧伏伏

《雙魚記》：羽

《紅梨記》：渠趄

《宵光記》：御雨取嶇鬚去軀衢絮遽取臾豎

《金鎖記》：女語婦聚

《鸞鎞記》：虞俱孚魚軀

《玉鏡臺記》：女遇婿姝侶御取宜娛取御處殊御虞緒苴絮鋸主雨聚女軀罔書閭魚
　　　　　　　絮除余虜

《紅梅記》：覷燭

《水滸記》：縷住主樹婿閭車苦逾覷雨襦護如躇枯許

《節俠記》：居隅侶遇去主遇緒路輿處處處緒處樹去語閭虞魚輿儒隅恕許虞渝

《桔浦記》：虞儒侶籲侶楚魚魚魚途路隅隅敷武居主阻度魚阻書書侶書句盧取樹
　　　　　　舉主趣裕語去處取慮據取隅儒魚縷舉舉去輿輿去隅隅璵居

《靈犀佩》：余諸苴遇顧儒主炷宇取舞處襦雨虞誣雨軀濡女藇姝譜縷居襦

《春蕪記》：珠遽去語儒緒絮主去縷侶住縷取語語徐雨御住侶侶去處佇予處縷居
　　　　　　躕珠竽諸女取書舒臾除去取車侶侶

《彩樓記》：居書去縷敻書珠女珠夫儒嶇車慮吾取住去住住樹去遇

《尋親記》：居居書儒儒處珠處珠隅去處語處主拒處珠縷隅恕去羽羽儒隅取取閭
　　　　　　取羽去去書住除如女去處雨住處儒羽取虛書敻儒珠語居慮語書渠
　　　　　　處女去去雨女女許取拒聚取語慮取主劬書劬儒劬劬書廚去遇書書
　　　　　　取主取書讀渠護如去居去書魚緒渠屈處處許隅盧虞取取閭居取愚
　　　　　　羽覷去取廬恕苦訴處書衢聚除

《題紅記》：女

《運甓記》：車諸軀璵珠籲譽殊籲樹取余余閭虛疽淤愈主楚寓除驅輸慮余嵎嵎嵎
　　　　　　書敍如嵎慮緒籲樹去除雛雛居處疏疏余嶇處處驅居去舒舒奴恕居
　　　　　　居取去躇株去閭聚書緒許履豫魚語除聚舒躇蛛慮樹著閭處路豎盧
　　　　　　劇璵琚著隅虞著遇除緒舒襦虛嫗居去除車儒軀儒去居聚俱書余劬
　　　　　　居裾娛趨緒慮豫

《金蓮記》：住注路雨雨籲襦縷壚余去雛余去枝詩注露鬚慮去去雨步籲路舞魚句
　　　　　　露暮路悟殊除趣賦去初裾書訴初雨暮怖去語路去語緒歔縷途途鼠
　　　　　　樹嶇顧雨樹聚去窳駐

《焚香記》：珠魚書竽書去朱珠侶絮據旅處侶絮富躕遇處虞慮馭慮軀魚如處書遇
　　　　庶途處樹處樹魚如魚處娶寞娛處語主書去拒書虛語遇軀餘處處雨
　　　　緒虛慮軀虛處語書虛遇取魚驅軀餘廬處書書樹驅驅軀車車車書處
　　　　處處驅處驅殊趣車車

《龍膏記》：車去趄虞車宇旟宇娛餘娛樹衢舒雨婦敷

《嬌紅記》：羽

《貞文記》：胥

《牟尼合》：趄雨居語慮絮籲珠珠隅嶇車珠珠隅珠取去舒魚居珠車蛆取取珠鬚恕
　　　　　取取

《春燈迷》：趄序躇車閭雨閭雨取取軀豎女車處女女殊婿珠豎敘覷取女女恕恕女
　　　　　取宇

《燕子箋》：如緒馭抒抒女去女註處珠覷儒取處噓珠珠主書雨語具

《雙金榜》：住廬入覷取語寓樹去與舒書與語籲慮軀與余如如取曙暑曙朱書籲如
　　　　　書居緒書書取

2.6 支思、齊微、皆來

一、支思、齊微

　　屬《中原》「支思」、「齊微」部的字在六十部傳奇中的用韻可以分爲以下幾
種情況：一、支思、齊微分立，與《中原》韻部相同；二、支思、齊微互押；
三、支思、齊微與大量的中古魚虞韻字互押；四、齊微中的一部分合口字與「皆
來」部字互押。下面分別討論這幾種類型：

1、支思、齊微分立

　　六十部傳奇中，支思、齊微分立的共 14 部，它們是：梁辰魚《浣紗記》、
史槃《鶼釵記》、梅鼎祚《長命縷》、沈璟《紅蕖記》、《桃符記》、《博笑記》、《墜
釵記》、《義俠記》、《雙魚記》、《埋劍記》、徐復祚《投梭記》、孫鍾齡《東郭記》、
《醉鄉記》、孟稱舜《嬌紅記》。

　　這 14 部傳奇中，屬《中原》「支思」部與「齊微」部的字有明顯分立的趨
勢，可以單獨系聯成部，如《長命縷》第 15 齣〔七娘子〕叶「志次紙使，似
是死漬」；《紅蕖記》第 12 齣〔風入松〕叶「枝差示子思諮詞私至試紙兒」，第

40 齣〔越調過曲　綿打絮〕叶「姿時兒詩絲詞茲茲，施枝私諮思辭師師」；《桃符記》第 19 齣〔神杖兒〕叶「死死次姿事兒紙兒兒」；《博笑記》第 25 齣〔南呂過曲　一江風〕叶「時至自思事死死兒思，諮使試師是之之此翅」；《墜釵記》第 18 齣〔滾〕叶「詞詞此事士死，之之示是士死」；《義俠記》第 28 齣〔啄木兒〕叶「絲此司士子私，資此指士事尸」；《雙魚記》第 25 齣〔南呂過曲香柳娘〕叶「子示資是廁死，視至慈死廁氏」；《埋劍記》第 3 齣〔越調過曲　豹子令〕叶「旨旨施施洱支時」，第 30 齣〔夜雨打梧桐〕叶「兒思士私詞死試思」；《投梭記》第 4 齣〔朝元令〕叶「師字詩汜肆私時絲輜駛士士」，〔二犯江頭金桂〕叶「恣邇虱疪訾司而紙偲恃廝」；《東郭記》第 17 齣〔孝順歌〕叶「詞時之邇枝瓷事施爾斯子，之斯師齒慈姿子思死孜是」；《醉鄉記》第 16 齣〔黃鶯兒〕叶「支訾字絲姿恃枝時，雌之字詩資氏詞兒，之時字思事子兒姿，兒之字絲施此諮髭」；《嬌紅記》第 47 齣〔簇御林〕叶「兒枝肆始諮時，兒子漬思辭時」，〔山坡裏羊〕叶「始侍事辭知紫絲兒枝兒祠，紙至事死死死辭兒枝兒祠」。但是這 13 部傳奇中「支思」部字都有個別「齊微」部或「魚模」部字押入，「齊微」部中也有個別「支思」部或「魚模」部字押入。

　　個別「齊微」部或「魚模」部字押入「支思」部的例子如：《浣紗記》第 2 齣〔玉胞肚〕叶「此枝施絲珠，士姿思珠時」；《鷫鸘釵記》第 20 齣〔香柳娘〕叶「躓支只死嗤雌紫脂」，〔駐馬聽〕叶「詞私石厄肢迷孋似，施枝子思兒死詩嗺」；《長命縷》第 15 齣〔朱奴兒〕叶「鴟豕兒思時事」；《紅蕖記》第 40 齣〔女冠子〕叶「詩眉枝知」；《桃符記》第 19 齣〔滴溜子〕叶「侈子至此子，枝屈事指詞」，第 20 齣〔一江風〕叶「諮事使之兒事辭知力」；《墜釵記》第 18 齣〔黃鍾過曲降黃龍〕叶「祠此之嗤使析」；《義俠記》第 31 齣〔減字木蘭花〕叶「雛枝」；《雙魚記》第 25 齣〔南呂過曲香柳娘〕叶「仕梓析死時志」；《投梭記》第 4 齣〔秋蕊香〕叶「志微沚此」，〔朝元令〕叶「噬漸支指躓枝嗤滋諮駛士士，寺斯醨爾自思屍詞祠駛士士」；《醉鄉記》第 31 齣〔混江龍〕叶「侍司髭慈差奇師字兒士時背枝輩詞私裏濟詩臂裏施二茲」；《嬌紅記》第 10 齣〔菩薩蠻〕叶「枝知」，第 17 齣〔征胡兵〕叶「字諮圍袿至，事茲時寄至」，〔香遍滿〕叶「紙兒醉死支知事，魅時漬自絲姿二」，第 47 齣〔集賢賓〕叶「耳之死諮悔世事，之兒子姿美二體」，〔黃鶯學畫眉〕叶「絲吹止支知爾諮二枝」，〔黃

鶯穿皂袍〕叶「私的悔匙厄底絲絲至」。

　　個別「支思」部或「魚模」部字押入「齊微」部的例子如：《浣紗記》第10齣〔謁金門〕叶「蔽住矣淚疊悴禮滯」，〔玉交枝〕叶「緒知滯其磯水暉暉第」，第26齣〔勝如花〕叶「飛水子會稀期西蒂淚歸歸」，第45齣〔南步步嬌〕叶「洗霽持值時配」，〔南錦衣香〕叶「蔽翳寺歸雞祭樹去墜水」，〔南漿水令〕叶「死淒萋悲暑蔽雨啼」，〔北清江引〕叶「此廢戲你」；《長命縷》第23齣〔好姐姐〕叶「師入時誨易非，奇義時騎墀眉」；《紅蕖記》第26齣〔定風波〕叶「絲衣時期枝」；《桃符記》第4齣〔一翦梅〕叶「依悲時」，第14齣〔步步嬌〕叶「處際微滯依淚」，〔江兒水〕叶「癡媚女意去水」，〔五供養〕叶「邸棲取攜取取起摧閭」，第24齣〔玉胞肚〕叶「淚悲推出知」，第26齣〔尾犯序〕叶「裏逼持日宿死斧西」，〔駐雲飛〕叶「實規意鬼奇虧日抵虛」；《義俠記》第30齣〔浣溪紗〕叶「厄旗齊曜時期」，第8齣〔五更轉〕叶「裏吃對你氣禮子，氣虧內水戲矣紙」，第18齣〔尾犯序〕叶「日悉死誰尾飛，詞移期置死虧」，〔駐雲飛〕叶「揮知罪氣池水事為遲」，第19齣〔玉嬌枝〕叶「義得輩屍殖對實裏，氣機累迷屍庇實得，義伊罪悔的死十你」；第27齣〔瑣窗郎〕叶「夷為移治計避」；《雙魚記》第4齣〔一撮棹〕叶「翼池羽棲急飛憶裏衣」；《埋劍記》第3齣〔越調引子霜天曉月〕叶「嗣史字世差」，第4齣〔大石調引子念奴嬌〕叶「弛氣府矣裏未」，第22齣〔南呂過曲宜春令〕叶「薄微攜起狠軌」；《投梭記》第8齣〔浣溪沙〕叶「機枝時翠垂眉」，第22齣〔鷓鴣天〕叶「攲垂眉離非語時」；《嬌紅記》第2齣〔滿江紅〕叶「禮貴第水旨」，第4齣〔畫堂春〕叶「霏催時飛枝暉知」，第7齣〔掛枝兒〕叶「裏兒戲至的死，氣宜底的的死」，第9齣〔浣紗溪〕叶「迷眉知起枝脂」，第23齣〔柳搖金〕叶「醉誰期契時李差奇妓蹊蹊騎，姿期會奇喜眉妃美姿姿裏」，第35齣〔香柳娘〕叶「時時係水悲悲離淚裏裏四寄，時時昔臆杯杯離日暉暉催滯，淒淒至底悲悲垂碎毀毀迷棄，茲茲意棄美美灰係催催離佩」，第44齣〔梨花兒〕叶「齊婿期至，奇裏時議」，〔撲燈蛾〕叶「墀麗地西吹孜幃，勢內髻衣地時癡，抵惜蕊肢啼喜梯」，〔尾聲〕叶「記時媒」，第46齣〔雙勸酒〕叶「悴滯至危」，第47齣〔海棠春〕叶「次惜死」。

　　車遮部「些」字在《浣紗記》中押入齊微部，「蛇」字在《埋劍記》、《東郭

記》字押入齊微部；家麻部「涯」字在《浣紗記》、《雙魚記》、《東郭記》、《嬌紅記》中押入齊微部；皆來部「眥」字在《投梭記》中、「隘」字在《東郭記》中押入齊微部。

這 14 部傳奇支思、齊微獨用、互押及其他部字押入的情況見下表，表中數字爲曲子數，數字右邊字爲其他部押入的字：

表 2-16：支思、齊微分立傳奇用韻情況表

作者	籍貫	作品	支思獨用	齊微獨用	支、齊相押	齊微入押入	其他韻部押入			
							魚模	車遮	家麻	皆來
梁辰魚	江蘇崑山	浣	2 珠	44	6	4	5	1 些	1 涯	0
史槃	浙江紹興	鷫	6	23	3	13	0	2	0	0
梅鼎祚	安徽宣城	長	9	22	4	4	0	0	0	0
沈璟	江蘇吳江	紅	17	16	1	0	0	0	1	0
		桃	8	10	2	8	5	0	0	0
		博	0	10	0	6	0	0	0	0
		墜	0	9	0	3	0	0	0	0
		義	0	17	9	9	0	0	0	0
		雙	4	17	1	6	1	0	1 涯	0
		埋	9	16	0	2	2	1 蛇	0	0
徐復祚	江蘇常熟	投	10	7	3	6	1	0	0	1 眥
孫鍾齡	不詳	東	13	11	1	6（另 4 入獨用）	0	1 蛇	1 涯	1 隘
		醉	23	17	0	3	1	0	0	0
孟稱舜	浙江紹興	嬌	17	18	24	19	0	0	2 涯	0
單本	浙江紹興	蕉	0	0	0	10	3	0	0	0

支思、齊微分立的作者都是比較嚴格的格律派作家，其傳奇作品一般是按照《中原》十九部用韻，但韻腳字中有《中原》未收之字，說明它們選字時還可能別有所據。

2、支思、齊微互押

「支思」、「齊微」互押的傳奇有 15 部：《四喜記》、《櫻桃記》、《吐絨記》、《雙烈記》、《修文記》、《彩毫記》、《曇花記》、《紅梨記》、《金鎖記》、《鸞鎞記》、《紅梅記》、《題紅記》、《蕉帕記》、《二胥記》、《貞文記》。在這 15 部傳奇中，屬《中原》「支思」部的字押入「齊微」部，無「支思」獨用例，極少有或沒有「魚模」部字押入，我們把「支思」、「齊微」合爲「支微」部。

《四喜記》系聯到「支微」部的 58 支曲子中 20 支是「支思」「齊微」互押例，如第 24 齣〔番卜算〕叶「遲事枝思」，〔好姐姐〕叶「儀擬思事戲奇，厄幾底己體癡」，35 支爲「齊微」獨用例，3 支曲子有「魚模」部各一字押入，另有「歌戈」部「多」字，「車遮」部「疊」字入韻。

《櫻桃記》系聯到「支微」部的 48 支曲子中 11 支有「支思」部字入韻，如第 17 齣〔不是路〕叶「期力係兒西地泥你至尾」，〔古輪臺〕叶「癡提醉思字妹眉惠涯尕字粒離記息疑妻釐裏石意禮聚恤勢貴題聚輝」；5 支曲子有「魚模」部字押入，如第 13 齣〔引〕叶「絮娛眉」；另有「蕭豪」部「老」字，「皆來」部「刻」字入韻。

《吐絨記》系聯到「支微」部的 25 支曲子中 7 支有「支思」部字押入，如第 7 齣〔東甌令〕叶「嘴威伊禮你知辭」，第 16 齣〔駐馬聽〕叶「癡思意池施弟奇喜」；2 支曲子有「魚模」部「去」字押入；1 支曲子有「車遮」部「爺」字押入。

《雙烈記》系聯到「支微」部的 44 支曲子中 18 支有「支思」部字押入，如第 2 齣〔瑞鶴仙〕叶「志事意屈滯日掣魅」，〔西地錦〕叶「士兒事知，時事宜」；4 支曲子有「魚模」部共 3 字押入，如第 21 齣〔賽觀音〕叶「細兒去飛」。

《修文記》系聯到「支微」部的 34 支曲子中 20 支有「支思」部字押入，如第 7 齣〔北沽美酒又帶太平令〕叶「矣差紫起啓餌紀死理水」，第 37 齣〔梁州序〕叶「秘史漓係時知會夕易事」；7 支曲子有「魚模」部共 6 字押入，如第 45 齣〔寄生草〕叶「離縷子翅水」。

《彩毫記》系聯到「支微」部的 41 支曲子中 25 支有「支思」部字押入，如第 2 齣〔花心動〕叶「試絲枝宜翠」，第 42 齣〔山花子〕叶「地私司蛇衣墀螭期，是姿師時衣墀螭期」；6 支曲子有「魚模」部共 4 字押入，如第 2 齣〔破

齊陣〕叶「雨霓水翅姿奇」。

《曇花記》系聯到「支微」部的 65 支曲子中 40 支有「支思」部字押入，如第 41 齣〔二犯傍妝臺〕叶「師危隨摧旗衣，差飛馳揮旗衣，枝眉衹絲旗衣」，〔下山虎〕叶「持至時慈茲尼體齊穢離西，鵐使麾蕤披岐配期類棲泥」；4 支曲子有「魚模」部各一字押入，如第 44 齣〔漿水令〕叶「杞事微垂織綺麗侶詞」；另有「家麻」部「涯」字和「車遮」部「些」字押入。

《紅梨記》系聯到「支微」部的 16 支曲子 8 支有「支思」部字押入，如第 13 齣〔金井水紅花〕叶「移微幾沸湄儀二非胚旃催異，悲時差地依鯉梅溺倚回淚飛里契」；1 支曲子有「魚模」部一字入韻。

《金鎖記》系聯到「支微」部的 19 支曲子中 2 支有「支思」部字押入，即第 20 齣〔銷金帳〕叶「起水裏婦慰嘴姿起未」，第 33 齣〔一封羅〕叶「妻闞悲回貴魁聚輝至」；共 4 支曲子有「魚模」各一字押入。

《鸞鎞記》系聯到「支微」部的 14 支曲子中 7 支有「支思」部字押入，如第 5 齣〔憶多嬌〕叶「奇虞施支姿姿離」，〔鬥黑麻〕叶「兒魚私機知持時」；5 支曲子有「魚模」部字押入。

《紅梅記》系聯到「支微」部的 13 支曲子 3 支有「支思」部字押入，即第 32 齣〔折桂令〕叶「窺為翅圍枝期媒枝」，〔僥僥令〕叶「子姿罪的」，〔收江南〕叶「遺癡知裏裏移息第貴離皮事」；2 支曲子有「魚模」部各一字押入；另有 1 支曲子有「皆來」部「來」字押入。

《題紅記》系聯到「支微」部的 55 支曲子中 15 支有「支思」部字押入，如第 6 齣〔綿搭絮〕叶「差絲垂鸝枝閨飛飛，罳徊微思肌脂扉扉，宜離吹時飛悲遲遲」；3 支曲子有「魚模」部各一字押入。

《蕉帕記》系聯到「支微」部的 28 支曲子中 2 支有「支思」部字押入，即第 17 齣〔紅繡鞋〕叶「徊徊隨隨時日會扉扉」，第 29 齣〔急三槍〕叶「事慮灰」；3 支曲子有「魚模」部各一字押入，如第 17 齣〔縷縷金〕叶「癡跪依去置饑笛」。

《二胥記》系聯到「支微」部的 25 支曲子中 17 支有「支思」部字押入，如第 1 齣〔蝶戀花〕叶「紫此子裏紙矣事水」，第 6 齣〔南滴滴金〕叶「隊的戲勢指使威」，〔南雙聲子〕叶「旨旨勢圍圍紕每每違違辭」。

《貞文記》系聯到「支微」部的 36 支曲子中 16 支有「支思」部字押入，如第 5 齣〔女冠子〕叶「意涯係至」，〔臨江仙頭〕叶「此催」，第 34 齣〔北喜遷鶯〕叶「士姿諮茝歸內棲」，〔南滴滴金〕叶「似兒子濟棄淚內飛」；1 支曲子有「魚模」部「胥」字押入。

以上 15 部傳奇中支思、齊微獨用、互押以及其他韻部字押入的情況見下表，表中數字為曲子數，數字右邊字為其他部入韻字。

表 2–17：支思、齊微互押傳奇用韻情況表

作者	籍貫	作品	支思獨用	齊微陰獨用	支、齊相押	齊微入押入	其他韻部押入					
							魚模	車遮	家麻	歌戈	蕭豪	皆來
謝讜	浙江上虞	四	0	30	20	0	4	4疊	2涯	1多	0	0
史槃	浙江紹興	櫻	0	18	12	22	5	0	1涯		1老	1刻
		吐	0	7	7	11	2	1爺	1涯	0	0	0
張四維	河北大名	雙	0	18	18	9	6	0	0	0	0	0
屠隆	浙江寧波	修	0	11	20	3	7	0	0	0	0	0
		彩	0	8	25	5	6	1蛇	4涯	0	0	0
		曇	0	15	40	14	6	1些	7涯	0	0	2色崖臺
徐復祚	江蘇常熟	紅	0	5	8	3	1	0	0	0	0	0
葉憲祖	浙江餘姚	金	0	12	2	3	4	0	0	0	0	0
		鸞	0	5	7	1	5	0	0	0	0	0
周朝俊	浙江寧波	紅	0	6	3	4	2	0	0	0	0	1來
王驥德	浙江紹興	題	0	38	15	3	3	0	0	0	0	0
單本	浙江紹興	蕉	0	15	2	10	3	0	0	0	0	0
孟稱舜	浙江紹興	二	0	8	17	7	2	0	0	0	0	0
		貞	0	15	16	4	1	0	1涯	0	0	0

3、《中原》「魚模」部的部分字與「支思」、「齊微」互押

屬《中原》「魚模」部字大量押入「支微」部的傳奇有 31 部：《紅拂記》、《祝

髮記》、《灌園記》、《竊符記》、《虎符記》、《雙珠記》、《鮫綃記》、《青衫記》、《葛
衣記》、《琴心記》、《玉簪記》、《節孝記》、《錦箋記》、《玉合記》、《宵光記》、《玉
鏡臺記》、《水滸記》、《節俠記》、《桔浦記》、《靈犀佩》、《春蕪記》、《彩樓記》、《尋
親記》、《運甓記》、《金蓮記》、《焚香記》、《龍膏記》、《牟尼合》、《春燈迷》、《燕
子箋》、《雙金榜》，這 31 部傳奇「魚模」、「支思」、「齊微」互押形成「支微魚」
部。另外還有 18 部傳奇有「魚模」押入「支微」的現象，但數量較少。這 18
部傳奇是《四喜記》、《浣紗記》、《櫻桃記》、《吐絨記》、《雙烈記》、《修文記》、《彩
毫記》《曇花記》、《桃符記》、《義俠記》、《雙魚記》、《紅梨記》、《金鎖記》、《鸞
箆記》、《紅梅記》、《題紅記》、《嬌紅記》、《貞文記》。

有大量的「魚模」部字押入「支微」部的 31 部傳奇中無「魚模」部的有
《青衫記》、《桔浦記》、《春蕪記》、《金蓮記》；無獨立「魚模」部，「魚模」
與「歌戈」合為一部的傳奇有 16 部：《紅拂記》、《祝髮記》、《灌園記》、《竊
符記》、《虎符記》、《雙珠記》、《鮫綃記》、《琴心記》、《玉簪記》、《錦箋記》、
《水滸記》、《節俠記》、《靈犀佩》、《尋親記》、《運甓記》、《焚香記》；有獨立
的「魚模」部的有《葛衣記》、《節孝記》、《玉合記》、《宵光記》、《玉鏡臺記》、
《彩樓記》（僅 1 支曲子）、《龍膏記》（僅 1 支曲子）、《牟尼合》、《春燈迷》、
《燕子箋》、《雙金榜》。

下表反映了 31 部傳奇中支、微、魚獨用、互押及其他韻部字押入情況，表
中數字為入韻曲子數，數字右邊字為其他部押入字。

表 2－18：支微魚部用韻情況表

作者	籍貫	作品	支思獨用	齊微陰獨用	支、微陰互押	支微魚相押	齊微入押入	其他韻部押入					
								車遮	家麻	蕭豪	歌戈	尤侯	皆來
張鳳翼	江蘇蘇州	紅	1	7	9	41	12	1 些	3 涯	0	0	0	0
		祝	0	0	11	18	10	0	1 涯	0	0	0	0
		灌	0	3	7	15	8	0	0	0	1 挫	0	0
		竊	0	3	20	26	5	0	2 涯	0	1 河	0	0
		虎	0	3	15	11	0	0	1 涯	0	0	0	0
沈鯨	浙江平湖	雙	0	12	16	29	0	1 且	4 涯	0	1 河	0	0
		鮫	0	6	12	21	4	0	2 涯	0	0	0	溺澤

作者	籍貫	作品	支思獨用	齊微陰獨用	支、微陰互押	支微魚相押	齊微入押入	其他韻部押入					
								車遮	家麻	蕭豪	歌戈	尤侯	皆來
顧大典	江蘇吳江	青	0	7	3	9	3	1些	0	0	0	0	0
		葛	1	3	1	10	1	0	1涯	0	0	0	0
孫柚	江蘇常熟	琴	0	7	7	36	0	0	0	0	0	0	0
高濂	浙江杭州	玉	0	7	2	17	1	3些夜遮	0	0	0	0	1色
		節	0	14	1	12	19	0	1笈	0	0	0	0
周履靖	浙江嘉興	錦	0	18	11	57	0	1且	0	0	0	0	0
梅鼎祚	安徽宣城	玉	0	11	12	8	3	0	0	0	0	0	1哀
徐復祚	江蘇常熟	宵	0	9	5	11	7	0	0	0	0	0	0
朱鼎	江蘇崑山	玉	0	8	13	22	2	0	1涯	0	0	0	0
許自昌	江蘇蘇州	水	0	0	1	8	0	0	0	0	0	1謳	0
		節	0	3	3	15	2	0	0	0	0	0	0
		桔	0	4	10	25	0	0	0	0	0	0	0
		靈	0	2	4	9	0	0	0	0	0	0	1裁
王錂	浙江杭州	春	0	5	9	26	4	0	1涯	0	0	0	0
		彩	0	13	12	15釀	9	0	0	0	0	0	1策
		尋	0	13	3	66	21	0	2涯	0	0	0	1責
邱瑞吾	浙江杭州	運	0	7	6	59	1	0	1涯	0	0	0	1詒
陳汝元	不詳	金	0	17	16	31	3	0	3涯	0	0	0	4來魄
王玉峰	上海松江	焚	0	11	6	49	5	0	0	0	0	0	0
楊珽	浙江杭州	龍	0	4	3	10	5	1爹	0	0	0	0	0
阮大鋮	安徽宣城	牟	0	9	11	14	6	0	0	0	0	0	0
		春	0	3	12	20	7	0	2涯	1溺	0	0	0
		燕	0	8	6	13	7	0	0	0	0	0	0
		雙	0	6	5	22	11	0	0	0	0	0	0

二、皆來

《中原》「皆來」部字在一些傳奇中獨立成部，在一些傳奇中與《中原》「支微」部的部分合口字相押，組成「皆來灰」部，具體有以下幾種情況：

1、「皆來」部字與「支微」部部分合口字大量相押。這樣的傳奇有 12 部：《祝髮記》、《竊符記》、《雙珠記》、《青衫記》、《修文記》、《彩毫記》、《曇花記》、《玉合記》、《桔浦記》、《靈犀佩》、《尋親記》、《雙金榜》。這些傳奇中「齊微」部合口字押入「皆來」部的曲子數目多，押入次數也多。

如《祝髮記》系聯到「皆來灰」部的 16 支曲子中，1 支為「皆來」獨用例，1 支為「支微」合口字獨用例，其餘有 14 支均為「皆來」與「齊微」部合口字相押例，如第 16 齣〔朝中措〕叶「輝埃才」，〔朝天子〕叶「回催來徊埋乖乖，灰催開懷釵諧諧」，〔北沽美酒〕叶「差差埋雷威海怪開外界哉哉堆帥」，第 28 齣〔六么令〕叶「改來開徊拜拜」，〔六么令〕叶「待來釵開在在」，〔五更轉〕叶「愛埋泰害海會彩，拜萊夕罪配尬賴」；《竊符記》系聯到「皆來」部的 11 支曲子中，有 1 支為「齊微」部合口字獨用例，即第 5 齣〔尾聲〕叶「退徊醅」，其餘 10 支均為二者互押例，如第 5 齣〔生查子〕叶「闓載」，〔雙聲子〕叶「賴賴蓋穢穢珮介介對對類」，第 25 齣〔醉扶歸〕叶「海來裁在槐帶來諧泰回街快歸彩會會」，〔皂角兒〕叶「災海回解狽改來派雷諧，哀在開敗概排派雷諧」；《雙珠記》系聯到「皆來灰」部的 22 支曲子中，15 支為「齊微」合口字自押例，如第 14 齣〔鎖南枝〕叶「魁罪卑貴回最，危對推碎為遂，頹杯徊昧誰配，媒會追倍悲退」，6 支為「皆來」與「支微」合口字互押例，如第 14 齣〔光光乍〕叶「媒來醉災海」，第 20 齣〔金瓏璁〕叶「海累排灰摧」，只有 1 支曲子為「皆來」自押例；《彩毫記》系聯到「皆來灰」部的 18 支曲子中，14 支為「皆來」與「齊微」合口字互押例，如第 28 齣〔三換頭〕叶「介害才階媒愛來，埋薑豺災解灰哀」，〔東甌令〕叶「械累捱類害裁哀」，〔劉潑帽〕叶「沛來概回隊，狽懷寨災在」；《玉合記》系聯到「皆來灰」部的 7 支曲子 5 支有「齊微」部合口字押入；其他傳奇雖「齊微」部合口字入韻相對較少，但都不低於入韻曲子數的一半，如《青衫記》、《修文記》、《曇花記》、《桔浦記》、《靈犀佩》、《雙金榜》；有的雖稍少於半數，但「齊微」部合口字入韻的次數及字數較多，如《尋親記》。

2、僅少數「齊微」部合口字押入「皆來」部。這樣的傳奇有 22 部：《四喜

記》、《虎符記》、《葛衣記》、《鮫綃記》、《琴心記》、《玉簪記》、《錦箋記》、《博笑記》、《墜釵記》、《宵光記》、《紅梅記》、《水滸記》、《節俠記》、《題紅記》、《春蕪記》、《彩樓記》、《運甓記》、《金蓮記》、《二胥記》、《貞文記》、《牟尼合》、《春燈迷》。這些傳奇中有的僅 1 支曲子有「齊微」部合口字和「皆來」部字相押，如《虎符記》、《琴心記》、《錦箋記》、《水滸記》、《節俠記》、《博笑記》、《宵光記》、《紅梅記》、《彩樓記》、《金蓮記》、《春燈迷》；有的僅兩支曲子有「齊微」部合口字押入，如《四喜記》、《玉簪記》、《春蕪記》、《運甓記》、《牟尼合》；《題紅記》「皆來灰」部的 15 支中 3 支有「齊微」部合口字入韻，《墜釵記》「皆來灰」部的 23 支曲子中 3 支有「齊微」部合口字入韻；有的雖「齊微」部合口字入韻的曲子數稍多，但都不超過半數，如《鮫綃記》、《葛衣記》、《二胥記》、《貞文記》。

3、「皆來」部無「齊微」部合口字押入的傳奇有 21 部：《浣紗記》、《櫻桃記》、《鸊釵記》、《吐絨記》、《雙烈記》、《節孝記》、《長命縷》、《紅蕖記》、《桃符記》、《義俠記》、《雙魚記》、《埋劍記》、《投梭記》、《紅梨記》、《金鎖記》、《鸞鎞記》、《玉鏡臺記》、《蕉帕記》、《東郭記》、《醉鄉記》《嬌紅記》。這些傳奇中《雙烈記》、《玉鏡臺記》「皆來」部僅一支曲子，其餘都是多支曲子，都沒有一個「齊微」部合口字押入，《玉鏡臺記》有「家麻」部二字押入。

4、無「皆來」部的傳奇有 5 部：《紅拂記》、《灌園記》、《焚香記》、《龍膏記》、《燕子箋》。

有皆來或皆來灰部的傳奇皆來獨用、皆來與灰韻字互押及其他韻部字押入的情況見下表，表中數字為入韻曲子數，數字右邊字為其他部押入的字。

表 2－19：皆來部及皆來灰部用韻情況表

作者	籍貫	作品	曲子總數	皆來陰獨用	灰泰韻押入	灰泰韻獨用	皆來入押入	其他韻部字押入		
								車遮	家麻	支思
謝讜	浙江上虞	四	11	6	2	0	0	0	2涯	0
梁辰魚	江蘇崑山	浣	13	12	0	0	1	0	0	0

作者	籍貫	作品	曲子總數	皆來陰獨用	灰泰韻押入	灰泰韻獨用	皆來入押入	其他韻部字押入		
								車遮	家麻	支思
張鳳翼	江蘇蘇州	祝	16	1	14	1	0	0	0	0
		竊	11	0	10	1	0	0	0	0
		虎	1	0	1	0	0	0	0	0
史槃	浙江紹興	櫻	11	5	1	0	4	0	0	1涘
		鶼	14	11	1	0	2	0	0	0
		吐	7	4	0	0	3	0	0	0
沈鯨	浙江平湖	雙	22	1	6	15	0	0	0	0
		鮫	19	10	8	0	0	0	1涯	0
張四維	河北大名	雙	1	1	0	0	0	0	0	0
顧大典	江蘇吳江	青	4	1	3	0	0	0	0	0
		葛	12	7	5	0	0	0	1涯	0
孫柚	江蘇常熟	琴	31	28	2	0	1	0	1佳家價	0
高濂	浙江杭州	玉	16	11	2	0	3	1些	0	0
		節	5	5	0	0	0	0	0	0
屠隆	浙江寧波	修	23	9	13	0	1	2也	1涯	0
		彩	18	3	14	0	0	0	1涯	1涘
		曇	20	10	10	0	0	0	2涯	0
周履靖	浙江嘉興	錦	8	7	1	0	0	0	0	0
梅鼎祚	安徽宣城	玉	7	2	5	0	0	0	1涯	0
		長	9	8	0	0	0	0	1涯	0
沈璟	江蘇吳江	紅	13	10	0	0	1	0	2涯	0
		桃	2	2	0	0	0	0	0	0
		博	7	6	1	0	0	0	0	0
		墜	23	17	4滯	0	2	0	0	0
		義	13	11	0	0	2	0	0	0
		雙	15	14	0	0	1	0	0	0
		埋	25	21	0	0	3	0	1涯	0
徐復祚	江蘇常熟	投	16	7	0	0	6	1蘗	2涯	0
		紅	8	6	0	0	1	0	2涯	0
		宵	19	7	4	0	8	0	0	0

作者	籍貫	作品	曲子總數	皆來陰獨用	灰泰韻押入	灰泰韻獨用	皆來入押入	其他韻部字押入		
								車遮	家麻	支思
葉憲祖	浙江餘姚	金	2	2	0	0	0	0	0	0
		鸞	5	3	0	0	2	0	0	0
周朝俊	浙江寧波	紅	20	13	4	0	4	0	0	0
朱鼎	江蘇崑山	玉	1	0	0	0	0	0	1畫罷	0
許自昌	江蘇蘇州	水	4	3	1	0	0	0	0	0
		節	1	1	0	0	0	0	0	0
許自昌	江蘇蘇州	桔	4	1	3	0	0	0	0	0
		靈	6	2	4	0	0	0	0	0
王錂	浙江杭州	春	5	3	2	0	0	0	0	0
		彩	2	1	2	0	0	0	0	0
		尋	26	10	12	0	0	0	4涯家	0
王驥德	浙江紹興	題	16	10	3	0	3	0	0	0
邱瑞吾	浙江杭州	運	6	4	2	0	0	0	0	0
單本	浙江紹興	蕉	17	17	0	0	0	0	0	0
陳汝元	不詳	金	3	2	1	0	0	0	0	0
孫鍾齡	未詳	東	19	15	0	0	2	0	2涯	0
		醉	13	12	0	0	1	0	0	0
孟稱舜	浙江紹興	嬌	20	11	0	0	7	0	2涯	0
		二	24	13	10	0	0	0	1涯	0
		貞	52	25	11	0	13	0	4涯	0
阮大鋮	安徽宣城	牟	8	6	2	0	0	0	0	0
		春	8	5	1	0	2	0	0	0
		雙	14	7	7	0	0	0	0	0

2.7　入聲韻部：鐸覺、屋燭、德質、月帖、曷洽

六十部明傳奇作品用到的入聲韻部共 5 個：鐸覺、月帖、德質、屋燭、曷洽。

一、鐸覺

系聯到「鐸覺」部的曲子共 13 支，它們是：

《浣紗記》43〔憶秦娥〕落落鶴薄索索閣；《雙珠記》10〔四邊靜〕幄愕約惡嶽作，泊託閣寞落勺，諾濁腳絡錯卻，薄覺壑度弱邈 40〔高陽臺序〕泊角度錯莫，落樂縛閣恪，索覺貉作薄爵，莫昨搏鑰藥略〔尾聲〕諾學著；《曇花記》55〔繞池遊〕閣鑰箔藿覺〔滿江紅〕珞落樂覺；《運甓記》9〔憶秦娥〕漠惡惡落薄索索閣

以上韻腳字來源於《廣韻》鐸、覺、藥三韻，絕大部分是《中原》「蕭豪」部所收入聲字，個別是《中原》「歌戈」部所收入聲字，如「縛」字，部分字《中原》未收，如「幄邈昨怍託恪搏貉藿」等字。

共有 4 部傳奇用到了「鐸覺」部。

下表收錄了這 13 支曲子的所有韻腳字及其中古音來源及其在《中原音韻》中所在韻部，每字右邊數字是該字入韻次數。

表 2－20：鐸覺部韻腳字表

韻腳字	中古音來源	《中原》韻部
覺 3 角	江開二覺	蕭豪
愕作閣 5 諾 2 錯 2 壑索 5 鶴珞	宕開一鐸	蕭豪
惡 3 泊莫 2 寞漠落 6 絡薄 4 度 2 樂 2 箔	宕開一鐸	蕭豪、歌戈兩收
嶽學濁	江開二覺	蕭豪、歌戈兩收
藥腳卻爵著勺	宕開三藥	蕭豪
約鑰 2 略弱	宕開三藥	蕭豪、歌戈兩收
縛	宕合三藥	歌戈
幄邈	江開二覺	未收
昨怍託恪搏貉藿	宕開一鐸	

二、屋燭

系聯到「屋燭」部的曲子共 62 支，它們是：

《四喜記》：29〔憶秦娥〕郁玉束簇胥曲

《浣紗記》：27〔憶秦娥〕辱曲曲復，熟束束蹙 29〔憶多嬌〕觸哭卜福獨獨促，熟戮贖屋獨獨促〔鬥黑麻〕伏辱促束簌速目，祿竹縮木簌速目 44〔減字木蘭花〕辱復

《吐絨記》：3〔引〕穀足曲祿

《雙烈記》：28〔畫眉序〕衢屋燭玉祿，睦束軸玉祿，沒族淑玉祿，幄曲褥玉祿
〔滴溜子〕戮福祿穀足〔鮑老催〕辱復逐勖餗掬〔滴滴金〕郁續逐
玉篤足足燭〔雙聲子〕菊菊曲魄魄曲綠綠斛斛谷〔尾聲〕目續玉

《琴心記》：16〔北醋葫蘆〕足祿屋築曲〔么〕粟矗辱續哭

《玉簪記》：7〔定風波〕綠束玉泊

《彩毫記》：22〔傳言玉女〕肅速足燭〔畫眉序〕屋矗燭菊醁，軸促曲玉醁〔滴
溜子〕沐掬逐熟粟〔鮑老催〕目屋束襥續竹速〔雙聲子〕蹴簇沐沐
麓〔尾聲〕國足屋

《紅葉記》：35〔商調引子　解連環前〕續玉蹙竹鬻〔解連環後〕足曲宿綠谷〔商
調過曲　高陽臺〕月簇觸沒束骨，忽局突瀆讀目，縮蓄牘卜肉逐，
躅覆鹿伏祿燭

《金鎖記》：9〔畫眉序〕俗玉谷福〔滴溜子〕局簌哭腹〔鮑老崔〕屬蹙欲祿足
讀逐〔雙聲子〕牘牘俗曲曲淑鬱睦肉〔尾聲〕竹促熟

《玉鏡臺記》：14〔東甌令〕鹿逐服屬伏，幅肉谷竹玉僕，朔足覆蜀，牧沃
腹穀服祿 19〔四邊靜〕域族除陸鹿逐復，肉毒才卜鹿逐復，穀篤
流服燭軸祿，舳矗先速燭軸祿〔福馬郎〕曲伏宿谷覆，鏃衄牧谷
覆

《尋親記》：10〔四邊靜〕服毒束伏獄，曲戮續伏獄

《運甓記》：24〔疏影〕速曲掬卜逐〔畫眉序〕綠旭谷玉續，醁屋舳燭續，督沐
瀆薄育北續，儀篤馥譽肉穀續〔滴溜子〕服欲惡哭毒〔鮑老催〕撲
復促屋服逐郁〔雙聲子〕復復告蹙蹙躅篤篤玉玉腹〔尾聲〕矗北囑
25〔憶秦娥〕逐曲曲痳服

《龍膏記》：28〔梨花兒〕玉宿肉

以上作品韻腳字主要來自《廣韻》「屋、燭」韻，部分來自「沒」韻、「沃」
韻（如「僕沃毒篤矗」字），個別來自「鐸」韻（如「泊」字）、「覺」韻（如「朔」
字）、「德」韻（如「國」字、「北」字），與《中原》相比，主要來自《中原》
「魚模」部入聲字，個別來自《中原》「蕭豪」（或「蕭豪」「歌戈」兩收）、「尤
侯」、「齊微」部入聲字。《中原》未收之字有「勖餗魄簌矗襥域衄惡」等。

下表收錄了這62支曲子的所有韻腳字、其中古音來源及其在《中原音韻》

中所屬韻部，每字右邊數字是該字入韻次數。

表 2-21：屋燭部韻腳字表

韻腳字	中古音來源	《中原》韻部
局 2 曲 12 旭玉 10 獄 2 欲 2 綠 4 酴 2 續 8 足 6 促 6 俗 2 粟燭 5 囑躅 2 燭觸 2 蜀贖屬 2 束 8 辱 4	通合三燭	魚模
軸 3 舳 2 菊掬 2 蓄鬱 2 育鬻 目 4 牧 2 睦伏 6 福幅服 7 復 7 馥 2 覆 4 腹 3 陸戮 2 蹙 5 蹴肅竹 5 縮 2 宿 2 築逐 10 淑熟 4	通合三屋	
卜 4 撲僕木 3 沐 4 獨 4 讀 2 瀆瀆牘 3 祿 7 鹿 5 麓 簏谷 6 轂 3 哭 5 族鏃簇 2 速 5 屋 7	通合一屋	
突沒 骨忽	臻合一沒	
毒 3 沃篤 4 纛 2 告	通合一沃	
肉 5	通合三屋	尤侯
矗 2 襡衄恧	通合三屋	未收
㰝 2	通合三燭	
域	曾開三職	
朔	江開二覺	蕭豪
泊 2	宕開一鐸	歌戈、蕭豪兩收
國（屠隆）	曾合一德	齊微

三、德質

  系聯到「德質」部的曲子共 178 支，它們是：

《浣紗記》：8〔高陽臺〕兵敵集北國〔高陽臺〕立積匿穴乞，迫役夕戚得惜，
    惑適食拾國擲，執射釋歷必益，憶闢德日極室，逆集及僻敵實〔尾
    聲〕檄直力 4〔滿江紅〕國荻赤戢

《紅拂記》：18〔謁金門〕脈碧識覓力歷昔尺

《祝髮記》：2〔瑞鶴仙〕紱昔日籍力斁〔寶鼎兒〕陌息，色液〔錦堂月〕極澤
    得域日，瑟紱室域日〔醉翁子〕質適壁錫白柏，籍力夕匹織柏〔僥
    僥令〕直戟，色棘〔尾聲〕策赤失 24〔錦纏頭〕力色識覓跡壁寂〔普
    天樂〕覓舄梁室息翩〔古輪臺〕力匿北汲薩錫汐壁跡值〔尾聲〕集
    隙筆〔四邊靜〕敵律鏑尺刻怪北〔紅繡鞋〕革革易易客逆黑〔四邊

靜〕得色屐白赤績

《灌園記》：2〔高陽臺〕日弈國吉席〔番卜算〕遲籍職〔高陽臺〕急吸食測益，
　　　　夕失識逆入，敵及擊墨惜，役默直責得〔尾聲〕日側力

《竊符記》：23〔遶池遊〕織璧惜〔五更轉〕食急息色翩力墨，粒泣急吸翼立急 24
　　　　〔神杖兒〕卒卒食擊國敵敵〔滴溜子〕國尺策栗稷〔錦上花〕戟戟射
　　　　翼翼繳〔滴溜子〕場厄惕釋稷〔錦上花〕客客靂匿匿鏑〔滴溜子〕戚
　　　　策抑畫稷，日黑國易席〔三段子〕擊急入失翩嚇席，集魄擊敵逸夕席

《虎符記》：7〔四邊靜〕黑赤鏑百璧責，嚇策碧百璧責，國棘繳百璧責〔窣地
　　　　錦襠〕戟魄翼敵〔清江引〕績屈垣力席〔鎖南枝〕翩績璧石力賊〔清
　　　　江引〕日策離的劈〔鎖南枝〕益幘笏石力賊〔清江引〕急特人敵擊
　　　　〔鎖南枝〕惜國幗石力賊 8〔憶多嬌〕出力責迫臆臆刻，食力日息
　　　　臆臆刻〔鬥黑麻〕歹息匿璧璧域滴北，夕適澤厄域滴北〔哭相思〕
　　　　織隔 37〔劃鍬兒〕奕集立擊入力，厄策敵擊入力

《雙珠記》：2〔齊天樂〕繹脈陟翩璧特 6〔憶多嬌〕質窟役瑟滴滴日，溢惚抑
　　　　戚滴滴日〔鬥黑麻〕急逸律責拂色得，恤匹術骨拂色得 18〔謁金門〕
　　　　脈北日窒棘得滴 22〔菩薩蠻〕織碧立急 24〔好事近〕易隙客得 33
　　　　〔四邊靜〕域阨力鏑克國，勒績色鏑克國

《青衫記》：4〔菩薩蠻〕寂力淒嘶翠淚啼迷 21〔鬥黑麻〕執急悒給息歷質，匹
　　　　失濕適息歷質

《葛衣記》：21〔引〕劃責〔憶多姣〕錫急德濕戟〔鬥黑麻〕敵劃橄德職力德

《琴心記》：1〔月下笛〕食惜擲得碧色織客跡

《玉簪記》：4〔千秋歲引〕力瑟息識 13〔四邊靜〕隔息飾璧質值，隔必夕璧質值

《節孝記》：卷下 6〔古風〕息揖食給吃力急逼息積

《修文記》：25〔傳言玉女〕力澤裏臘

《彩毫記》：9〔上林春〕直客色 32〔四邊靜〕敵測赤掖稷績，赫籍息翼石熄

《曇花記》：41〔高陽臺引〕則德積赤，客尺塞宅〔高陽臺〕國冊斥律翼，奕戟
　　　　匿愬救易，惜直臆擲白尺，德璧釋滌色

《錦箋記》：23〔番卜算〕泣一〔福馬郎〕力剋日飭滌，日陌奕飭滌，塞赤積飭滌

《紅葉記》：9〔楚江情〕直斥力立膝殖替臆臆擲例〔北金字經〕例的惜惜息裔
　　　　質質 16〔菩薩蠻〕急立 23〔南呂引子生查子〕陌白，宅隔 26〔仙

呂引子　聲聲慢〕覓戚黑滴得

《墜釵記》：17〔黃鍾過曲　小引〕日集 22〔越調過曲　憶多嬌〕跡德滴昔瑟
瑟悽，極德責適瑟瑟悽〔鬥黑麻〕識戚歷失北夕刻

《雙魚記》：1〔碧芙蓉〕碧日磧色逼策得 23〔正宮過曲四邊靜〕跡筆值日必日，
歷力級日必日

《埋劍記》：24〔正宮過曲錦纏道〕日匿直賊疋檄尺失力擊跡 32〔蝶戀花〕必
測德曆日急得泣

《玉合記》：37〔南鮑老催〕昔濕積匹汲覓立〔南雙聲子〕日日及實實息泣泣極
極夕〔南滴滴金〕急擲地跡識一日〔南滴溜子〕戟質急集跡

《投梭記》：9〔高陽臺〕絕射集擲〔換頭〕碧擲謐歷翊日〔高陽臺〕畢曆及逆
溺，憶披匿執赤室，惑力益得夕席，滌泣賊擊息拾

《宵光記》：〔四邊靜〕測獲厄色惻，敵威失色惻

《玉鏡臺記》：27〔東甌令〕檄稷測食策，驛翼溺力國〔尾聲〕北翩逆〔生查子〕
國託 34〔高陽臺〕溺鏑力石，白息愬隔

《節俠記》：15〔卜算子〕黑轍，失碧〔畫眉序〕客碧滴集栗北，屋色碧幗栗北
〔滴溜子〕織日北跡珀〔鮑老催〕隔色白密得瀝極〔雙聲子〕腋石
轄轄極極籍〔餘文〕席瀝急

《尋親記》：4〔青玉案〕力植寂滴〔醉太平〕息厄色昔戚奕，壁識石惻得迫〔不
是路〕逼夕役測力食擇易識籍冊責滴歷惜塞側爵爵〔白搗練〕逼索
惑寂百覓白易急刻極拆〔尾聲〕益德策 27〔二郎神〕極側役職日息
滴，別國憾憶客得滴〔三段子〕敵色力籍〔歸朝歌〕息隙驛陌白客
額〔尾聲〕客色滴

《題紅記》：25〔上林春〕直拭，日墨〔四邊靜〕鏑溺直役逆赤，織戟泣役逆赤
〔福馬郎〕日壁急逼黑，檄泣筆逼黑

《運甓記》：4〔出隊子〕奕懌易戳跡〔女冠子〕夕墨籍戟檄釋〔滴滴金〕瑟翼
澤室憶拆織〔畫眉序〕食蕐郤劇棘〔啄木兒〕笏色溢德塞戟國極〔三
段子〕恤澤密夕帙力拾邑〔鬥雙雞〕歷及磧宅檄〔憶多嬌〕秩惄膝
釋北北適，職力得戚北北適〔鬥黑麻〕邑側職食集滴隔，力職膝國
集滴隔 7〔滿江紅〕一宅策識逸式力得憶 32〔滿江紅〕國北密釋〔四
邊靜〕集國側吡壁，吸窟腋吡壁

《金蓮記》：29〔南滴滴金〕急疾彎跡逼擲擲益〔南鮑老催〕積匹集及立〔南雙聲子〕值值釋德德日急急疾疾昔

《雙金榜》：36〔鳳凰閣〕織息色及來力，驛奕宅立隻〔高陽臺〕史匹肋戚直翼，立杍翼德泣陟職

以上作品韻腳字主要來自《廣韻》「昔、錫、陌、麥、德、職、質、櫛、迄、緝」諸韻，部分來自「沒、物、術、屋」諸韻，個別來自「薛、轄、曷」等韻及「祭、齊、脂、之」等韻，與《中原》相比，主要來自《中原》「齊微」部入聲字（有個別「齊微」部陰聲韻字入韻），其次來自「皆來」部入聲字，再次來自「魚模」部入聲字，個別來自「支思」、「家麻」、「車遮」、「蕭豪」等部入聲字。《中原》未收字有「翮脈獲繹積關跡舄汐弈彳部屐鏑愗惕抑臆惻稷特克慝默域窒恤戭惚戢悒穴爵紱託拆魄」。

下表收錄了這 178 支曲子的所有韻腳字及其中古音來源及其《中原音韻》所在韻部，每字右邊數字是該字入韻次數。

表 2－22：德質部韻腳字表

韻腳字	中古音來源	《中原》韻部
適 5 釋 7 射 3 隻赤 10 石 7 尺 6 擲 9 斥 2 璧 12 僻積 5 磧 2 籍 8 跡 5 跡 3 夕 12 昔 6 惜 9 臘席 7 腋 2 掖 2 懌液易 8 奕 6 驛 3 益 6	梗開三昔	齊微
役 7	梗合三昔	
碧 9 隙 3 逆 7 戟 9 劇	梗開三陌	
壁 6 覓 5 滴 17 敵 14 滌 5 的 2 荻歷 11 瀝 2 靂績 5 擊 9 寂 4 戚 8 愓錫 3 檄 7 溺 4	梗開四錫	
逼 7 匿 7 力 37 稷 5 棘 4 極 9 息 20 熄翼 10 翊憶 5 織 9 職 7 直 10 值 6 植殖陟 2 飭 3 敕食 11 識 8 拭飾	曾開三職	
北 16 賊 5 黑 7 得 18 勒德 12 肋墨 4	曾開一德	
國 19 惑 3	曾合一德	
質 9 帙秩叱 2 失 8 實室 5 日 31 筆 3 必 5 畢蓽匹 4 密 3 謐栗 3 吉膝 3 溢 2 逸 3 一 2	臻開三質	
乞吃	臻開三迄	
立 10 粒急 21 集 13 級及 5 汲給 2 泣 9 吸 3 揖執 3 濕 3 拾 3 入	深開三緝	
例 2 裔	蟹開三祭	
替悽	蟹開四齊	

韻腳字	中古音來源	《中原》韻部
瑟 8	臻開三櫛	支思
塞 4	曾開一德	
白 8 百 5 柏 2 珀魄 2 迫 3 陌 4 擇宅 5 隔 8 赫額澤 5 客 11 嚇 2	梗開二陌	皆來
脈 2 責 9 幘策 10 冊 2 索劃 2 革隔 2 厄 5 阨擘	梗開二麥	
幗 2 畫	梗合二麥	
刻 5	曾開一德	
則側 5 色 21 測 6	曾開三職	
斁	梗開三昔	魚模
律 3 䬆術	臻合三術	
卒 2 骨窟 2 笏	臻合一沒	
拂 2 屈	臻合三物	
屋	通合一屋	
絕	山合三薛	車遮
別轍	山開三薛	
繳	梗開二麥	蕭豪
轄 2	山開二轄	家麻
拆 2	梗開二陌	未收
翮 6 脈	梗開二麥	
獲	梗合二麥	
繹闢跡舄汐弈㝱	梗開三昔	
郤屐	梗開三陌	
鏑 7 惄惕	梗開四錫	
特 2 克 3 慝 2 默	曾開一德	
抑 2 臆 7 惻 3	曾開三職	
域 5	曾合三職	
窒	臻開三質	
恤 2	臻合三術	
黻黼 2 紱	臻合三物	
惚	臻合一沒	
戢 2 悒 2	深開三緝	
穴（《浣紗記》）	山合四屑	
託	未收	

四、月帖

系聯到「月帖」部的曲子一共有 169 支，它們是：

《四喜記》：38〔憶多嬌〕缽活寞脫殺

《浣紗記》：18〔疏影〕徹紲妾傑闕〔畫眉序〕列熱設越節，別闕雪絕節，歇褶血蝶節，切結滅葉〔滴溜子〕疊撇涉竭缺〔鮑老催〕熱徹絕揭悅怯烈〔雙聲子〕列列疊接接滅折折別月〔尾聲〕傑業些

《紅拂記》：15〔高陽臺引〕節越決別〔卜算子〕轍接〔高陽臺〕合訣設怯截，列別髮說雪，發突說滅活 21〔北新水令〕斜熱滅驚業〔南步步嬌〕叶月賒越別〔北折桂令〕蛇蝶裂靴傑烈達節〔南江水兒〕冽月節絕別闕〔北雁兒落帶得勝令〕圈設竭劫迭轍說滅識也〔南僥僥令〕嗟說〔北收江南〕蹶決折飈咽 21〔北沽美酒帶太平令〕涉遮雪切月滅劣熱嗟嗟貼歇〔南尾聲〕闕也雪

《竊符記》：2〔瑞鶴仙〕烈渴揭轍夜業傑〔寶鼎兒〕舌節列轕〔錦堂月〕列葛折別業，悅葉夾怯別業〔醉翁子〕蘗雪竭歇熱結，潔澈沫冽藝結〔僥僥令〕薑業，洽箚〔尾聲〕潔節轍 34〔高陽臺〕闊葉蝶別〔勝葫蘆〕變箚國越〔高陽臺〕越熱發節絕，說撇越涉切掇，咽絕闊哲抉折，迭葛發傑活月〔尾聲〕發遏別

《雙珠記》：35〔上林春〕月撇傑〔紅林檎〕列頰奪設闕竭 41〔長相思〕涉涉訣滅說說頰裂

《鮫綃記》：15〔憶多嬌〕折裂熱竭滅滅雪，撲竭咽血滅滅雪〔鬥黑麻〕絕折血決裂結月 20〔四邊靜〕絕傑羯列雪業，捷鐵闕列雪業〔高陽臺〕熱滅咽也折裂

《雙烈記》：14〔憶多嬌〕絕設說悅穴，切咽絕別別說〔鬥黑麻〕缺別業國拆血德，節業越翻拆血妾 32〔東甌令〕捜策穴業節，滅鴃越舌血，說傑楫決鐵〔四邊靜〕裂列接捷折雪，截絕掣裂泊雪

《青衫記》：2〔高陽臺〕列月烈發〔生查子〕舌傑〔高陽臺〕節設越舌劣，哲說別闊絕達，迭絕越咽血舌，缺列鋏竭節蠍〔尾聲〕傑說惕

《琴心記》：2〔高陽臺引〕說滅發鋏〔高陽臺序〕沒切咽說闕，噎曳越殺閱缺，骨葉絕裂熱鳩，怯拙舌達業絕〔尾〕末疾沒 10〔鵲橋仙〕閣葉疊〔孝順歌〕妾合蝶浹接疊闥貼，蝶劫鬃跌血押妾業〔鎖南枝〕摺插

頰疊法，囓掐搭挈鐵〔憶多嬌〕說怯拽拉拉儸，接法切躡躡熱，壓
撚遏狹狹妾，徹裂絕說說業〔鬥黑麻〕喋帖鬖楫愜愜涉月，峽榻法
穴愜愜涉月〔尾〕蹀答捷

《修文記》：18〔霜天曉月〕踥靂疊

《彩毫記》：29〔寄生草〕賒月雪滅節　35〔四邊靜〕烈節孽結切月，絏雪涅結
切月，裂血闕結切月，闔別訣結切月

《曇花記》：20〔憶多嬌〕札切葉別法法薊，涉覓筏茁法法薊〔鬥黑蟲麻〕撇歇
合月咽軋達，挈疊說蕠咽軋達　23〔瑞鶴仙〕者夏也月磨闕下〔北新
水令〕邪孽野劣熱〔北雁兒落帶得勝令〕敵傑烈月闕鈸節劣別〔南
步步嬌〕烈竭折蛇帖〔北折桂令〕家裂折馬車傑血業也滅〔南江兒
水〕者切鐵闕峽堞枏〔南僥僥令〕輒遮者徹〔北收江南〕傑些滅疊
甲〔南園林好〕月雪法訣沙〔沽美酒帶太平令〕賒巴絕獗發烈搬拔
髮些撤〔尾聲〕挈躡野

《玉合記》：31〔憶多嬌〕月雪怯鳩歇〔鬥黑麻〕月絕別烈設折〔憶多嬌〕結熱
帖葉歇〔鬥黑麻〕頰纈設血烈設折　32〔高陽臺〕末葉結節〔高陽臺〕
隔折涉越穴，別月蝶列頰屑，別雪劫設闕鳩，烈脫節業額訣〔尾聲〕
別結疊

《金鎖記》：20〔憶多嬌〕瞥裂絏說絕絕切〔齾黑蟲麻〕絕接絕挈切說徹〔憶多
嬌〕說決咽切哲哲血〔齾黑蟲麻〕業烈別訣折結雪

《玉鏡臺記》：20〔憶多嬌〕裂急雪竭烈血折缺別噎烈血〔鬥黑麻〕結鐵業碣切
搣咽傑窟羯輒切搣咽　21〔玉樓春〕別咽折月疊絕結〔陽關引〕節穴
月滅

《紅梅記》：1〔玉梅春〕節蹶雪滅歇絕　15〔一落索〕妾捱闕月〔風帖兒〕子說
怯泄，鐵血截泄

《桔浦記》：22〔絳都春〕撇結設疊月接〔出隊子〕雪射輒挾鋏〔鬧樊樓〕咽脫滅
歇鵲月也〔滴滴金〕徹舌怯闕啜折雪〔畫眉序〕怯熱渴窟月恝〔啄木
兒〕怯咽夜穴撇合〔三段子〕子別徹切熱竊洩貼〔鬥雙雞〕射別揭楫
月〔下小樓〕滅劣揭怯〔耍鮑老〕輒月矣涅疊沒也傑屑楫白折設纈〔桂
香羅袍〕歇熱闕設嶽結折節，迭攝月徹別訣節〔尾聲〕別頰撇

《靈犀佩》：14〔金蕉葉〕別血堞〔傍妝臺〕濶合絕裂血穴滅結〔尾聲〕月節說

《春蕪記》：6〔高陽臺〕泊刖越熱〔高陽臺〕折掣撇滅徹

《題紅記》：17〔減字木蘭花〕別節

《運甓記》：6〔高陽臺序〕缺結切愜，達別悅竭〔高陽臺〕列血熱涉悅，說滅
　　　　　　值別秩撇，迭嗛越達折舌，別絕蹶切撥盡〔尾聲〕咽掇悅

《金蓮記》：15〔憶多嬌〕說泄雪血絕絕折〔鬥黑麻〕月頰寫設歇裂闕折〔憶多
　　　　　　嬌〕結熱雪咽絕絕折〔鬥黑麻〕月徹疊子越裂闕折 28〔高陽臺引〕
　　　　　　闕雪疊節〔高陽臺〕絕絕切說越闕，熱闉閱列遏月，雪別怯烈闕鴂，
　　　　　　悅轍撤業滅玦〔尾聲〕別節傑

《龍膏記》：20〔高陽臺〕鉞傑闕結〔高陽臺〕傑闕越掣楫，說穴雪越孿業，切
　　　　　　絕月熱折設，說葉宅熱物絕〔尾聲〕悅折說

《春燈迷》：5〔梨花兒〕撇掣決列

　　以上作品韻腳字（除加線字為非入聲字入韻外）主要來自《廣韻》「屑、薛、
月、葉、業、帖」諸韻，部分來自《廣韻》「曷、黠、月、盍、合、洽、狎、乏」
諸韻，個別來自「鐸、末、沒、德、質」等韻，有部分陰聲韻字入韻，主要是
《廣韻》「麻馬禡」韻字；與《中原》相比，主要為《中原》「車遮」韻部所收
入聲字；其次為「家麻」部所收入聲字，再次為「蕭豪」、「歌戈」部所收入聲
字，或「蕭豪」、「歌戈」兩收的入聲字、「皆來」部入聲字；最後還有個別「齊
微」、「魚模」部所收入聲字。

　　《廣韻》「曷、黠、月、盍、合、洽、狎、乏」諸韻與「屑、薛、月、葉、
業、帖」諸韻相押的傳奇有張鳳翼《紅拂記》、《竊符記》、孫柚《琴心記》、顧
大典《青衫記》、屠隆《曇花記》、邱瑞吾《運甓記》，這些傳奇中還有不同程度
的家麻部與車遮部陰聲韻字押入的情況。

　　宕開一鐸韻字押入「月帖」部的有沈鯨《雙珠記》（「奪」字）、張四維《雙烈
記》（「泊」字）、王錂《春蕪記》（「泊」字）、阮大鋮《雙金榜》（「泊、箔」二字）。

　　宕開三藥韻押入「月帖」部的有《桔浦記》（「鵲」字）。

　　梗開二陌韻字押入「月帖」部的有梅鼎祚《玉合記》（「隔」字）、許自昌《桔
浦記》（「白」字）、王錂《春蕪記》（「陌」字）、楊珽《龍膏記》（「宅」字）。

　　曾合一德韻字「國」字押入「月帖」部的傳奇有《竊符記》、《雙烈記》。

　　臻合一沒韻押入「月帖」部的有《玉鏡臺記》（「窟」字）、《桔浦記》（「窟」「沒」二字）。

　　臻合三物韻押入「月帖」部的有《龍膏記》（「物」字）。

　　深開三緝韻押入「月帖」部的有朱鼎《玉鏡臺記》（「急」字）

　　《中原》未收的字有「遏徹烈徹揭羯闥堞愜躠捩絏搣蹶濶徹赽烈揭熱蘖轍遏絏圈耋歠蹶闠遏狹浹撚愜蹀囁軋愒獗爇」。

　　下表收錄了這 169 支曲子的所有韻腳字及其中古音來源和《中原音韻》所在韻部，每字右邊數字是該字入韻次數。

表 2-23：月帖部韻腳字表

韻腳字	中古音來源	《中原》韻部
瞥 9 撤 跌 迭 5 鐵 6 涅 2 節 25 截 3 結 20 潔 2 切 22 竊 絜 2 屑 2 咽 17 噎 2 纈 2	山開四屑	車遮
決 6 訣 7 玦 2 鴂 5 缺 6 血 19 穴 8	山合四屑	
別 35 莂 2 滅 26 孽 2 列 16 裂 16 冽 2 熱 21 傑 18 泄 3 絏 3 洩拽 2 轍 9 折 29 哲 4 撤 3 澈掣 6 設 15 舌 8	山開三薛	
劣 5 絕 33 雪 26 閱 2 悅 8 拙茁說 29 啜	山合三薛	
竭 10 碣歇 9 蠍	山開三月	
闕 22 越 18 鉞 2 月 36 刖	山合三月	
躡 3 接 8 楫 5 捷 3 妾 7 葉 7 鬣 2 涉 10 攝	咸開三葉	車遮
怯 12 業 20 劫 3	咸開三業	
蝶 6 堞 2 牒帖 3 貼 3 燮 2 屧頰 7 鋏 3 挾疊 14 褶	咸開四帖	
斜賒 3 嗟 3 遮 2 蛇 2 也 6 夜 2 邪野 2 車些 3 射 2	假開三麻馬禡	
靴	果合三戈	
下家馬沙巴	假開二麻馬禡	家麻
榻	咸開一盍	
搭拉 2 答	咸開一合	
掐洽夾峽 2 插	咸開二洽	
柙甲押壓	咸開二狎	
法 8	咸開三乏	
箚 3 殺 2	山開二黠	
達 7 搬	山開一曷	
發 9 筏拔	山合三月	

韻腳字	中古音來源	《中原》韻部
合 5	咸開一合	歌戈
撥缽沬掇 2 奪脫 3 闊 3 活 3	山合一末	
葛 2 渴 2	山合一曷	
磨	果合一戈	歌戈
閣	宕開一鐸	蕭豪
鵲	宕開三藥	
泊 2 寞	宕開一鐸	蕭豪、歌戈兩收
末 2	山合一末	
嶽	江開二覺	
物	臻合三物	魚模
突沒 3 骨窟 2	臻合一沒	
德國 2	曾合一德	齊微
識值	曾開三職	
驚秩疾	臻開三質	
急	深開三緝	齊微
覓敵	梗開四錫	
曳	蟹開三祭	
翮	梗開二麥	未收
盝	曾開三職	
闔盍闟 2	咸開一盍	
狹 2	咸開二洽	
浹捻愜 5 蹀躞	咸開四帖	
囁	咸開三葉	
遏 2	山開一曷	
軋 2	山開二黠	
徹 10 烈 15 愒孑 3	山開三薛	
歠	山合三薛	
羯揭 4	山開三月	
獗蹶 2	山合三月	
瓞齧捩	山開四屑	
跥	宕開一鐸	
嗛	咸開四添	
拆 2 礫轆絏儸濶掝2	未收	
額	梗開二陌	皆來、車遮兩收

韻腳字	中古音來源	《中原》韻部
宅	梗開二陌	
策隔	梗開二麥	皆來
恝	未收	

五、曷洽

六十部傳奇中有獨立「曷洽」部的僅《埋劍記》，共 5 支曲子：

《埋劍記》：15〔商調引子　高陽臺〕沓甲達罰〔雙調過曲　高陽臺〕納閥法察
　　　押，答捺發納髮伐，殺轄匣伐達榻，察達霎察拔轕

這五支曲子的韻腳字來自《廣韻》「合盍洽狎葉乏曷月轄黠」諸韻，除「轕」字外，全部是《中原》「家麻」部入聲字（「轕」字《中原》未收）。

下表是這 5 支曲子的所有韻腳字及其中古音來源和《中原音韻》所在韻部，每字右邊數字是該字入韻次數。

表 2－24：曷洽部韻腳字表

韻腳字	中古音來源	《中原》韻部
納 2 答沓	咸開一合	
榻	咸開一盍	
甲	咸開二洽	
押 匣	咸開二狎	
霎	咸開三葉	家麻
法	咸合三乏	
達 3 捺	山開一曷	
拔罰閥發髮伐 2 轕	山合三月	
轄	山開二轄	
察 3 殺	山開二黠	

2.8　六十部傳奇用韻表

本節三個表格分別為六十部明傳奇的陽聲韻部、陰聲韻部和入聲韻部表格，每個表格從左到右按作家、籍貫、作品、韻部的順序排列，明傳奇中經常互押的韻部排在一起，表中數字表示韻部序數，如謝讜《四喜記》有 6 個陽聲韻部、7 個陰聲

韻部，2 個入聲韻部。表中的「×」號表示該作品沒有這個韻部。陰聲韻部表中「魚模」部分為兩部分，「模」部分與「歌戈」相押形成「模歌」部，「魚」部分與「支思」「齊微」相押形成「支微魚」部，有獨立「魚模」部的傳奇「模」「魚」合為一部，既有獨立「魚模」部，又有大量的「魚」部分字與「支思」「齊微」相押的，我們把「支思」「齊微」合為一部，然後在韻部數旁邊寫上「魚」字。「皆來」部韻部數旁邊寫上「灰」字的表示該部有「齊微」部合口一等灰泰韻字押入。

表 2－25：陽聲韻部表

作家	籍貫	作品	東鍾	江陽	庚青	真文	侵尋	寒山	桓歡	先天	監咸	廉纖
謝讜	浙江上虞	四	1	2	3	4	×	5			6	
梁辰魚	江蘇崑山	浣	1	2	3	4	5	6	7	8	×	×
張鳳翼	江蘇蘇州	紅、灌、虎、祝、竊	1	2	3			4				
史槃	浙江紹興	櫻	1	2	3			4				
		鷫	1	2	3	4	5	6	7	8	9	10
		吐	1	2	3	4	×	5	6	7	×	×
沈鯨	浙江平湖	雙、鮫	1	2	3			4				
張四維	河北大名	雙	1	2	3	4	5	6				
顧大典	江蘇吳江	青	1	2	3			4				
		葛	1	2	3	4	×	×	×	×	×	×
孫柚	江蘇常熟	琴	1	2	3	4	5	6				
高濂	浙江杭州	玉	1	2	3			4				
		節	1	2	3	4	5	6	×	7	8	9
屠隆	浙江寧波	修	1	2	3	4	×	5			6	
		彩	1	2	3	4	×	5			×	×
		曇	1	2	3	4	5	6			7	
周履靖	浙江嘉興	錦	1	2	3			4				
梅鼎祚	安徽宣城	玉	1	2	3			4				
		長	1	2	3	4	5	6	×	7	×	8
沈璟	江蘇吳江	紅、埋	1	2	3	4	5	6	7	8	9	10
		桃	×	1	2	3	×	4	×	5	×	6

作家	籍貫	作品	東鍾	江陽	庚青	真文	侵尋	寒山	桓歡	先天	監咸	廉纖
		博	1	2	3	4	×	×	×	5	×	×
		墜	×	1	2	3	×	4	×	5	×	×
		義	1	2	3	4	5	6	×	7	×	8
		雙	1	2	3	4	5	×	×	6	×	×
徐復祚	江蘇常熟	投	1	2	3	4	5	6	7	8	9	10
		紅	1	2	3	4	×	5	×	6	7	
		宵	1	2	3	4	×	5			×	×
葉憲祖	浙江餘姚	金	1	2	3	4	×	5			×	×
		鸞	1	2	3	4	5	6				
朱鼎	江蘇崑山	玉	1	2	3	4		5				
周朝俊	浙江寧波	紅	1	2	3	4	×	×	5	6	7	
許自昌	江蘇蘇州	水、節、桔、靈	1	2	3				4			
王錂	浙江杭州	春、彩、尋	1	2	3				4			
王驥德	浙江紹興	題	1	2	3	4			5			
邱瑞吾	浙江杭州	運	1	2	3				4			
單本	浙江紹興	蕉	1	2	3	4	×	5	×	6	×	×
陳汝元	不詳	金	1	2	3				4			
王玉峰	上海松江	焚	1	2	3				4			
楊珽	浙江杭州	龍	1	2	3				4			
孫鍾齡	不詳	東、醉	1	2	3	4	5	6	7	8	9	10
孟稱舜	浙江紹興	嬌	1	2	3	4	5	6	×	7	×	×
		二	1	2	3	4	5	6			×	×
		貞	1	2	3	4	×	5	×	6	×	×
阮大鋮	安徽懷寧	牟、春、燕、雙	1	2	3				4			

表2－26：陰聲韻部表

作家	籍貫	作品	蕭豪	尤侯	車遮	家麻	歌戈	魚模		支思	齊微	皆來
								模	魚			
謝讜	浙江上虞	四	1	2	3	4	×	5		6		7
梁辰魚	江蘇崑山	浣	1	2	3	4	5	6		7	8	9

作家	籍貫	作品	蕭豪	尤侯	車遮	家麻	歌戈	魚模・模	魚模・魚	支思	齊微	皆來
張鳳翼	江蘇蘇州	紅、灌	1	2	3		4			5		×
		祝、虎、竊	1	2	×	×	3			4		5灰
史槃	浙江紹興	櫻	1	2	×	3	4	5		6		7
		鵝	1	2	3	4	5	6		7	8	9
		吐	1	2	3	4	5	6		7		8
沈鯨	浙江平湖	雙、鮫	1	2	×	×	3			4		5灰
張四維	河北大名	雙	1	2	3		×	4		5		6
顧大典	江蘇吳江	青	1	2	3		×			4		5灰
		葛	1	×	2		×	3	4魚			5灰
孫柚	江蘇常熟	琴	1	2	×	×	3			4		5灰
高濂	浙江杭州	玉	1	2	3		4			5		6灰
		節	1	2	3	4	5	6		7魚		8
屠隆	浙江寧波	修、彩、曇	1	2	3		4	5		6魚		7灰
周履靖	浙江嘉興	錦	1	2	3		4			5		6灰
梅鼎祚	安徽宣城	玉	1	2	3		4	5		6魚		7灰
		長	1	2	3	4	5	6		7	8	9
沈璟	江蘇吳江	紅、埋、義、雙	1	2	3	4	5	6		7	8	9
		桃、博	1	2	×	3	4	5		6	7	8
		墜	1	2	×	3	×	4		5	6	7
徐復祚	江蘇常熟	投	1	2	3	4	5	6		7	8	9
		紅	1	2	3	4	5	6		7		8
		宵	1	2	3	4	×	5		6		7
葉憲祖	浙江餘姚	金	1	2	×	3	4	5		6		7
		鸞	1	2	3	4	5	6		7魚		8
朱鼎	江蘇崑山	玉	1尤	2	×	×	3	4		5魚		6
周朝俊	浙江寧波	紅	1	2	3		4	5		6		7
許自昌	江蘇蘇州	水	1	2	3	4	5			6		7灰
		節	1	2	×	3	4			5		6灰
		桔	1	2	3		×			5		×
		靈	1	2	3		4			5		6灰

作家	籍貫	作品	蕭豪	尤侯	車遮	家麻	歌戈	魚模		支思	齊微	皆來
								模	魚			
王錢	浙江杭州	春	1	2	3		×			4		5灰
		彩	1	2	×	3	×	4		5魚		6灰
		尋	1	2	×	3 歌魚皆	4			5		6灰
王驥德	浙江紹興	題	1	2	×	3	4	5		6		7
邱瑞吾	浙江杭州	運	1	2	×	×	3			4		5灰
單本	浙江紹興	蕉	1	2	×	3	4	5		6		7
陳汝元	不詳	金	1	2	3		×			4		5灰
王玉峰	上海松江	焚	1	2	×	×	3			4		×
楊珽	浙江杭州	龍	1	2	×	3	×	4		5		×
孫鍾齡	不詳	東、醉	1	2	3	4	5	6		7	8	9
孟稱舜	浙江紹興	嬌	1	2	3	4	5	6		7	8	9
		二、貞	1	2	3	4	5	6		7		8灰
阮大鋮	安徽懷寧	牟	1	2	3		4	5		6魚		7灰
		春	1	2	3		4 蕭豪入	5 入		6魚		7灰
		燕	1	2	3	4	5	6		7魚		×
		雙	1	×	2		3	4		5魚		6灰

表 2－27：入聲韻部表

作家	籍貫	作品	月帖	德質	鐸覺	屋燭	曷洽
謝讜	浙江上虞	四	1	×	×	2	×
梁辰魚	江蘇崑山	浣	1	2	3	4	×
張鳳翼	江蘇蘇州	紅	1	2	×	×	×
		祝	×	1	×	×	×
		虎	×	1	×	×	×
		竊	1	2	×	×	×
		灌	×	1	×	×	×
史槃	浙江紹興	吐	×	×	×	1	×
沈鯨	浙江平湖	雙	1	2	3	×	×
		鮫	1	×	×	×	×
張四維	河北大名	雙	1	×	×	2	×

作家	籍貫	作品	月帖	德質	鐸覺	屋燭	曷洽
顧大典	江蘇吳江	青	1	2	×	×	×
		葛	×	1	×	×	×
孫柚	江蘇常熟	琴	1	2	×	3	×
高濂	浙江杭州	玉	×	1	×	2	×
		節	×	1	×	×	×
屠隆	浙江寧波	修	1	2	×	×	×
		彩	1	2	×	3	×
		曇	×	1	2	×	×
周履靖	浙江嘉興	錦	×	1	×	×	×
梅鼎祚	安徽宣城	玉	1	2	×	×	×
沈璟	江蘇吳江	紅	×	1	×	2	×
		墜	×	1	×	×	×
		雙	×	1	×	×	×
		埋	×	1	×	×	×
徐復祚	江蘇常熟	投	×	1	×	×	×
		宵	×	1	×	×	×
葉憲祖	浙江餘姚	金	1	×	×	2	×
朱鼎	江蘇崑山	玉	1	2	×	3	×
周朝俊	浙江寧波	紅	1	×	×	×	×
許自昌	江蘇蘇州	節	×	1	×	×	×
		桔	1	×	×	×	×
		靈	1	×	×	×	×
王錂	浙江杭州	春	1	×	×	×	×
		尋	×	1	×	2	×
王驥德	浙江紹興	題	1	2	×	×	×
邱瑞吾	浙江杭州	運	1	2	3	4	×
陳汝元	不詳	金	1	2	×	×	×
楊珽	浙江杭州	龍	1	×	×	2	×
阮大鋮	安徽懷寧	春	1	×	×	×	×
		雙	×	1	×	×	×

第三章　明傳奇用韻與南戲用韻及宋詞韻的關係

3.1　明傳奇用韻與南戲用韻之比較

明傳奇與南戲之間有著血脈相承的關係，因此明傳奇用韻繼承了南戲用韻的很多特點，但由於社會原因及作者個人原因，明傳奇用韻又表現出自己的獨特之處，本節分陰聲韻部、陰聲韻部和入聲韻部比較並討論南戲與傳奇用韻的相同及不同之處，南戲用韻的材料均參考劉麗輝《南戲用韻研究》（北京大學2007屆博士學位論文）。

3.1.1　陽聲韻部

明傳奇和南戲在陽聲韻部的使用和分合上有許多相同和不同之處。

相同之處表現在：

1. 都有東鍾、江陽部。四十五部明代南戲作品中只有一部（《十義記》）沒有用到東鍾部，全部用到了江陽部；本文考察的六十部明傳奇作品中只有兩部（《桃符記》、《墜釵記》）沒有用到東鍾部，全部用到了江陽部。

2. 庚青、眞文、侵尋三部在明傳奇用韻與明代南戲用韻中都可以分爲三種類型：庚青、眞文、侵尋三部分立；庚青、眞文（侵尋）兩部分立；庚

青、眞文、侵尋三部合流。四十五部明代南戲中庚、眞、侵三部分立的有 9 部，庚、眞（侵）兩部分立的有 8 部，庚、眞、侵三部合流的有 28 部；本文考察的六十部明傳奇作品中庚、眞、侵三部分立的有 16 部，庚、眞（侵）兩部分立的有 17 部，庚、眞、侵三部合流的有 27 部。

3. 寒山、桓歡、先天、監咸、廉纖五部在明傳奇用韻與明代南戲用韻中有著非常相似的分合類型。（1）五部合流爲「寒廉」部，四十五部明代南戲作品中共 26 部有「寒廉」部，六十部明傳奇作品中共 32 部有「寒廉」部；（2）分爲「寒桓先、監廉」兩部，四十五部明代南戲中有 2 部，六十部明傳奇作品中有 3 部是這樣用韻的；（2）寒、桓、先合爲一部，無監、廉部，四十五部明代南戲作品中有 5 部，六十部明傳奇作品中有 5 部是這樣用韻的；（3）都有分爲「寒桓先、廉纖」兩部的現象；（4）都有分爲「寒桓、先天、監咸、廉纖」四部的現象；（5）都有分爲「寒桓、先天、監咸」三部的現象。

不同之處表現在：

1. 南戲用韻中有東鍾部與庚、眞、侵互押形成「東庚眞侵」部的現象，如《十義記》，傳奇用韻中則沒有這種現象。

2. 南戲用韻中沒有桓歡獨用的韻部，因此沒有一部戲是寒、桓、先、監、廉五部分立的，而本文考察的六十部明傳奇作品中有 6 部是五部分立的。

3. 南戲用韻中有「先寒桓、監咸、廉纖」三分的現象（如《金印記》），明傳奇沒有；南戲中有「先寒桓廉、監咸」兩分的現象（如《鸚鵡記》），明傳奇沒有；南戲中有「先廉、寒桓」兩分的現象（如《玉玦記》），明傳奇沒有；南戲中有分爲「寒桓、先天、監廉」三部（如《斷髮記》、《四賢記》）的現象，明傳奇沒有；南戲中有「先廉、寒桓監」分立的現象，涉及的南戲作品還很多，如《幽閨記》、《雙忠記》、《千金記》、《目蓮救母》、《躍鯉記》、《古城記》、《黃孝子》等，明傳奇則沒有這種用韻現象。明傳奇有桓歡、先天、監廉分立的現象（先天部有寒山、桓歡、監咸和廉纖部字押入），南戲沒有；明傳奇中有只用到先天部的現象，南戲則沒有。

4. 南戲用韻較雜亂，不同韻部之間合叶現象很多，傳奇用韻較之規整，與他部合叶現象較少。以東鍾部爲例，四十五部南戲作品中與庚青合叶的有 14

部，與江陽合叶的有 10 部，與眞文合叶的有 10 部，與魚模合叶的有 5 部，表現出雜亂的特點，而六十部明傳奇作品中除 15 部有庚青部字押入，1 部有眞文部一字押入外，並沒有與其他部合叶的現象。從以下各表中可以看出南戲與明傳奇陽聲韻部的這種區別，表中數字爲涉及的南戲或傳奇作品的部數。

表 3－1：東鍾部

韻部 ＼ 合叶	庚青	江陽	先寒	真文	魚模
南戲	14	11	10	10	5
明傳奇	15	0	0	1	0

表 3－2：江陽部

韻部 ＼ 合叶	先寒	東鍾	庚青	真文	蕭豪	尤侯	齊微
南戲	27	10	8	5	3	2	3
明傳奇	3	0	2	1	0	0	0

表 3－3：真侵部

韻部 ＼ 合叶	東鍾	先寒	江陽	齊微	蕭豪
南戲	23	18	12	12	6
明傳奇	15	0	1	2	0

表 3－4：寒廉部

韻部 ＼ 合叶	江陽	真文	庚青	蕭豪	尤侯	齊微	東鍾	皆來
南戲	27	19	12	7	2	6	5	0
明傳奇	1	4	0	0	1	1	0	1

3.1.2　陰聲韻部

明代南戲用韻與明傳奇用韻在陰聲韻部的使用和分合上也有許多相同和不同之處。

相同之處表現在：

1. 蕭豪、尤侯部音路都比較清晰，一般不與其他韻部合為一部。

2. 都有獨立的「支思」、「齊微」、「魚模」、「歌戈」、「車遮」、「家麻」等韻部。

3. 車遮、家麻常合為一部。四十五部明代南戲作品中有南戲有 8 部「車遮、家麻」合流為「家車」部，本文考察的六十部明傳奇作品中有 18 部「車遮、家麻」合流為「家車」部。

4. 常有歌戈部字押入車遮、家麻或家車部。

5. 部分魚模部字大量與支思、齊微部字相押。四十五部明代南戲作品中有 40 部有魚模、支思與齊微大量相押，形成「支微魚」部，其中有 34 部有獨立的「魚模」部；本文考察的六十部明傳奇作品中 33 部有「支微魚」部，另有 13 部有獨立的「魚模」部。

6. 部分魚模部字與歌戈部字相押形成「模歌」部。四十五部南戲作品中 8 部有「模歌」部，六十部明傳奇作品中 16 部有「模歌」部。

7. 皆來與部分齊微合口字相押，形成「皆來灰」部。四十五部南戲作品中 15 部有「皆來灰」部；六十部明傳奇作品中 21 部有「皆來灰」部。

不同之處表現在：

1. 四十五部南戲作品中有兩部作品蕭豪與尤侯相押形成「蕭尤」部；六十部傳奇用韻中沒有一部作品有「蕭尤」部（朱鼎《玉鏡臺記》「蕭豪」部中有兩支曲子有尤侯部字押入）。

2. 南戲用韻中歌戈部字常與車遮、家麻部字相押形成「歌家車」部，或與家麻部字相押形成「家歌」部，四十五部南戲作品中 6 部有「歌家車」部，4 部有「家歌」部；傳奇用韻中歌戈極少與家麻、車遮相押形成獨立的韻部，六十部傳奇作品中只有一部《尋親記》歌戈與家麻、車遮相押較多，形成「家歌車」部（同時歌戈部字也押入魚模部），無一部與家麻相押形成獨立的「家歌」部，但有個別歌戈部字押入家麻、車遮部或家車部的現象。

3. 押入歌戈部及車遮部的入聲字在南戲和傳奇的一些作品中有所不同，如阮大鋮的作品入聲字的用韻很有特色，「白泊箔得黑測策色」等字押入「車遮」部，「踱覺剝作索雀缺歇」等字押入「歌戈」部，南戲作品中沒有與之相同

的特點。

4. 四十五部南戲中有獨立「齊微」部的只有一部，有獨立「支思」部的只有兩部，六十部明傳奇作品中有 14 部是支思、齊微分立的。

5. 南戲用韻中「蕭豪、尤侯、車遮、家麻、支微魚、皆來」等六部與其他韻部合叶較多，而明傳奇用韻中「魚模、歌戈」兩部與其他韻部合叶較多。從以下各表中可以看出南戲與傳奇用韻的這種區別，表中數字為涉及的南戲或傳奇作品的部數。

表 3-5：蕭豪部

韻部　　合叶	尤侯	模	歌戈	先寒
南戲	22	13	7	2
明傳奇	3	1	0	0

表 3-6：尤侯部

韻部　　合叶	魚模	蕭豪	歌戈	齊微	家麻
南戲	28	20	3	5	2
明傳奇	22	4	0	0	0

表 3-7：車遮部

韻部　　合叶	支思	齊微	歌戈	魚模	皆來	蕭豪
南戲	0	9	2	2	3	0
明傳奇	1	3	3	1	2	1

表 3-8：家麻（或家車）部

韻部　　合叶	魚模	齊微	歌戈	皆來	尤侯
南戲	28	20	0	3	5
明傳奇	22	4	20	2	0

表 3−9：歌戈部

合叶 韻部	支思	齊微	尤侯	車遮	蕭豪	家麻	尤侯
南戲	0	3	2	0	0	0	0
明傳奇	1	2	0	7	4	3	1

表 3−10：魚模部

合叶 韻部	齊微 （支思）	尤侯	蕭豪	歌戈	車遮	尤侯	家麻
南戲	28	20	3	0	0	0	0
明傳奇	22	4	2	2	1	6	1

表 3−11：支思齊微魚部

合叶 韻部	皆來	車遮	蕭豪	家麻	歌戈	尤侯	真文 （侵尋）	庚青
南戲	19	15	8	0	0	12	18	14
明傳奇	16	12	1	24涯	3	0	0	0

表 3−12：皆來部

合叶 韻部	齊微 支思	家麻	車遮	魚模	蕭豪	尤侯	先寒
南戲	11	9	5	4	3	3	2
明傳奇	3	17涯	4	0	0	0	0

3.1.3　入聲韻部

　　明傳奇入聲韻部的使用與南戲入聲韻部的使用情況非常相似，具體表現在以下幾個方面：

1. 大部分明代南戲和明傳奇作品入聲韻部都獨立。四十五部南戲作品中有獨立入聲韻部的傳奇有 32 部，六十部明傳奇作品中有獨立入聲韻部的有 41 部。

2. 整體上都可以分爲「鐸覺、屋燭、德質、月帖、曷洽」五個入聲韻部，且使用較多的兩個入聲韻部都是「德質」和「月帖」部。

3. 個別字如「沒、骨、窟、恤、國」等在南戲和傳奇中都是同時押入兩、三個韻部。

不同之處：

　　有一部明代南戲作品《斷髮記》同時用到五個入聲韻部，但沒有一部明傳奇作品同時用到這五個入聲韻部。

3.1.4　對明傳奇與南戲用韻特點的討論

　　南戲和明傳奇的相同之處表現出南曲用韻的共同特點。《題紅記》的作者王驥德在《曲律》「論韻第七」中談到南曲的特點，他說：「……獨南曲類多旁入他韻，如『支思』之於『齊微』、『魚模』，『魚模』之於『家麻』、『歌戈』、『車遮』，『眞文』之於『庚青』、『侵尋』、或又之於『寒山』、『桓歡』、『先天』，『寒山』之於『桓歡』、『先天』、『監咸』、『廉纖』，或又甚而『東鍾』之於『庚青』，混無分別，不啻亂麻，令曲之道盡亡，而識者每爲掩口。」〔註1〕這段話雖對南曲用韻持批評態度，但也反映出了南曲用韻中這種不同韻部之間的通押現象。現代一些前輩學者談及南戲用韻或傳奇用韻時時也提到過這些特點，如周維培先生在《試論明清傳奇的用韻》一文中把明傳奇的用韻分爲「戲文派」和「《中原音韻》」派，並以萬曆爲界來區分它們，認爲明萬曆以前傳奇是「摹仿《琵琶記》等戲文韻律的『戲文派』占統治地位」，萬曆至清代曲壇，傳奇用韻是以「《中原音韻》派」占統治地位的。〔註2〕他總結了戲文派用韻的五個特點，第一是戲文有首尾一韻的，也有一齣換兩韻以上的，第二是閉口三韻在戲文中很少使用，另外，支思、歌戈、桓歡等窄韻用得也不多，第三是戲文中音路比較清晰的有東鍾、江陽、蕭豪、尤侯、家麻、車遮六韻，第四是南戲雜韻、犯韻、借押的現象很嚴重，1寒山、桓歡、先天三韻不分，混雜通用；2支思、齊微、魚模三韻經常混押；3車遮、歌戈、家麻韻韻相犯，混而借押，4庚青、眞文、侵尋三韻時有混押；5齊微、皆來也時常混用；第五是入聲在戲文中以單押爲主。〔註3〕徐朔方先生也是把明傳奇作家分爲兩派（雖然他沒有這樣說）：一派是遵奉南戲傳統韻例的作家，一派是遵守崑曲格律的作家。他說「即使遲到萬曆中葉，相當多的蘇州曲家仍然遵奉南戲的傳

〔註1〕　王驥德《曲律》，《中國古典戲曲論著集成》（四），中國戲劇出版社，1959 年，第110 頁。

〔註2〕　周維培《試論明清傳奇的用韻》，《南戲與傳奇研究》，徐朔方，孫秋克編，湖北教育出版社，2003 年，第 344 頁。

〔註3〕　周維培《試論明清傳奇的用韻》，《南戲與傳奇研究》，徐朔方，孫秋克編，湖北教育出版社，2003 年，第 346～348 頁。

統韻例」。徐先生認爲民間南戲押韻比較寬鬆，「相鄰、相近韻部往往通押」，相鄰的韻部如「支思」與「齊微」，「齊微」與「魚模」，「歌戈」與「家麻」，「家麻」與「車遮」；「寒山」「桓歡」「先天」，相近的韻部如「支思」與「魚模」，「庚青」與「侵尋」等〔註4〕。

遵循南曲用韻的這些特點用韻的傳奇作家歷來受到曲學家的批評，如徐復祚在《曲論》中批評張鳳翼用韻說：「張伯起先生，余內子世父也，所作傳奇有《紅拂》、《竊符》、《虎符》、《屍屍》、《灌園》、《祝髮》諸種，而紅拂最先，……頭腦太多，佳曲甚多，骨肉勻稱，但用吳音，先天、廉纖隨口亂押，開閉罔辨，不復知有周韻矣。」〔註5〕沈德符《顧曲雜言》談及「塡詞名手」時說：「近年則梁伯龍、張伯起，俱吳人，所作盛行於世，若以《中原音韻》律之，俱門外漢也。」〔註6〕近代曲學大師吳梅先生批評高濂《玉簪記》中庚青、眞文、侵尋相押的現象時說其「所用諸韻，竟是荒謬絕倫」〔註7〕；批評梁辰魚《浣紗記》用韻時吳梅先生說其「韻律時有錯誤，如第二折〔玉抱肚〕云：『感卿贈我一縑絲，欲報慚無明月珠。』第七折〔出隊子〕云：『八九寸彎彎兩道眉，盡道輕盈，略覺胖些。』猶爲顯然謬誤……」〔註8〕。但是，備受批評的南戲與傳奇用韻的這些「異部相押」的現象中很多並非錯誤，而是反映出作者的方音特點，第四章會詳細討論這一點。

明傳奇與南戲用韻的不同之處表現出南曲發展的不同階段的特點，明傳奇比南戲更講求韻律的嚴謹，這與當時的魏良輔對崑曲的改革及後來沈璟對崑曲格律更嚴格的要求有很大的關係。魏良輔（1522～1572）是崑劇發展史上一位非常重要的人物，明末清初余懷《寄暢園聞歌記》載：「南曲蓋始於崑山魏良輔。良輔初習北音，絀於北人王有山，退而鏤心南曲。」〔註9〕他「很自然地採用了

〔註4〕 徐朔方《晚明曲家年譜》（第三卷 贛皖卷），浙江古籍出版社，1993年，第107～108頁。

〔註5〕 徐復祚《曲論》，《中國古典戲曲論著集成》（四），中國戲劇出版社，1959年，第237頁。

〔註6〕 沈德符《顧曲雜言》，《中國古典戲曲論著集成》（四）中國戲劇出版社，1959年，第206頁。

〔註7〕 吳梅《顧曲塵談》，上海商務印書館，民國1926年，第79頁。

〔註8〕 轉引自吳書蔭編集校點《梁辰魚集》，上海古籍出版社，1998年，第609頁。

〔註9〕 轉引自俞爲民《崑山腔的產生與流變考論》，南京大學學報（哲社版），2004年第1期，第122頁。

樂府北曲依字聲行腔的方式來對民間劇唱的崑山腔加以改革」〔註10〕沈寵綏《度曲須知》「絃索題評」云：「我吳自魏良輔爲『崑腔』之祖，而南詞之布調收音，既經創闢，所謂『水磨腔』、『冷板曲』數十年來，遏邇遜爲獨步。……，而釐聲析調，務本『中原』各韻，皆以『磨腔』規律爲準，一時風氣所移，遠邇群然鳴和，蓋吳中『絃索』，自今而後始得與南詞並推隆盛矣。」〔註11〕梁辰魚《浣紗記》相傳是按魏良輔改革後的崑山腔演唱的第一部傳奇，是崑劇的奠基之作，其用韻雖受到諸多批評，但除入聲單押外，基本還是遵循《中原音韻》用韻的，其出韻的地方應該如徐復祚《南北詞廣韻選》卷一〇所說「伯龍如南方人作漢語，非不咬嚼，而時露蠻鴃」，〔註12〕，是其方音的自然流露。沈璟第一次在理論上提出傳奇韻押《中原音韻》的主張，他的〔二郎神〕套曲中〔啄木鸝〕曲云：「《中州韻》，分類詳，正韻也因它爲草創。今不守正韻填詞，又不遵中土宮商。製詞不將《琵琶》仿，卻駕言韻依東嘉樣。這病膏肓，東嘉已誤，安可襲爲常！」〔註13〕王驥德在《曲律》「論平仄」中也說：「詞隱謂入可代平，爲獨泄造化之秘。又欲作南曲者，悉遵《中原音韻》。」〔註14〕沈璟的主張在當時的曲壇上影響很大，凌濛初《譚曲雜箚》云：「越中一二少年，學幕吳趨，遂以伯英開山，私相服膺，紛紛競作，非不東鍾、江陽韻韻不犯，一稟德清。」〔註15〕。

明傳奇用韻講求韻律的嚴謹表現在很多方面：一些作者完全按照《中原》的十九部用韻，如史槃《鷫鸘記》、孫鍾齡《東郭記》、《醉鄉記》；一些作者除《中原》十九部外用了入聲韻部，如沈璟《紅蕖記》、《埋劍記》、徐復祚《投梭記》；一些作者不同時期的作品用韻風格不同，如史槃《櫻桃記》、《鷫鸘記》，高濂《玉簪記》、《節孝記》，梅鼎祚《玉合記》、《長命縷》，每位作者的後一部作品都是盡量按照《中原音韻》的十九部用韻的。

〔註10〕　俞爲民《崑山腔的產生與流變考論》，南京大學學報（哲社版），2004 年第 1 期，第 122 頁。

〔註11〕　沈寵綏《度曲須知》，《中國古典戲曲論著集成》（五），中國戲劇出版社，1959 年，第 202 頁。

〔註12〕　轉引自吳書蔭編集校點：《梁辰魚集》，上海古籍出版社，1998 年，第 635 頁。

〔註13〕　轉引自車文明評注《義俠記》，《六十種曲評注》第 21 冊，吉林人民出版社，2001 年，第 257 頁。

〔註14〕　王驥德《曲律》，《中國古典戲曲論著集成》（四），中國戲劇出版社，1959 年，第 105 頁。

〔註15〕　凌濛初《譚曲雜箚》，《中國古典戲曲論著集成》（四），中國戲劇出版社，1959 年，第 254 頁。

有的學者認為：「萬曆以後，傳奇基本上以《中原音韻》為準，一齣（或一套）一韻到底，不混韻、犯韻、借押。到了吳炳《粲花五種》，已完全做到合律依腔，知音守韻。以《中原音韻》檢之，無一處出韻、換韻及犯韻現象。以後的阮大鋮、蘇州派作家及『南洪北孔』等共同遵守這一新規則，將傳奇創作推向合律守韻的高峰。」〔註16〕

周維培先生也總結出萬曆至明末南曲押韻的特點：（一）強調一齣一韻，以不換韻，少換韻為上；（2）入聲不再單押，悉與三聲同用；（三）糾正了南戲混韻、雜韻現象；（4）用韻範圍也擴大了。南戲甚至北雜劇也不常用的閉口三韻以及桓歡、支思等窄韻，在這個時期的傳奇創作中都得到了廣泛的應用。〔註17〕

但從六十部明傳奇作品的用韻情況看，萬曆以後的作品並非「基本上以《中原音韻》為準」，入聲單押的仍大有人在，遵循傳統南戲特點用韻的仍然不少，也有曲家作曲時表現出既遵《中原音韻》又遵南戲傳統韻例的特點，如王驥德在《題紅記》卷首說：「周德清中原音韻，元人用之甚嚴，亦自二傳，始決其籓。傳中惟齊微之於支思，先天之於寒山桓歡，沿習已久，聊復通用，更清之於眞文、廉纖之於先天，間借一二字偶用，他韻不敢混用一字，至第十九齣北新水令諸曲，原用齊微韻，即支思韻中，不敢借用一字，以北體更嚴，藉存古典刑萬一也。」

3.2　明傳奇用韻、南戲用韻與宋詞韻

周維培先生認為，早期的宋元南戲押韻，「應是遠承詞韻之舊……在韻書憑藉上，由於當時亦無詞韻專書，大概仍以平水詩韻為標準而放寬通押界限……當南曲戲文進入到文人手中，即發展到了元代中後期，高則誠等人在檢韻填詞時，使用的韻書可能仍是平水韻系統的詩韻。」〔註18〕明傳奇是在南戲的基礎上發展起來的，如果南戲用韻是「遠承詞韻之舊」「仍以平水詩韻為標準而放寬通押界限」，那麼明傳奇承襲南戲特點的那些用韻也是如此了？明傳奇的用韻情況表明，雖然傳奇與南戲用韻受詞韻的影響很深，但曲韻很有自己的特點，並

〔註16〕　車文明評注《義俠記》，《六十種曲評注》第 21 冊，吉林人民出版社，2001 年，第 257～258 頁。
〔註17〕　周維培《曲譜研究》，江蘇古籍出版社，1999 年，第 336 頁。
〔註18〕　周維培《曲譜研究》，江蘇古籍出版社，1999 年，第 331～332 頁。

非「遠承詞韻之舊」，更不是「以平水詩韻爲標準而放寬通押界限」。

3.2.1　明傳奇用韻、南戲用韻與宋詞韻的比較

魯國堯先生在《論宋詞韻與金元詞韻的比較》一文中得出宋詞韻十八部：陰聲七部、陽聲七部、入聲四部。陰聲七部爲：歌戈部（《廣韻》歌韻戈韻）、家車部（麻韻，佳韻之「佳涯崖」，蟹韻之「罷」，掛韻之「掛畫」，夬韻之「話」，歌韻之「他」，戈韻之「靴」，梗韻之「打」等）、皆來部（咍皆佳夬韻，又灰泰韻的多數字）、支微部（支之脂微齊祭廢韻，又灰韻及泰韻合口字的少部分）、魚模部（模魚虞韻，又侯尤韻的部分唇音字如「畝母浮否婦負阜」等）、尤侯部（侯尤幽韻）、蕭豪部（豪肴宵蕭韻）；陽聲韻七部爲：監廉部（覃談咸銜鹽嚴添凡韻）、寒先部（寒桓刪山元仙先韻）、侵尋部（侵韻）、眞文部（痕魂臻眞諄欣文韻）、庚青部（登蒸庚耕清青韻）、江陽部（唐江陽韻）、東鍾部（東冬鍾韻）；入聲韻四部爲：鐸覺部（鐸覺藥韻）、屋燭部（屋沃燭韻）、德質部（緝沒櫛質術迄物德職陌麥昔錫韻）、月帖部（合盍洽狎葉業乏帖曷末點轄薛月屑韻）〔註19〕

南戲與傳奇用韻表現的南曲用韻的共同特點與宋詞韻有一些相似甚至相同之處。具體表現在：1、東鍾、江陽、蕭豪、尤侯四部音路都比較清晰，不與或很少與其他韻部合韻；2、都有「家車」部，且韻腳字一致，除麻韻二、三等字外，還包括佳韻的「佳涯崖」，蟹韻的「罷」，掛韻的「掛畫」，夬韻的「話」，歌韻的「他」，戈韻的「靴」，梗韻的「打」等；3、宋詞韻的「皆來」部相當於南戲、傳奇用韻中的「皆來灰」部；4、入聲韻部相當一致，明傳奇和南戲用韻中共有五個入聲韻部，其中四個與宋詞韻的四個入聲韻部是一致的，另外一個入聲韻部「曷洽」部很少有人使用；5、宋詞韻中有某些通叶現象很符合南戲和傳奇的用韻特點，如歌戈部與魚模部通叶、支微與魚模部通叶、監廉與寒先部通叶、庚青眞文侵尋三部或兩部混叶，或三部合韻等。

但是，宋詞韻與南戲和傳奇的用韻還是有很大的區別的，具體表現在：1、宋詞韻中「支微」部和「魚模」部主要趨勢是分立，通叶只是個別現象，在贛、閩、吳地區詞人中比較普遍，而南戲與傳奇用韻中魚模部字大量押入支微部是一種很普遍的現象；2、宋詞韻中「歌戈」部與「魚模」部是分立的，通叶只

〔註19〕　魯國堯《論宋詞韻及其與金元詞韻的比較》，《魯國堯語言學論文集》，江蘇教育出版社，2003 年，第 392～394 頁。

是個別現象，魯國堯先生認為「此種現象亦當與方音有關」，而南戲和傳奇用韻中魚模和歌戈相押形成「模歌」部的作品很多；3、宋詞韻中「庚青、眞文、侵尋」三部分立，通叶只是個別現象，耿振生先生認為，宋詞韻中這三部通押「明顯是押寬韻而不是方音入韻」〔註20〕，而南戲與傳奇用韻中它們或兩部或三部大量相押，明代文獻和現代方言都可以證明這是以方音入韻的（具體討論見4.1.2節）；4、宋詞韻寒桓先為一部，監廉為一部，而在大部分南戲和傳奇中寒、桓、先、監、廉是合為一部的，少數與宋詞韻的分合相同，另外還有其他很多複雜的分合現象。

3.2.2　對傳奇用韻與南戲用韻及宋詞韻關係的討論

可以看到，雖然南戲和明傳奇的用韻受詞韻影響很深，但還是有很多區別的。因此，周維培先生的說法是可以商榷的，我們的理由還有如下幾點：首先，宋詞韻是按當時的通語押韻的，如果早期南戲用韻是「遠承詞韻之舊」，就不應該是「以平水詩韻為標準而放寬通押界限」；其次，早期的南戲是民間南戲，「即村坊小曲而為之，本無宮調，亦罕節奏，徒取其畸農、士女順口可歌而已，諺所謂『隨心令』者……」〔註21〕，一般不會按照通語來押韻；再次，現存最早的沒有被明人改編的有完整劇本的宋元南戲只有四部：《張協狀元》、《宦門子弟錯立身》、《小孫屠》和《琵琶記》，前三部都是時稱「書會才人」的民間藝人或下層文人所撰，他們文化水平不高，可能不會去使用平水韻系統的詩韻，《琵琶記》的作者高則誠雖屬士大夫階層，但《琵琶記》的用韻特點和前三部民間南戲非常相像，所以押的可能不會是詩韻或詞韻；最後，雖然南戲和明傳奇用韻中的某些韻部，如「家車」部，與宋詞韻幾乎相同，但是，不能據此斷定南戲或傳奇作曲是根據宋詞韻用韻的。耿振生先生指出：「南宋時毛晃編的韻書《增修互注禮部韻略》指出麻韻三等字（『遮車奢且寫』之類）與麻韻二等字已經分為兩韻（相當於《中原音韻》的家麻與車遮），詞韻則仍為一韻。可知十八韻部跟北宋時期的實際語音更為密切吻合而跟南宋的實際語音有了一些差別。」〔註22〕如果說南戲和明傳奇中的「家車」部是遵循宋詞韻用韻的，那麼他們使用的

〔註20〕　耿振生《20世紀音韻學方法論》，北京大學出版社，2004年，第21頁。

〔註21〕　徐渭《南詞敘錄》，《中國古典論著集成》（三），中國戲劇出版社，1959年，第240頁。

〔註22〕　耿振生《20世紀漢語音韻學方法論》，北京大學出版社，2004年，第24頁。

就是北宋時期的通語，這有點不可思議，況且明代吳語中有麻韻二、三等主元音相同的現象，我們認為，南戲和傳奇中的「家車」部是方音的反映，而不是對宋詞韻的繼承。因此，即使南戲、傳奇用韻與宋詞用韻有部分相似之處，那也可能是由於當地的語音現象與北宋時期的通語特點相符的緣故，不同時間、不同地點的相同的語音現象造成了它們用韻的相似，因此不能僅憑用韻的相似之處來判斷它們之間的承繼關係。當然，我們不能否認某些明代南戲和明傳奇的一些作者按填詞的方法來作曲，因為曲與詞有著相當密切的關係，而且這些作者都是填詞高手，但他們作曲時也應該是綜合考慮了詞韻與當地方言的共同特點。周維培先生也認為：「傳統曲學認為，曲為詞餘，包括韻律在內，都與詞有著血脈繼承關係。這個看法有道理，但並不準確。無論北曲雜劇還是南曲戲文，它們都是地域性極強的聲腔劇種，它們的語言基礎與各自發源地的方音有著千絲萬縷的聯繫。從其原始韻律上看，北曲雜劇及散曲，實以元代大都為中心的北方地區的語音為基礎；南曲戲文及傳奇，則以江浙一帶的吳語為韻律主幹……當北雜劇與南戲傳奇成為流佈全國的大劇種時，又出現了方音與通用語之間的融合，這些都帶來了南北曲韻律上的特殊性。」〔註23〕

〔註23〕　周維培《曲譜研究》，江蘇古籍出版社，1999年，第323～324頁。

第四章　明傳奇用韻與明代方言

　　明傳奇用韻與南戲用韻中都有很多異部相押的現象，如家麻車遮相押、魚模歌戈相押、支思齊微魚模相押、皆來齊微相押、庚青眞文侵尋相押等，這些用韻現象歷來備受曲學家的批評。但實際上，這些現象恰恰反映出了明代吳語方言的特點。《題紅記》的作者王驥德曾說：「周之韻，故爲北詞設也。今爲南曲，則益有不可從者。蓋南曲自有南方之音，從其地也。如遵其所爲音且叶者，而歌『龍』爲『驢東切』，歌『玉』爲『御』，歌『綠』爲『慮』，歌『宅』爲『柴』，歌『落』爲『潦』，歌『握』爲『杏』，聽者不啻群起而唾矣！……餘之反周，蓋爲南詞設也。」〔註1〕既然「南曲自有南方之音」，一些作曲者使用自己的方音入韻是很正常的。耿振生先生認爲：「有些韻文夾帶方音，個別的甚至全用方音，不同地區的押韻差別就可能反映了方言差別。」〔註2〕游汝杰先生認爲：「任何一種戲曲，其起源都局限於一定區域，採用當地方言，改造當地的民間音樂、歌舞而成，其雛形都是地方戲……區別這些地方戲的最顯著的特徵是方言，而不是聲腔。」〔註3〕周維培先生認爲，南曲戲文及傳奇，「以江浙一帶的吳語爲韻律主幹」〔註4〕。

〔註1〕　王驥德《曲律》，《中國古典戲曲論著集成》（四），中國戲劇出版社，1959年，第112～113頁。
〔註2〕　耿振生《20世紀漢語音韻學方法論》，北京大學出版社，2004年，第14頁。
〔註3〕　游汝杰《地方戲曲音韻研究》，北京：商務印書館，2006年，第1頁。
〔註4〕　周維培《曲譜研究》，江蘇古籍出版社，1999年，第323～324頁。

明傳奇用韻雖然較南戲用韻更規整，受《中原音韻》影響更大，一些作者作曲時也可能押寬韻、仿古用韻或受宋詞韻影響很大，但是，很多作品中的用韻現象仍然可以反映出作者的方音特點。本文研究的六十部明傳奇作品的 28 位作家中張四維爲河北大名人，但生平事蹟不詳，梅鼎祚爲安徽宣城人，其餘 26 位作家全是江浙一帶人，其中有些曲家用韻非常相似，如同爲蘇州人的張鳳翼與許自昌的用韻中異部相押的現象相當一致，其他蘇州一帶作家也有著相同的用韻現象。雖然有的曲家講求韻律的嚴謹，作曲時儘量遵循《中原音韻》，但作品中爲數不多的出韻現象有的也是其方音的自然流露。很多明傳奇用韻可能因襲南戲用韻的特點，但是 45 部南戲作品都是明代前期的，與明傳奇時代相距很近。傳統南戲韻例的很多特點很可能與明傳奇作者的方音相吻合，他們也就很自然地使用了南戲的用韻模式。因此，明傳奇作品還是可以在很大程度上反映明代的方音特點的。

4.1 明傳奇用韻反映的當時吳語（特別是蘇州話）的特點

宋元南戲傳到崑山地區後，與當地方音與民間曲調相結合，形成了富於崑山地方特色的聲腔，經過魏良輔的改革，崑山腔從 16 世紀晚期開始逐漸取代了以金元雜劇爲代表的北曲雜劇在劇壇的中心地位，同時也超過了其他南戲聲腔，成爲明代最重要的戲劇形式。〔註5〕本文研究的六十部明傳奇作品絕大多數是崑曲作品，雖然明傳奇更講求韻律的嚴謹，但是，很多承襲南戲用韻特點的作品不可能完全擺脫方音的影響。徐渭講到明代中期崑山腔的發展狀況時說：「今崑山以笛、管、笙、琵按節而唱南曲者，字雖不應，頗相諧和，殊爲可聽，亦吳俗敏妙之事。」〔註6〕這裡的「吳俗」，「主要指蘇州一帶的社會文化風尚。明代初年將元代的平江路改爲蘇州府，下轄吳縣、長洲、常熟、吳江、崑山、嘉定、崇明七縣。到明代中葉，素稱魚米之鄉的蘇州在經濟、文化等方面遙遙領先，成爲東南地區首屈一指的大都會」〔註7〕，晚明時期，「全國戲劇繁榮的中心在江南，而江南戲劇繁榮的中心在蘇州。蘇州借助崑山腔的興起等多種有

〔註5〕 參考鄭雷《崑曲》，浙江人民出版社，2005 年，第 1～3 頁。

〔註6〕 徐渭《南詞敘錄》，《中國古典戲曲論著集成》（三），中國戲劇出版社，1959 年，第 242 頁。

〔註7〕 鄭雷《崑曲》，浙江人民出版社，2005 年，第 7 頁。

利條件，一躍成為當時的劇壇翹楚、曲學重鎮和演出中心。」〔註8〕本文研究的六十部明傳奇作品的 28 位作者中梁辰魚、張鳳翼、顧大典、孫柚、沈璟、徐復祚、朱鼎、許自昌等八位都是當時的蘇州人，其他吳語區作者離當時的蘇州也都較近，因此他們作品中很多相同的押韻現象很可能反映了當時蘇州話的特點。下面從陰聲韻部、陽聲韻部、入聲韻部三個方面來討論，討論時以現代蘇州方言為參照，現代蘇州方言的讀音取自北大中文系語言學教研室編的《漢語方音字彙》（第二版重排本）。

4.1.1　陰聲韻部

一、家麻、車遮互押

六十部傳奇中《中原》「車遮」部陰聲韻字押入「家麻」的現象很多，具體例證見 2.4 節及附錄。

這些傳奇中「家麻」「車遮」互押的曲子的韻腳字包括中古假攝麻（舉平以賅上去入，下同）、蟹攝佳韻字，還涉及果開一的「他」「大」、蟹合二的「話」。相當於《中原》「家麻」、「車遮」和個別「歌戈」部的陰聲韻字（少數傳奇有「車遮」部入聲韻字入韻）。

在現代蘇州方言中，這些韻腳字韻母主元音的讀音主要可分為以下幾類〔註9〕：

〔ɒ〕類：他大（文）家（文白）佳加（文白）笳（文白）假（文白）嫁（文白）嫁（文白）價（文白）駕（文白）架（文白）牙（文白）芽（文白）迓（文白）訝（文白）涯〔註10〕灑葭瑕呀（文）嗟邪斜寫夜謝把（文）馬（文）差（文）霞（文）遐（文）丫（文）鴉（文）啞（文）雅亞（文）槎（文）也（白）冶（白）媽要野卸瀉扯街

〔o〕類：麻靶葩霸罷（有bɒ²、bo²二音）把（白）馬（白）差（白）霞（白）遐（白）丫（白）鴉（白）呀（白）啞（白）亞（白）槎（白）沙紗罵

〔註8〕劉召明「晚明蘇州劇壇傳奇創作重心的下移及原因」，《南京師大學報》（社會科學版），2007 年第 3 期。

〔註9〕有文白異讀的列出「文」（文讀）或「白」（白讀），標注「文白」的是指此字韻母主元音的文讀和白讀是相同的；下劃單線的字是《漢語方音字彙》未收，但根據《廣韻》同小韻的字的讀音可以歸入該類的字，下同

〔註10〕「涯」字《廣韻》「五佳」一讀在蘇州方言中韻母主元音的讀音是〔ɒ〕，《漢語方音字彙》只收了此音，《廣韻》另有「牛加切」一讀，在現代蘇州方言中應和「牙、芽」的讀音相同，文白讀也都是〔ɒ〕。

媧瓜掛卦誇誇跨花譁華化畫話遮車奢舍下（文白）夏廈（文白）暇（文白）摸〔註11〕吒琶茶賒蛇娃拿詫寡怕瓦查叉釵〔註12〕剮楂

〔aʔ〕類：發踏拔罰峽甲

〔aŋ〕類：打

〔əu〕類：我（文白）

〔ɛ〕類：者（章也切）（白）（文：〔ɣ〕）

〔i〕類：些

〔iiʔ〕類：絏傑

《廣韻》、《中原》均未收字：「撾、咱、嘩、騧、喳」。

〔ɒ〕類是假開二牙喉音字、齒音字、假開三字、蟹二開字及果開一字；〔o〕類是中古假開二唇齒喉音字、假合二字和蟹合二字。可以看出，〔ɒ〕類字很多字都有文白異讀，「鴉」「霞」「差」的白讀音都是〔o〕，「家」、「嫁」、「價」「駕」文讀和白讀都是〔ɒ〕，「也」字的白讀音是〔ɒ〕。我們認為，它們反映的是不同層次的文白異讀現象：

「鴉」「霞」「差」字的文白異讀可能屬於較早的層次，這類字文讀音是〔ɒ〕，白讀音是〔o〕，白話音代表較為早期的讀法〔註13〕，因此〔ɒ〕類字早期在蘇州方言的讀法應該是〔o〕。這些傳奇作品用韻中家麻車遮互押現象反映出明代蘇州方言中這類字韻母的讀音是相同的，根據〔o〕類字的讀音，可以比較有把握地說，這一韻部當時應該讀成〔o〕音。

假開二牙音字「家」、「嫁」、「價」「駕」在今蘇州方言中文讀和白讀都是〔ɒ〕，但是在歷史上，它們也應該有〔o〕的白讀音。《度曲須知》有云：「丫枝、丫叉、丫頭之類俗呼別有土音，即是藥韻之音。」〔註14〕石汝傑（1991）認為，這樣的例子說明「『家麻』白讀不是〔ɒ〕，當為〔o〕」〔註15〕十六世紀的蘇州方

〔註11〕「摸」字《漢語方音字彙》只收了《廣韻》「幕各切」一讀，此處應為《廣韻》「莫胡」切一讀，因此根據「模」字的讀音歸入此類。

〔註12〕此字《漢語方音字彙》收有《廣韻》「楚佳切」一讀，《廣韻》「初加切」一讀未收，此處根據「茶」字的讀音歸類。

〔註13〕丁邦新（2003：36）認為：「……通常認為白話音代表早期音讀的想法從蘇州方言看來是有道理的。」

〔註14〕《中國古典戲曲論著集成》（五），中國戲劇出版社，1959年，第208頁。

〔註15〕石汝傑《明末蘇州方言音系資料研究》，《鐵道師院學報》（社會科學版），1991，（3），第68頁。

言中，這類字在蘇州的白讀音應爲〔o〕，文讀音爲〔ɒ〕（因爲既然是「俗呼別有土音」，說明「丫」字還有文讀的讀法），文白讀競爭的結果使這類字的白讀音〔o〕消失，只剩下文讀音〔ɒ〕的讀法。

〔ɒ〕類字中假開二牙喉音字（「鴉」「霞」除外）的文白異讀屬於較晚的層次，這類字韻母主元音都是〔ɒ〕，不同之處在於聲母：文言讀舌面音，白話讀舌根音。丁邦新認爲：「白話音代表中古讀舌根的讀法，文言音是舌根音齶化以後才進到蘇州來的……見系齶化大約形成於十六世紀，那麼見系二等的齶化當更在十六世紀之後了。」〔註16〕因此可以推想，文白競爭的結果使這類字讀成〔kɒ〕類，它逐漸成爲這類字的唯一讀法，後來受北方官話見系二等字齶化的影響，此類字出現了文讀音〔tɕiɒ〕類，原來的〔kɒ〕類就成了底層的白讀音。

張鳳翼《紅拂記》第 17 齣〔獅子序〕叶「罷、麻、涯」，今蘇州方言中，麻的韻母是〔o〕，「罷」的韻母有〔ɒ〕〔o〕二音，「罷、麻、涯」互押說明「涯」字當時可能有白讀音〔o〕，而在現代蘇州方言中「涯」字的這種白讀音已經消失了。

果開一「大」字在今蘇州方言中文讀韻母爲〔ɒ〕，白讀爲〔əu〕，在這裡入韻或許可以說明當時〔ɒ〕類已有了這種文讀音，但也可能是受北方話的影響所致。

「搣咱」等字《漢語方音字彙》未收，但有證據證明它們是當時蘇州土音，《度曲須知》教吳人度曲時說：「『咱』非『查』、『查』非『搣』」〔註17〕，說明在當時吳語中「咱」「搣」的發音與「查」相當接近。

「者」字在現代蘇州方言中韻母文讀爲〔ʮ〕，白讀爲〔ɛ〕類，但在當時很可能其白讀爲〔ɒ〕文讀爲〔ɛ〕，因爲《廣韻》中和「者（章也切）」字同小韻的「也」字在現代蘇州方言中白讀爲〔ɒ〕，文讀爲〔iɪ〕（當時應讀爲〔iɛ〕），而與它們同小韻的「扯（昌者切）」字則只有〔ɒ〕音一讀。

〔ʮu〕類的「我」字在當時韻母的讀音應爲「〔u〕」，此處入韻可能是由於〔u〕與〔o〕發音相近，張鳳翼《紅拂記》第 17 齣〔獅子序〕叶「罷麻涯墟

〔註16〕　丁邦新《一百年前的蘇州話》，上海教育出版社，2003 年，第 28 頁。
〔註17〕　沈寵綏《度曲須知》，《中國古典戲曲論著集成》（五），中國戲劇出版社，1959 年，第 289 頁。

故渡歌」可能也是這個緣故。個別傳奇中「家麻」、「車遮」、「魚模」、「歌戈」部字互押（如王錂《尋親記》），可能也是由於入韻字主元音發音相近的緣故。

《中原》「家麻」部入聲字（〔aʔ〕類）和「車遮」部入聲字（〔iɪʔ〕類）在「家車」部中入韻相對極少，可以看作是作者受《中原音韻》的影響所致，「打」字的入韻或許也是如此。「些」字在今蘇州方言中只有〔-i〕音一讀，但或許在明代其他的吳語方言裏和「家麻」部字主元音讀音相同。

馮夢龍編纂的《山歌》中也有家麻車遮押韻的現象，胡明揚（1981）將之歸爲「家麻車遮」部；石汝傑（2006）歸之爲「麻鞋」韻，並將其中〔ɒ〕類和〔o〕類的「通押」現象解釋爲「可能是方音的差別」「也可能是官話的影響」〔註18〕。我們認爲，這些入韻字主元音在作者讀起來可能是相同或非常相近的。

清人劉禧延曾說：「車遮，吳語呼此韻字，與家麻無別。『車』如『差』，『遮』如『渣』，『賒』如『沙』，……彈唱家或因二韻通用，竟讀此韻作家麻，以爲通融借葉，雜吳語於中原雅音，不又儒衣僧帽道人鞋乎？」〔註19〕

二、魚模、歌戈互押

六十部傳奇用韻中有很多「魚模」「歌戈」互押的曲子，其中二者大量互押形成「模歌」部的涉及到 8 位作者的 16 部傳奇。具體例證見 2.5 節及附錄。

「魚模」、「歌戈」相押的曲子的韻腳字包括《廣韻》歌戈模各韻字，少數魚虞韻字以及個別尤韻、侯韻字。這些字在現代的蘇州方言中的讀音主要可分爲以下幾類：

〔-u〕類：果攝合口一等字唇音字（明母除外）：波播皤頗坡婆破；

遇攝合口一等、合口三等唇音字（明母除外）：補布佈簿步鋪蒲脯譜圃夫扶砆孚符俘膚敷郛髻撫嫵無誣蕪舞侮瓿斧府腑輔賦釜父付咐附赴婦負富武鵡鶩霧務

〔əu〕類：果攝開闔口一等非唇音字：阿大（白）那（文）他歌個科柯坷珂可課河何荷呵和賀鵝峨我莪蛾娥哦餓娑午（文）吳（文）；戈窠多朵躲墮惰剁垛拖（文）跎沱陀姄羅鑼蘿螺左佐做挫搓梭唆睃莎鎖瑣果火夥貨禍過坐座訛窩渦臥；

遇攝合口一等非唇音（牙喉音、舌音）字：孤姑呱辜鴣古蠱賈鼓故固

〔註18〕 石汝傑《明清吳語和現代方言研究》，上海辭書出版社，第 169 頁。
〔註19〕 劉禧延《中州切音譜贅論》「車遮不當與家麻混」，《新曲苑》第三十種，第 12 頁。

顧枯呼壺壚胡狐醐弧瑚湖糊虎戶護護烏污塢吾梧五苦伍悟誤惡都堵渡度塗途徒圖屠土吐兔奴弩怒盧爐罏廬魯櫓虜擄鹵露路鷺祖粗徂措錯蘇訴素

遇攝合口三等莊組字：所組阻俎鉏初鋤楚疏數

〔-o〕類：暮墓母魔麼磨謨幕慕摹嫫

〔-ɒ〕類：罅

〔-ʮ〕類：止開三、遇合三知章組字：誅主除蜍書舒疏煮杼窊雛儲處蹰樹池

〔-y〕類：遇合三牙喉音字：居魚隅與語虛墟許車絮據軀渠衢去女御圍（白）毹雨羽虞余駒娛

〔-i〕類：遇合三來母、舌音字、齒頭音字：侶縷慮、泥、取、兒臂棋戲

〔-ɿ〕類：紫

〔uɛ〕類：幃

此部入韻的絕大多數是〔-u〕類和〔əu〕類的字，對於〔-u〕類和〔əu〕類的押韻，我們可以在丁邦新先生《一百年前的蘇州話》一書中找到證據。丁先生在此書中對比總結了民國時期陸基編的《蘇州方言同音字彙》（以下簡稱《字彙》）和1998年葉祥苓編寫的《蘇州方言志》）（以下簡稱《方言志》）語音的六點差異，其中第五點涉及到歌戈韻字與魚虞模韻字的語音，抄錄如下：

《字彙》的-u《方言志》分成-u和-əu

例字	《字彙》	《方言志》
波	pu	pu
鋪	pʻu	pʻu
蒲	bu	bu
夫	fu	fu
無	vu	vu
多	tu	təu
拖	tʻu	tʻəu
途	du	dəu
租	tsu	tsəu
粗	tsʻu	tsʻəu

蘇	su	səu
歌	ku	kəu
枯	k'u	k'əu
梧	ŋu	ŋəu
呼	hu	həu

丁先生說：「《字彙》的-u韻在《方言志》中唇音聲母後仍然保存，但在其他聲母之後都變成-əu了」〔註20〕

這樣看來，〔-u〕類和〔-əu〕的分道揚鑣是近一百年來的事情，它們在早期的讀音可能是相同的。十六世紀的蘇州方言中它們韻母主元音的讀音很可能都是〔u〕。沈寵綏《度曲須知》教吳人度曲時說：「歌戈，莫混魚模。」〔註21〕並在「同聲異字考」一節中對比這兩類字，如：「虎非火；胡非何；可非苦；戈非姑；珂非枯；賀非戶；故非過」〔註22〕，這也可以證明明代蘇州方言的讀音中，「虎」＝「火」，「胡」＝「何」，「可」＝「苦」，「戈」＝「姑」，「珂」＝「枯」，「賀」＝「戶」；「故」＝「過」。清人劉禧延說：「歌戈，此韻與沽模收音相似，而出音則不同，今人呼此韻，竟有與沽模混者。」〔註23〕

〔-o〕類字都是明母字，在《字彙》中這類字韻母的讀音也是「〔-o〕」〔註24〕，與「麻」字讀音相同。這有兩種可能的解釋：一是因為-u和-o語音相近，所以可以在一起押韻；二是因為這些字的韻母本來也讀成-u，受到雙唇鼻音聲母m-的影響變讀成-o。我們認為，第二種解釋的可能性或許更大些，因為如果按照第一種解釋，就難以解釋為什麼極少有「麻」類字押入此韻部。

〔-ɒ〕類只有一個「鱯」字，它在當時韻母的讀音應為「〔-o〕」，和「〔-u〕」讀音相近，在這裡入韻屬於音近相押。

〔-ɿ〕類的入韻可能是由於其發音是合口的緣故。

「〔-ʅ〕」類只有一個「紫」字，在當時的讀音很可能還是「〔-i〕」，〔uɛ〕類只有一個「幃」字，在當時的讀音很可能是「〔-y〕」，「〔-i〕」「〔-u〕」「〔-y〕」相

〔註20〕 丁邦新《一百年前的蘇州話》，上海教育出版社，2003年，第126頁。

〔註21〕 《中國古典戲曲論著集成》（五），中國戲劇出版社，1959年，第205頁。

〔註22〕 《中國古典戲曲論著集成》（五），中國戲劇出版社，1959年，第285頁。

〔註23〕 劉禧延《中州切音譜贅論》「歌戈與沽模出音不同」，《新曲苑》第三十種，第11頁。

〔註24〕 引用丁邦新先生根據《字彙》中陸基的注音符號所作的標音。見《一百年前的蘇州話》，第55頁。

押也是吳語的一個特點。

個別入聲字的入韻可以看作是偶叶現象。

三、「支思」、「齊微」、「魚模」互押

六十部傳奇中，有 31 部傳奇「魚模」部部分字大量押入「支微」形成「支微魚」部，另有 18 部傳奇有「魚模」部字不同程度地押入「支思」、「齊微」或「支微」部的現象。

「魚模」與「支微」或「支思」、「齊微」相押的曲子的韻腳字主要包括《廣韻》支之脂微、齊灰祭以及魚虞各韻字，在現代蘇州方言中，這些字可分為以下幾類：

〔ɿ〕類：止開三精組字：資紫姊（文）孜滋茲子梓自漬姿諮字疵偨訾雌辭慈詞祠此刺次賜司思絲斯私死（文）四駟肆似巳祀寺

止開三個別章組字：紙指匙是市恃

止開三莊組字：師史使俟事士緇

遇合三莊組字：梳（白）

〔ʮ〕類：止開三、蟹開三知章組字：知之止衹志治支枝肢厄墀翅氏脂旨智至值幟癡篪螭池馳弛持齒熾施屍詩始誓噬示時恥置笞制制滯勢致遲試矢逝世視

止開三精組字：姊（白）

遇合三知章組、日母字：朱蛛株姝諸楮煮主住注疰炷註著杼駐佇除躇廚儲渚處杵杼雛躕樞書舒抒輸殊曙（另有〔zi〕一讀）署（另有〔zi〕一讀）暑鼠恕庶樹豎如繻乳汝儒濡襦

止合三知章組、精組字：墜（白）吹（白）槌（白）水（白）；嘴

〔i〕類：止開三、蟹開四唇、舌頭、牙喉音、來母字：鄙比否臂賁披陂皮罷陴媚眉（白）楣（白）湄（白）靡寐堤地彼庇霏妃伊梨履利俐肌幾譏紀薙契器棄悑基嬉禧喜起異釐籬璃漓罹褵縭蠡裏理鯉吏己疑貽䬠驥妓欺期祁耆其琪祈岐旗棋犧矣頤姬意憶你擬李膩秘機饑磯兮希稀衣依畿氣雞羈濟計記忌際季臍棲妻淒悽萋齊旂啓棨繼綺砌犀西棲蹊奚溪谿豀洗細係猊鯢霓旎離鸝籬莅宜儀夷詒異鷖劓底抵砥邸遞帝弟第棣締諦遞髢抵低鷈梯蹄啼題提體替涕剃殢泥黎藜驪禮麗儷戾綟隸迷麋米謎嘶攜齏陛閉易倚椅蟻避歧誼彝已義議羿寄攲奇騎疲罷伎技髻移屣屢彌蠻戲被

蟹開四精組：婿

止開三精組字：姊（白）死（白）

止開三日母字：兒（白）耳（白）餌（白）珥（白）二（白）

止合三唇、牙喉音、來母字：微尾飛非扉菲肥沸費未味；悸遺維；淚（白）

蟹開三幫組、牙喉音、來母：蔽敝幣斃；憩曳裔偈；厲礪

蟹合三唇音：廢肺

假開三麻：些

遇合三來母、精組：盧閭臚旅侶呂慮縷；徐絮緒苴聚蛆趄趨取娶趣且需須序敘屐

遇合三見組：去（白）

曾開三影母職韻：憶臆億

〔iɪ〕類：篦

〔ɛ〕類：止開三唇音字：悲碑備眉（文）楣（文）湄（文）美轡；

止合三舌齒音字、來母字：推綏隨醉悴萃翠瘁遂崇錐追炊垂陲墜（文）吹（文）槌（文）水（白）誰睡瑞；罍淚（文）類

蟹開一唇音字：貝狽；

蟹合一、三非牙喉音字：杯伾梅枚媒袂妹配佩珮沛旆輩背昧堆隊雷累內餒罪摧催粹脆碎對；歲贅綴蕊

遇合三：鋸（白）虛（白）許（白）

蟹開一來母字：來

〔uɛ〕類：蟹合一牙喉音字：魁灰回迴徊悔晦誨會傀傀嵬

蟹合三牙喉音字：衛

蟹合四牙喉音字：圭閨桂睽攜攜慧恚惠蕙

止合三牙喉音字：輝圍（文）闈危為魏巍暉違幃帷委萎諉髓威偽位尉歸揮貴規詭龜（文）鬼（文）跪（文）虧（文）窺（文）葵愧逵毀（另有〔fi〕一讀）

〔y〕類：遇合三牙喉音、半舌音：居裾踞車拒區渠蕖去（文）覷胥鋸（文）虛（文）許（文）魚竽與語圄予豫嫗 舉拘俱據踞句劬具懼遽驅軀嶇衢噓歔淤余旟舁愚璵虞娛於盂迂榆窬逾渝隅嵎與腴籲愈羽宇雨禹譽遇寓諭御馭裕；女

止合三牙喉音字：龜（白）鬼（白）跪（白）虧（白）窺（白）

〔l〕類：兒（文）耳（文）餌（文）珥（文）二（文）

〔u〕類：土釜姑夫付鶩梟嫵步符鵡部賦無誣霧孚敷武舞譜怖痦婦

〔o〕類：母暮

〔əu〕類：徂護枯挫魯鹵狐烏吾誤途路疏多壺戶鴣數瑚悞河渡故虎徒素堵初鼓訴鷺梳（文）虜護楚阻度奴壚顱露

〔iɒ〕類：涯爹

〔liɪʔ〕類：的栗入戚立息績惜敵及跡密壁日（白）力七逼寂疾夕躑覓隙滴益腋吃歷集劇積匹翼

〔ɣʔ〕類：石〔（文）白〔ɒʔ〕〕術食日（文）質躓實突識德責濕黑

〔yɣʔ〕類：役屈

〔oʔ〕類：服目讀

〔ɒʔ〕類：尺

此部韻腳字主要是〔i〕類字，其次是〔ʮ〕類、〔ɛ〕類、〔uɛ〕類和〔y〕類字，這幾類字雖然在現代蘇州方言中讀音分歧很大，但在十六世紀的蘇州方言中，它們很有可能可以在一起押韻的，從保存在現代蘇州方言中的個別字的文白異讀現象或許可以找到一些蛛絲馬蹟。

〔ɛ〕類字中，「眉楣湄」與「淚」韻母的白讀音都是〔i〕，白讀音代表較早期的讀法，蘇州方言中止開三唇音字和止合三來母字的韻母早期應該讀成〔i〕音；此類遇合三字「鋸、虛、許」的白讀音是「〔ɛ〕」，文讀音是「〔y〕」，白讀音的聲母都未齶化，應是較早的讀法，但是，明代這些字並不一定讀「〔ɛ〕」音，沈寵綏《度曲須知》有「吳興土俗以勤讀群、以喜讀許」〔註25〕說明當時吳語中「喜」字與「許」字是同音字，那麼這些字在當時應讀成「〔i〕」音。此類中「墜、吹、水」韻母的白讀音是〔ʮ〕〔註26〕，說明止合三知章組字在蘇州方言中早期不是讀「〔ɛ〕」音。清人劉禧延說：「韻中齒音合口字，吳音作開口呼，入支思，『錐』作『支』、『吹』作『差』（從正齒音）、『菱』作『詩』、『椎』作直時切」〔註27〕。「錐」字在現代蘇州方言裏只有「〔ɛ〕」音一讀，應該是失

〔註25〕《中國古典戲曲論著集成》（五），中國戲劇出版社，1959年，第232頁。

〔註26〕據丁邦新（2003）的研究，此音早期的讀法是捲舌音「〔-ʮ〕」。

〔註27〕劉禧延《中州切音譜贅論》「吳音於齒音齶音合口開口撮口互歧」，《新曲苑》第三十種，第8頁。

去了白讀音的讀法。丁邦新（2003）根據《字彙》「吹、水」有文白異讀（文讀音為〔ɛ〕，白話音為〔-ʅ〕）的現象，推論說：「我們從白話捲舌聲母看得出來源較早，還保留照三系的捲舌音；也許中古uei一類的音變成ui，再在捲舌聲母之後變成ʅ。」〔註28〕根據這個推論，止合三知章組字在早期的蘇州方言中很可能讀〔-ʅ〕音。

〔uɛ〕類字「龜、鬼、跪、虧、窺、圍」的白讀音都是〔y〕，這說明在蘇州方言的歷史上，〔uɛ〕類字曾經有〔-y〕的讀法。石汝傑（1991）文中有一個很好的例子：「葉盛《水東日記》（15世紀中葉）卷四『方言暗合古音』稱『吾崑山吳淞江南，以『歸』呼入虞字韻』」〔註29〕。因此上例中「歸」的韻母應讀為〔-y〕。清人劉禧延說：「其齶音喉音合口字，又作撮口呼，入居魚，歸作居，『虧』作『區』、『馗』作『渠』、『餒』作『飫』、『諱』作『醻』、『圍』作『於』。」〔註30〕清代錢大昕在《十駕齋養新錄》中提到：「吳中方言『鬼』如『舉』，『歸』如『居』，『跪如巨』，『緯』如『喻』，『虧』如『去』平聲，『逵』如『瞿』……『小兒毀齒』之『毀』如『許』。」〔註31〕現代蘇州方言中這類字很多失去了歷史上存在過的白讀音，只保留了後期的文讀音的讀法。因此，〔uɛ〕類字和〔y〕類字當時是可以押韻的。根據沈寵綏《度曲須知》「吳興土俗以勤讀群、以喜讀許」的說法，它們和〔i〕類字也是可以押韻的。

此部中有大量的《中原》「魚模」部字押入，主要集中在〔ʅ〕類、〔i〕類和〔y〕類中。

〔ʅ〕類字包括中古止開三、蟹開三知章組字、止合三個別知章組和精組字，相當於《中原》的「支思」「齊微」部的部分字；另外，還包括大量的遇合三知章組字，相當於《中原》「魚模」部的部分字。沈寵綏《度曲須知》指出：「……豈非以蘇城之呼書為詩，呼住為治，呼朱為支，呼除為池之故乎？」〔註32〕《山

〔註28〕　丁邦新《一百年前的蘇州話》，上海教育出版社，2003年，第34頁。
〔註29〕　石汝傑，明末蘇州方言音系資料研究〔J〕.鐵道師院學報（社會科學版），1991年第3期，第70頁。
〔註30〕　劉禧延《中州切音譜贅論》「吳音於齒音齶音合口開口撮口互歧」，《新曲苑》第三十種，第8頁。
〔註31〕　錢大昕《十駕齋養新錄》卷第五「聲相近而訛」，上海，上海書店，1983年，第114頁。
〔註32〕　沈寵綏《度曲須知》，《中國古典戲曲論著集成》（五），中國戲劇出版社，1959年，第232頁。

歌》也中有「知珠」同音的例子，如：「結識私情人弗覺鬼弗知，再來綠紗窗下
送胭脂。仰面揥塵落來人眼裏，算盤跌碎滿街珠。」（原注：吳音「知、珠」相
似。）〔註33〕「滿街珠」即諧音「滿街知」。清人李鄰認爲：「《灌夫傳》『首鼠
兩端』，《西羌傳》《鄧訓傳》皆作『首施兩端』，則今之吳語也。」〔註34〕

　　〔i〕類字中《中原》「魚模」部字都是中古遇合三精組和來母字，它們在
明代的讀音應該就是〔i〕音，不僅如此，遇合三牙喉音字在當時也應是〔i〕
音，《度曲須知》中「以喜讀許」的例子就可以證明這一點，〔y〕類字全是遇
合三牙喉音字，其中「去」字的白讀音是〔i〕也可以證明這類字在明代的讀音
是〔i〕。

　　〔ɿ〕類字中，「姊」的文讀音是〔tsɿ〕、白讀音是〔tsi〕，「死」的文讀音是〔sɿ〕，
白讀音是〔si〕，這說明在蘇州方言的歷史上，止開三精組字曾經讀〔i〕音。

　　因此，明傳奇用韻中「支思」、「齊微」、「魚虞」互押可能並非很多前輩學
者所說的「押寬韻」或「相鄰韻部可以通押」，實際情況是，在作者的口中，這
些韻腳字主元音的發音是相同或非常相近的，它們之間有可以相押的語音基
礎。關於齊微、支思、魚模三者相互混叶，明人徐渭曾說「松江人支、朱、知
不辨」〔註35〕，清人劉禧延也說：「韻中撮口字後人析爲居魚韻，其屬齒音者吳
人俱讀如支思齊微韻。諸作支，樗作差（從正齒音），書作詩，苴作躋，蛆作凄，
胥作西，除作直時切，殊作時，徐作夕移切，聚作集異切，如作日時切（沽模
韻中梳蔬字吳語讀司，居魚韻鬚字又讀如蘇，至吳興語全無撮口字，讀居如基，
祛如欺，渠如其，於如伊，余如移，蓋作齊齒呼），又閭作黎（此半舌音），前
人詞曲亦有沿土音而誤入支思齊微者」〔註36〕。

　　〔u〕類、〔o〕類和〔ɐu〕類字在早期的蘇州方言中都應讀爲〔-u〕音，在
此部中入韻可能是音近相押。

　　《中原》「魚模」部字在一些傳奇用韻中一部分和「歌戈」部字相押形成「模
歌」部，一部分和「支思」、「齊微」部字相押形成「支微魚」部，從以上兩部

〔註33〕　劉瑞明《馮夢龍民歌集三種注解》（下冊）中華書局，2005 年，349 頁，此書以上
　　　　海古籍出版社 1993 年影印本《馮夢龍全集》（出於明寫刻本）爲底本。
〔註34〕　李鄰《切韻考》卷一「方音」，《續修四庫全書》第 258 冊，第 573 頁。
〔註35〕　徐渭《南詞敘錄》，《中國古典戲曲論著集成》（三），中國戲劇出版社，1959 年，
　　　　第 224 頁。
〔註36〕　劉禧延《中州切音譜贅論》「魚模撮口」，《新曲苑》第三十種，第 8 頁。

字的韻腳字及各字的入韻次數來看，和「歌戈」部字相押的主要是遇合一「模」韻字及遇合三唇音字和莊組字，在明代其主元音應是〔-u〕；和「支微」部字相押的主要是遇合三牙喉音、舌齒音（知章組）及半舌、半齒音字，在明代其主元音很可能是〔-i〕。押入「模歌」部的也有遇合三部分知章組字及牙喉音字，押入「支微」部的也有部分「模」韻字及個別遇合三莊組字，但它們是〔-i〕〔-u〕〔-y〕音近相押。

後幾類入聲字的入韻也可反映南曲的特點。王驥德《曲律》「論平仄第五」談到南曲入聲問題，他說：「北則入無正音，故派入平、上、去之三聲，且各有所屬，不得假借；南則入聲自有正音，又施於平、上、去之三聲，無所不可。大抵詞曲之有入聲，正如藥中甘草，一遇缺乏，或平、上、去三聲字面不妥，無可奈何之際，得一入聲，便可通融打諢過去。是故可作平，可作上，可作去；而其作平也，可作陰，又可作陽，不得以北音為拘。」〔註37〕

「來」字在現代蘇州方言中讀「〔ɛ〕」音，在六十部明傳奇的以下曲子中押入齊微部：陳汝元《金蓮記》第11齣〔古輪臺〕叶「西機漬來趣水兒易絲蒂理眉賦」，第33齣〔粉蝶兒〕叶「來樹」，第36齣〔菊花新〕叶「來喜」；周朝俊《紅梅記》第10齣〔哭相思〕叶「來縶」，孟稱舜《嬌紅記》第44齣〔桃柳爭春〕叶「已來的」。宋代蘇州詩人李彌遜詩中有「來」字押入齊微部的例子，其七絕《次韻王才元少師借園》叶「來釀」〔註38〕；《漢語方音字彙》中「來」字旁注「又陵之切，止開三平之來」（為《集韻》所收「來」字讀音）；今福建方言中「來」字白讀音為「〔li〕」；劉曉南認為哈韻「來」字押入齊微部是閩語和吳語的共同現象，且閩語的這種現象是歷史上受吳語的影響所致。〔註39〕宋代王楙《野客叢書》卷六云：「今吳人呼『來』為『釐』，猶有此音。」〔註40〕龔明之的《吳中紀聞》說：「吳人呼『來』為『釐』，始於陸德明。『貽我來牟』，『棄甲復來』皆音『釐』。蓋德明，吳人也。」〔註41〕明傳奇用韻中「來」字押入齊微（魚）

〔註37〕 王驥德《曲律》，《中國古典戲曲論著集成》（四），中國戲劇出版社，1959年，第106頁。

〔註38〕 參見謝潔瑕《宋代蘇州詩人李彌遜用韻考》，《語言研究》，2005年第1期，第3頁。

〔註39〕 劉曉南《從宋代福建詩人用韻看歷史上吳語對閩語的影響》，《古漢語研究》，1997年第4期，第33頁。

〔註40〕 （宋）王楙《野客叢書》，鄭明、王義耀校點，上海古籍出版社，1991年，第81頁。

〔註41〕 轉引自劉曉南《從宋代福建詩人用韻看歷史上吳語對閩語的影響》，《古漢語研究》，1997年第4期，第33頁。

部的現象表明，《集韻》「來」字「陵之切」音在明代吳語的一些地方仍存在。

「些」字《廣韻》有三讀：「寫邪切」（開口三等麻韻）、「蘇計切」（開口四等齊韻）、「蘇箇切」（開口一等歌韻）。《中原》中收錄了其「寫邪切」與「蘇箇切」音，分部歸入「家麻」和「歌戈」部，其「蘇計切」音沒有被收入，可能是因爲當時的北方話中沒有這個音，但這個音還保留在南方的某些方言裏，今蘇州方言中「些」字就讀〔si〕音。共有四位作者的四部傳奇作品中「些」字押入齊微韻：梁辰魚《浣紗記》第 7 齣〔出隊子〕叶「翠妻飛眉些」；張鳳翼《紅拂記》第 29 齣〔征胡兵〕叶「些涯淚至」；顧大典《青衫記》第 17 齣〔東甌令〕叶「兒些誓棄棲雞」；屠隆《曇花記》第 36 齣〔後庭花〕叶「識氣計期堆美貴些提癡裏跡臂」。梁辰魚、張鳳翼、顧大典都是當時蘇州人，他們作品中的這種用韻現象明顯是自己方音的流露。屠隆是浙江寧波人，但當時蘇州是崑曲的中心，可能是作曲時受到蘇州方音影響。

王驥德《曲律》卷二《論須識字第十二》評論《浣紗記》用韻時說：「伯龍又以『盡道輕盈略作胖些』與『三尺小腳走如飛』同押，蓋認『些』字作『西』字音，又蘇州土音矣！」〔註42〕

「涯」字在《中原》中屬「家麻」部，但在傳奇用韻中除押入「家麻（或家車）」部外（共押入 89 次），還大量押入「支微（魚）」、皆來（灰）」部。押入「支微（魚）」部的作品有 25 部，共入韻 48 次；入「皆來（灰）」部的作品有 18 部，共押入 29 次。

魯國堯先生《元遺山詩詞曲韻考》「若干韻字的討論」部分對「涯」字做過討論：

「『涯』字，早在唐代就有麻韻音，但《廣韻》只有佳韻五佳切，支韻魚羈切；《集韻》增加了麻韻牛加切；《五音集韻》麻韻五加切，『涘也』，佳韻、支韻音亦收。王文郁《新刊韻略》麻韻『新添』欄目下有『涯』，五佳切，也注明另有二音。元好問古體詩 2 次，詞 7 次，近體詩 8 次押入家車部，但是在古體詩中 2 次，古賦中 1 次押入皆來部……可見金代麻車部音佔優勢，皆來部音還保存。而《廣韻》魚羈切音也在語言中有表現，如南宋福建詞人曾以『涯』與支微部字叶：陳德武《望海潮·三分春色》叶『菲知時詩期涯眉飛宜衣歸』。

〔註42〕 王驥德《曲律》，《中國古典戲曲論著集成》（四），中國戲劇出版社，1959 年，第120 頁。

只是在同時代的北方，此音似不存，《五音集韻》、《新刊韻略》仍錄魚羈切音，只是抄舊書罷了。」〔註43〕

從明傳奇中「涯」字大量押入「齊微（或支微魚）」和「皆來」部的情況看，《廣韻》「魚羈切」音及皆來部音在當時的南方方言中應有保存，但現代很多南方方言（如蘇州方言）中這兩種讀音已經消失了。

四、「皆來」和「齊微」合口字相押

六十部傳奇中有 34 部傳奇「皆來」與「齊微」部合口字相押形成「皆來灰」部，具體例證見附錄。

「皆來」與「齊微」合口字相押的韻腳字包括《廣韻》佳皆灰咍泰夬等韻字和部分止攝合口字，在現代蘇州方言中，此部字韻母的讀音可分為以下幾類：

〔ɒ〕類：蟹開一咍海代：戴（白）

蟹開一泰：泰（白）賴（白）籟（白）帶（白）大害蓋丐藹；

蟹合一泰：外

蟹開二佳蟹卦：街差奓解派債灑擺賣涯佳崖鞋懈隘柴篩

蟹開二皆駭怪：階（文白）諧（文白）偕（文白）堦（文白）介（文芥（文白）界（文白）尬（文白）魪（文白）戒（文白）拜湃排憊牌埋（白）霾（白）挨（白）揩骸駭駴齋

蟹開二夬：敗

〔uɒ〕類：蟹合二佳：歪

蟹合二皆駭怪：乖（白）槐淮怪（白）恠（白）壞

蟹合二夬：快（白）

〔ɛ〕類：蟹開一咍海代：該開慨海醢胎臺苔抬來萊賚睞待代黛騃耐愛靉埃哉災栽宰載再在猜才財材裁彩採綵棶垓荄改腮哀概儓賽塞呆孩態鼐（文白）戴（文）咍礙

蟹開一泰：泰（文）賴（文）籟（文）帶（文）狽蓋藹艾奈

蟹開二皆：埋（文）霾（文）挨（文）薶豺儕

蟹開二夬：邁蠆寨唄

〔註43〕　魯國堯《元遺山詩詞曲韻考》，《魯國堯語言學論文集》，江蘇教育出版社，2003 年，第 439 頁。

蟹合一泰：沛

蟹合一灰賄隊（非牙喉音）：杯盃陪醅配梅枚媒瓃輩雷堆催罪隊對退餒內

止開三至：鬠寐

止合三脂旨至：衰水（文）（白：〔ʮ〕）帥醉翠悴類

〔uᴇ〕類：蟹合一灰賄隊：闈灰回廻徊迴洄潰誨傀

蟹合一泰：會

蟹合二皆駭怪：乖（文）懷怪（文）恠（文）塊

蟹合二夬：快（文）

蟹合三祭：喙

蟹合四霽：桂

止合三微未；輝威歸謂渭

止合三紙：跪（文）（白：〔y〕）

〔iɪ〕類：械

〔o〕類：釵

〔ɒʔ〕類：白

〔ɤʔ〕類：色

　　這些韻腳字在現代蘇州方言中韻母主元音主要有兩類：〔ɒ〕類和〔ᴇ〕類。我們可以看到，蟹攝一等咍、泰韻部分字、二等皆、佳、夬、怪韻部分字如「戴」（代）、「帶、泰、太、賴、外」（泰）、「奶」（蟹）、「埋、挨」（皆）、「乖（皆）、怪（怪）」、「快（夬）」等有文白異讀，其文讀為〔ᴇ〕、〔uᴇ〕白讀音〔ɒ〕、〔uɒ〕，雖然〔ᴇ〕類大部分字的白讀音和〔ɒ〕類大部分字的文讀音已經消失，但在蘇州話的歷史上，一定有一個很長的文白讀相互競爭的時期，在此期間這兩類字是可以押韻的；〔ɒ〕類中蟹開二皆韻牙音字「階芥介界戒」等的文白讀都是〔ɒ〕，白讀音是〔kɒ〕類，文讀音是齶化的〔tɕiɒ〕類，這是較晚層次的文白異讀現象，發生在北方話見系二等字齶化之後，早期這類字的文讀音應為〔ᴇ〕，白讀音應為〔ɒ〕。

　　此部「輩雷催罪隊對回徊灰會醉輝威歸」等字也入支微部，表明此部字當時文讀音〔ᴇ〕的讀法一定是存在的。蟹開二怪韻的「械」字在現代蘇州方言韻母的讀音是〔iɪ〕，它的主元音很可能經過了由〔ᴇ〕到〔iᴇ〕再到〔iɪ〕的變化，

明代它的主元音很可能還是〔ɛ〕。

「釵」字《漢語方音字彙》中韻母只有〔o〕音一讀，但或許當時不讀此音，「釵」「差」二字《廣韻》是同一小韻的字，都是「楚佳切」，它們當時在蘇州的讀音可能也是相同的。

「色」、「白」二字的入韻出現在孟稱舜的《貞文記》中，應該是受《中原音韻》影響所致。

劉禧延指出，「皆來，此韻母每有混入歸回韻者，如『乖』作『歸』、『歪』作『威』、『衰』作色威切、『臺』作『頹』、『杯』作『回』之類」，劉氏認為這是吳人「不知分別韻腳之病」〔註44〕，但這可以反應出早期吳語中「皆來」與「齊微」合口字同音的現象。

4.1.2 陽聲韻部

一、梗開二庚韻個別字押入「江陽」部

如張鳳翼《灌園記》第26齣〔山歌〕叶「娘張黨橫場腸矙光膀膨羊」；單本《蕉帕記》第33齣〔撲燈蛾〕叶「場場網坑弶向鄉上放廂」；沈鯨《鮫綃記》第5齣〔玉交枝〕叶「況橫望涼傍上腸腸」；孟稱舜《嬌紅記》第8齣〔北端正好〕叶「生長強壯樣」。梗開二庚韻「橫」字、「膨」字、「坑」字、「生」字押入江陽部，在現代蘇州方言中，「橫」字讀「ɦuaŋ」，「膨」字讀「baŋ」，「坑」字有「kʻɒŋ」「kʻaŋ」兩讀，「生」字文讀音為「sən」，白讀音為「saŋ」，明代它們在蘇州方言中應該都是入江陽韻的，這樣的押韻反映了當時蘇州方言的特點。清劉禧延說：「若北人讀崩烹朋盲傾橫入東鍾韻，吳語則多有如江陽韻者。呼庚如中州音岡，阬如中州音康，繃如中州音幫，砰如中州音滂，棚如中州音旁，盲如中州音茫，爭如中州音臧，撐如中州音倉，橙如中州音藏，生如中州音桑，櫻如中州音映……」〔註45〕馮夢龍編輯的《山歌》中也有庚青韻字入江陽韻例，馮氏在卷首說：「凡生字、聲字、爭字，俱從俗談叶入江陽韻，此類甚多，不能備載。」〔註46〕。但是，明傳奇用韻中這樣的例子不是很多，可能是因為文人作傳奇時儘量避免使用「俗談」的緣故。

〔註44〕 劉禧延《中州切音譜贅論》「皆來歸回之辨」，《新曲苑》第三十種，第8頁。

〔註45〕 劉禧延《中州切音譜贅論》，「庚青透鼻音」，《新曲苑》第三十種，第13頁。

〔註46〕 劉瑞明《馮夢龍民歌集三種注解》（下冊）中華書局，2005年，第320頁。

二、庚青、真文、侵尋互押

明傳奇中有很多《中原》「庚青」、「真文」、「侵尋」部字互押的曲子，部分作品中三部字大量相押形成「庚真侵」部，具體例證見附錄。

這些曲子的韻腳字包括中古梗攝庚耕清青四韻字、曾攝的登韻字、臻攝真諄文欣魂痕各韻字、深開三侵韻字，個別「東鍾」部字入韻可以看作是合韻現象。在現代蘇州方言中，這些字韻母的讀音有兩類：「〔ən〕」和「〔in〕」，「〔in〕」也可以記成「〔iən〕」，這兩類是可以押韻的。

沈寵綏《度曲須知·音問答》中說：「緣吳俗庚青皆犯真文，鼻音並收舐齶，所謂兵、清諸字，每溷賓、親之訛，自來莫有救正。」[註47] 在教吳人辨別不要混淆吳語中同音但《中原》不同音的字時作者舉了「貞非真」「英非因」「青非親」「升非申」「興非欣」「靈非隣」「擎非勤」「景非緊」「映非印」[註48] 等例，又舉了「鍼非真」「音非因」「侵非親」「深非申」「歆非欣」「林非隣」「琴非勤」「錦非緊」「蔭非印」[註49] 等例，說明在當時吳語中「貞真鍼」「英因音」「青親侵」「升申深」「興欣歆」「靈隣林」「擎勤琴」「景緊錦」「映印蔭」等是同音字。徐謂《南詞敍錄》也談到：「凡唱最忌鄉音。吳人不辨『清、親、侵』三韻。」[註50] 可見，「庚青」「真文」「侵尋」三部字在明代（或更早）的蘇州方言中已經讀成〔ən〕韻，這也是當時吳語區普遍存在的現象，清代曲論家李漁說：「杭有才人沈孚中者，……甚至以真文、庚青、侵尋三韻不論開口、閉口，同作一音韻用者。」[註51]

眾多梗開二字（如「生笙羮省盲猛亨衡行鯁綆梗哽爭更耕耿硬幸迸掙」等）入韻的現象表明，這類字當時已經出現了文讀音〔ən〕，而且在蘇州文人的口中佔有相當的優勢。

〔註47〕 沈寵綏《度曲須知》《中國古典戲曲論著集成》（五），中國戲劇出版社，1959年，第 221 頁。

〔註48〕 沈寵綏《度曲須知》《中國古典戲曲論著集成》（五），中國戲劇出版社，1959年，第 290 頁。

〔註49〕 沈寵綏《度曲須知》《中國古典戲曲論著集成》（五），中國戲劇出版社，1959年，第 292 頁。

〔註50〕 徐謂《南詞敍錄》《中國古典戲曲論著集成》（三），中國戲劇出版社，1959年，第 244 頁。

〔註51〕 李漁《閒情偶記》，《中國古典戲曲論著集成》（七），中國戲劇出版社，1959年，第 37 頁。

三、寒山、桓歡、先天、監咸、廉纖部字大量相押

明傳奇作品中屬《中原》「寒山」「桓歡」「先天」「監咸」「廉纖」五部字在一起相押的現象很多，具體例證見附錄。這也部分地反映了當時吳語的特點。

1、〔-m〕尾併入〔-n〕尾

「監咸」、「廉纖」部字押入「先天」「寒山」反映出吳語區閉口〔-m〕尾消失，併入〔-n〕尾的現象，徐復祚《曲論》說張鳳翼作曲「但用吳音，先天、廉纖隨口亂押，開閉罔辨」就證明了這一點。實際上，宋元南戲用韻的特點反映出，南方某些方言在宋元時期〔-m〕尾就已經併入〔-n〕尾了。元周德清《中原音韻》序指出：「吳人呼『饒』爲『堯』，讀『武』爲『姥』，說『如』近『魚』，切『珍』爲『丁心』之類，正音豈不誤哉！」〔註52〕「丁心」切「珍」反映出吳語區的一些地方-n尾和-m尾已經合流了。

2、韻腳字對當時吳語的部分反映

「寒」「桓」「先」「監」「廉」五部字互押的曲子的韻腳字主要包括中古山攝寒桓山刪先仙韻字、咸攝覃談鹽添咸銜嚴凡韻字，在現代蘇州方言中，此部字可分爲以下幾類：〔ø〕類，如「般伴絆[bø，pE俗]盤畔滿漫（mø、mE）端短斷鸞亂煖攢纘爨酸算餐幹竿肝矸乾看寒韓翰漢悍安鞍岸案犴旰諳暗驂驔慘覃潭南男探占閃染蹇氈甎饘邅展戰扇禪蟬善饍然燃穿川傳喘釧轉篆船」等；〔iø〕類，如「鵑援怨願綣遠猿券園苑原勸捐眷倦卷捲權拳圓轅緣院」等；〔uø〕類，如「官管館冠貫寬桓緩歡換渙喚刓丸紈完婉腕椀垣援」等；〔E〕類，如「斑扳辦攀盞山綻單鄲彈壇旦歎炭難蘭闌攔懶殘珊跚散粲燦間閒限眼翻泛慚三談膽減緘檻鑑煩返飯」等；〔uE〕類，如「幻關還環鬟患宦饌」等；〔iI〕類，如「顏諫間閒限眼臉減緘檻鑑嚴念點添拈纖廉簾兼鹽尖險掩黶儉雁閃染欸慊斂閃染言軒獻鞭編變辨篇偏翩綿免冕勉面連　延筵愆仙賤餞虔輦煎箭遷鮮錢淺遣演賤線羨煙眠燕讌咽天殿電鈿奠塡田年蓮憐練煉邊肩箋見牽前賢妍絃顯繭憲霰宴譴現薦喧宣萱選全泉旋戀」等。

以上字在現代蘇州方言中韻母主元音的讀音可分爲〔ø〕、〔E〕、〔I〕三類，其中〔E〕音與來回部字主元音的讀音相同，但明傳奇中並沒有來回部字與此部

〔註52〕 周德清《中原音韻》，《古典戲曲論著集成》（一），中國戲劇出版社，1959 年，第173 頁。

字押韻的現象。清劉禧延在談到「寒山齊齒須如開口呼」時說：「仍以吳人土語論之，呼『間』如中州音『幹』，『慳』如中州音『刊』，『黫』如中州音『安』，『閒』如中州音『寒』，『顏』作『額韓切』（黯音韓如中州音讀），土音亦不混先天也。此等字但以吳語記認，即知其非先天韻中字，而無不讀正矣。」〔註53〕說明清代吳語中「間、慳、黫、閒、顏」等字還有〔-n〕韻尾。

　　〔ø〕類和〔ɛ〕類的區別是現代蘇州方言的一大特點，但在一些明傳奇的用韻中是完全可以互押的。有證據證明在明代這兩類音就是對立的：沈寵綏《度曲須知》例：「蠶，叶慚，非攢閉口。曇潭，叶談，不作傳字閉口。」〔註54〕這是教吳人辨別閉口韻，石汝傑（1991）認為：「這說明，『蠶曇潭』當讀為〔ø〕，與『慚談』〔ɛ〕不同，所以要特意指出。」

　　但是，〔ɪ〕類和〔ɛ〕類字當時應該是可以押韻的。讀〔iɪ〕音的山、咸攝開口二等牙喉音字如「間、閒、限、眼、緘、減、檻、鑑」等在現代蘇州方言中有文白異讀，其文讀音是〔iɪ〕，白讀音都是〔ɛ〕，從聲母來看，這些二等字白讀音聲母都是未顎化的〔k〕類，文讀音的聲母都是顎化〔tɕ〕類，因此，白讀音〔ɛ〕是蘇州本地早期的讀音，見系二等的顎化是十六世紀以後才在北方開始發生的，明傳奇時代的蘇州方言還沒有〔tɕ〕類音。山、咸攝二等牙喉音字韻母讀成〔iɪ〕是較晚的事情，剛開始出現文讀時可能讀成〔iɛ〕，〔ɛ〕受介音〔i〕的影響高化為〔ɪ〕。我們推測，〔iɪ〕類其他一些字可能早期也讀成〔iɛ〕音，後來主元音高化變成〔iɪ〕。我們在丁邦新（2003）總結的《字彙》和《方言志》的「語音的差異」部分找到了證據，茲抄錄如下：

　　　「《字彙》〔iɛ〕韻的字如邊piɛ、偏p'iɛ、棉iɛ、顛iɛ、天t'iɛ、田diɛ
　　　《方言志》作〔iɪ〕。大體都是從山咸兩攝三四等來的。這些字《方言志》
　　　都作-iɪ，沒有音類的不同。相信在《字彙》的時代這些字都能夠跟-iɛ、-uɛ
　兩韻的字押韻，到《方言志》的時候就不行了。」

　　這說明〔iɪ〕韻的出現或許只是近幾十年來的事情，明代並沒有〔iɪ〕類音。但是此部的〔ɛ〕類字明代是否一定讀成這個音？可能不是。山咸攝二等牙喉音字在一百年前也有文白異讀，其韻母文讀是〔ɛ〕白讀是〔iɛ〕，如「監姦揀澗

〔註53〕　劉禧延《中州切音譜贅論》「寒山齊齒須如開口呼」，《新曲苑》第三十種，第9頁。
〔註54〕　沈寵綏《度曲須知》《中國古典戲曲論著集成》（五），中國戲劇出版社，1959年，
　　　　第279頁。

間艱減」文讀「〔tɕiɛ〕」，白讀「〔kɛ〕」〔註55〕；「眼」文讀〔iɛ〕，白讀〔ŋɛ〕，「閒咸」文讀〔jiɛ〕，白讀〔ɦiɛ〕。〔註56〕這說明山咸攝二等部分字主元音在蘇州方言中早期的讀音是〔ɛ〕，那麼山咸攝一等部分字主元音可能也是〔ɛ〕，也可能發音部位比〔ɛ〕還要低，所以此部〔ɛ〕、〔uɛ〕類字在當時的蘇州方言中主元音並非〔ɛ〕音。《字彙》顯示，一百年前的蘇州話中「蘭lɛ≠來、雷lɛ」〔註57〕，那麼明代它們的讀音更是不同的，因為「蘭」類字還有鼻音韻尾〔n〕的存在。

4.1.3　入聲韻部

明傳奇共用到五個入聲韻部：鐸覺、屋燭、曷洽、月帖、德質，這和南戲用韻的五個入聲韻部相同〔註58〕，因此明傳奇的入聲韻部很可能是傳承南戲傳統用韻而來。但是，這五個入聲韻部的使用和當時的吳語方言也有很大的關係。這裡以蘇州曲家梁辰魚的用韻為例說明。

梁辰魚《浣紗記》共用到四個入聲韻部：德質部、月帖部、鐸覺部、屋燭部，下表是這四個韻部韻腳字的中古音來源及其在現代蘇州方言中的讀音。

表 4－1：梁辰魚《浣紗記》入聲韻部表

作家	籍貫	作品	韻部	入韻字	中古地位	中原韻部	吳語發音
梁辰魚	江蘇崑山	浣紗記	德質	適釋射擲 赤 積夕惜益闢僻	梗開三昔		〔ɣʔ〕 文〔ɣʔ〕白〔ɒʔ〕 〔iɪʔ〕
				敵戚歷檄荻	梗開四錫		〔iɪʔ〕
				迫 客	梗開二陌		〔ɣʔ〕 〔ɒʔ〕
				逆	梗開三陌		〔iɪʔ〕
				集立乞及戢 拾 執	深開三緝		〔iɪʔ〕 〔ɣʔ〕口〔iɪʔ〕 〔ɣʔ〕

〔註55〕　丁邦新《一百年前的蘇州話》，上海教育出版社，2003 年，第 27 頁。
〔註56〕　丁邦新《一百年前的蘇州話》，上海教育出版社，2003 年，第 28 頁。
〔註57〕　丁邦新《一百年前的蘇州話》，上海教育出版社，2003 年，第 12 頁。
〔註58〕　參見劉麗輝《南戲用韻研究》，北京大學 2007 屆博士論文。

作家	籍貫	作品	韻部	入韻字	中古地位	中原韻部	吳語發音
梁辰魚	江蘇崑山	浣紗記	德質	北 得德	曾開一德		〔o?〕 〔ɤ?〕
				國惑	曾合一德		〔uɤ?〕
				匿憶極力 食直	曾開三職		〔ii?〕 〔ɤ?〕
				穴	山合四屑		〔yɤ?〕
				役	梗合三昔		〔yɤ?〕
				必 日 室實質	臻開三質		〔ii?〕 文〔ɤ?〕白〔ii?〕 〔ɤ?〕
			月帖	別緤傑列熱滅烈 設折徹	山開三薛		〔ii?〕 〔ɤ?〕
				雪絕 悅	山合三薛		〔ii?〕 〔yɤ?〕
				歇竭揭	山開三月		〔ii?〕
				闕越 月	山合三月		〔yɤ?〕 文〔yɤ?〕白〔ɤ?〕
				節切結撇	山開四屑		〔ii?〕
				血缺	山合四屑		〔yɤ?〕
				妾葉接 涉	咸開三葉		〔ii?〕 〔ɤ?〕
				怯業	咸開三業		〔ii?〕
				褶蝶 疊	咸開四帖		〔ii?〕 〔ii?〕口〔ɤ?〕
				些	假開三麻		〔i〕
			鐸覺	鶴索閣落薄	宕開一鐸		〔o?〕

作家	籍貫	作品	韻部	入韻字	中古地位	中原韻部	吳語發音
梁辰魚	江蘇崑山	浣紗記	屋燭	曲 辱束觸促贖束簌	通合三燭		〔ioʔ〕 〔oʔ〕
				復2熟2蹙福戮伏目2竹縮	通合三屋		〔oʔ〕
				哭卜獨4屋速2祿木	通合一屋		〔oʔ〕

「德質」部韻腳字主要來源於中古梗、曾、臻、深四攝入聲字（只有「穴」字例外），在現代蘇州方言中，這些字韻母的讀音主要有〔ɤʔ〕、〔iɪʔ〕、〔uɤʔ〕、〔yɤʔ〕四種，「ɪ出現在入聲韻裏要後些短些，同舌面輔音相拼時也可以讀成iəʔ」〔註59〕，《漢語方音字彙》把它們列爲相應的開、齊、合、撮韻，〔註60〕因此，此部韻腳字在現代蘇州方言中是可以押韻的，它們在明代韻母的音值或許與現在不同，但應該也是可以在一起押韻的。梗開三章組「赤」字有文白異讀，韻母文讀爲「〔ɤʔ〕」，白讀爲「〔ɒʔ〕」，很可能明代文讀音已經存在了。「客」字讀音爲「〔ɒʔ〕」，但在現代蘇州方言中梗開二字如「策、冊、澤、格、嚇、額、魄」等都有文白異讀，韻母文讀爲「〔ɤʔ〕」白讀爲「〔ɒʔ〕」，「客」字現在或許失去了曾經存在過的文讀音，只剩下白讀「〔ɒʔ〕」的讀法，但明代它的文讀音「〔ɤʔ〕」很可能是存在的。「穴」字爲山合四屑韻字，在現代蘇州方言中韻母的讀音爲「〔yɤʔ〕」，或許明代就讀此音或與此很相近的一個音。

「月帖」部韻腳字主要來源於中古山、咸攝入聲字，在現代蘇州方言中這些字韻母的讀音也有〔ɤʔ〕、〔iɪʔ〕、〔uɤʔ〕、〔yɤʔ〕四種，它們在一起押韻是沒有問題的，在明代蘇州方言中它們應該也是可以在一起押韻的。假開三麻韻的「些」字入韻可以看作是偶叶。

「鐸覺」部韻腳字只有五個，都是中古宕開一鐸韻字，在現代蘇州方言中韻母的讀音都是〔oʔ〕，明代在一起押韻也是沒問題的。

「屋燭」部韻腳字來源於中古通攝的屋韻和燭韻，在現代蘇州方言中的韻母的讀音有〔oʔ〕和〔ioʔ〕兩種，也是可以在一起押韻的。

〔註59〕 袁家驊《漢語方言概要》，第 61 頁。其中的「ə」即《漢語方音字彙》中的「ɤ」。
〔註60〕 見北京大學中國語言文學系語言學教研室編《漢語方音字彙》（第二版重排本），語文出版社，2003 年，第 18 頁。

　　問題是，「德質」部和「月帖」部很多字韻母的讀音是完全相同的，「鐸覺」部和「屋燭」部的字也是如此，如果依據作者的方言押韻，爲什麼不分爲兩部卻分爲四部呢？我們的感覺是，「德質」與「月帖」中古音來源是不同的，它們在吳語的歷史上讀音一定曾經有過不同，「德質」部和「月帖」部韻母的主元音當時很可能是不一樣的，或許是高低的不同，或許是前後的不同，現代的同音狀態是幾百年來語音演變的結果，明代這兩部的韻腳字還沒有演變爲現在這種完全同音的狀態。「鐸覺」與「屋燭」也是這樣。

　　下面是六十部傳奇中有入聲韻部的傳奇的韻腳字的中古來源及在現代蘇州方言中的讀音情況（韻腳字右邊數字爲該字在此部中入韻次數）：

　　系聯到「鐸覺」部的韻腳字是中古宕開一鐸、江開二覺和宕開三藥韻字，如「惡3泊莫2寞漠落6絡薄4度2樂2箔愕作閣5諾2錯2堊索5鶴珞昨怍託恪搏貉藿；覺3角嶽學濁幄邈；藥腳卻爵著約鑰2略弱勺」，另外有一宕合三藥韻的「縛」字。「鐸」「覺」韻字、藥韻的「勺」字和「縛」字在現代蘇州方言裏韻母的讀音都是〔oʔ〕；其他藥韻字在現代蘇州方言中韻母的讀音是〔iɒʔ〕或〔ɒʔ〕。

　　系聯到「屋燭」部的韻腳字絕大部分是通合一屋、沃，通合三屋、燭韻字，如「卜4撲僕木3沐4獨4讀2瀆瀆牘3祿7鹿5麓簏谷6觳3哭5族鏃簇2速5屋7；毒3沃篤4纛2告；軸3舳2菊掬2蓄鬱2育鬻目4牧2睦伏6福幅服7復7馥2覆4腹3陸戮2蹙5蹴肅竹5縮2宿2築逐10淑熟4；局2曲12旭玉10獄2欲2綠4醁2續8足6促6俗2粟蔌2燭5囑躅2燭觸2蜀贖屬2束8辱4肉5矗2襡衄惡」，它們在現代蘇州方言中韻母的讀音是〔oʔ〕或〔ioʔ〕。另外，有宕開一鐸韻「泊」字和江開二覺韻「朔」字入韻，它們在現代蘇州方言中韻母的讀音也是〔oʔ〕。但有臻合一沒韻的「突沒骨忽」四字各入韻一次，全部出現在沈璟的《紅葉記》中，還有曾合三職韻的「域」字、曾合一德韻的「國」字各入韻一次，這幾個字在現代蘇州方言中韻母主元音和韻尾的讀音是〔ɤʔ〕。

　　用到「曷洽」部的只有沈璟的《埋劍記》，共5支曲子，韻腳字爲《廣韻》合盍洽狎葉乏曷月轄黠各韻字，如「納2答沓榻甲押匣霎法達3捺拔罰閥發髮伐2轄瞎察3殺」，除「押」字外，這些字在現代蘇州方言中韻母的讀音都是〔aʔ〕。

但其他吳語區的作者都沒有用到這個韻部，個別作者把這些字押入了月帖部。

月帖部韻腳字在現代蘇州方言裏的讀音可以分爲以下幾類：

〔iɪʔ〕類：瞥撇 9 跌迭 5 颭耋鐵 6 涅 2 捩節 25 截 3 結 20 潔 2 切 22 竊挈 2 屑 2 咽 17 噎 2 纈 2 別 35 蔾 2 滅 26 孽 2 列 16 烈 15 裂 16 冽 2 熱 21 傑 18 孑 3 愒泄 3 紲 3 洩拽 2 紲蘖劣 5 絕 33 雪 26 羯 2 揭 4 竭 10 碣歇 9 蠍蹳 3 接 8 楫 5 捷 3 妾 7 葉 7 鬣 2 怯 12 業 20 劫 3 妾鬣（文）蝶 6 堞 2 牒帖 3 貼 3 變 2 屧楔 7 鋏 3 挾浹褶蹀躞撚愜 5 疊（口〔ɣʔ〕）14 疾急覓敵盡

〔ɣʔ〕類：轍 9 折 29 囁哲 4 徹 3 澈掣 6 徹 10 設 15 舌 8 拙茁說 29 啜月（白）36 刖（白）涉 10 攝懾合 5 撥（文）缽沫掇 2 奪脫 3 末 2 葛 2 轕渴 2 遏 2 物突沒 3 德識值驚秩翩答額宅策（文）隔

〔uɣʔ〕類：闊 3 濶活 3 骨窟 2 國 2

〔yɣʔ〕類：決 6 訣 7 玦 2 鴂 5 缺 6 血 19 穴 8 閱 2 悅 8 闋 22 越 18 鉞 2 月（文）38 刖（文）爇蹶歇

〔aʔ〕類：鬣 2（白）榻搭拉（舊）答掐洽夾峽狹 2 插柙甲法箚殺達搬發筏拔撥（白）閘蹋閤

〔iaʔ〕軋 2

〔ɒʔ〕類：壓押

〔oʔ〕類：閣跍

〔o〕遮車賒蛇射赦下巴沙馬（文）

〔io〕靴

〔i〕些

〔iɒ〕嗟斜邪野也夜家馬（白）

〔ɣʔ〕、〔iɪʔ〕、〔uɣʔ〕、〔yɣʔ〕是相應的開齊合撮韻；〔aʔ〕、〔iaʔ〕類字入韻的作者有張鳳翼（江蘇蘇州人）、顧大典（江蘇吳江人）、孫柚（江蘇常熟人）、屠隆（浙江寧波人），現代蘇州方言中，「獵」字韻母白讀爲〔aʔ〕，文讀爲〔iɪʔ〕（〔iɪʔ〕早期應爲〔iɣʔ〕音），「喝」字韻母白讀爲〔aʔ〕，文讀爲〔ɣʔ〕，「答」、「雜」、「納」字都有〔ɣʔ〕和〔aʔ〕兩種讀音，是否早期擁有這兩種讀音的字範圍會大些呢？陰聲韻字入韻可以看作是偶叶現象。

德質部韻腳字可以分爲以下幾類：

〔iɪʔ〕類：璧 12 僻積 5 磧 2 籍 8 跡 5 跡 3 夕 12 昔 6 惜 9 臘席 7 腋 2 掖 2 懌液易 8 奕 6 驛 3 益 6 闢汐脉舄繹碧 9 隙 3 逆 7 戟 9 劇郤屐壁 6 覓 5 滴 17 敵 14 滌 5 的 2 荻歷 11 瀝 2 靂績 5 擊 9 寂 4 戚 8 憾錫 3 橄 7 溺（文）4 鏑 7 怒惕逼 7 匿 7 力 37 稷 5 棘 4 極 9 息 20 熄翼 10 翊臆 7 抑 2 日（白）37 筆 3 必 5 畢華匹 4 密 3 謐栗 3 吉膝 3 溢 2 逸 3 一 2 乞吃立 10 粒急 21 集 13 級及 5 汲給 2 泣 9 吸 3 揖戢 2 悒 2 拾（口）戰律恤 2 絕別

〔ɣʔ〕類：隻（文）赤（文）10 石（文）7 適 5 釋 7 射 3 織 9 職 7 直 10 值 6 植殖陟 2 飭 3 敕食 11 識 8 式拭飾賊 5 黑 7 得 18 勒德 12 肋墨 4 克 3 特 2 慝 2 默質 9 帙秩叱 2 失 8 實室 5 日（文）31 窒執 3 濕 3 拾 3 入別（口）轍迫 3 擇宅 5 隔 8 赫額客 11 澤（文）5 嚇（文）2 魄（文）2 責 9 幘策 10（文）冊 2（文）索劃 2 革厄 5 阨擘繳阨翮 6 脈刻 5 則側 5 色 21 測 6（文）惻（文）3 瑟 8 塞 4 齣術卒 2 拂

〔uɣʔ〕類：國 19 惑 3 骨窟 2 笏惚屋幗 2 獲畫綴觳屋

〔yɣʔ〕類：役 7 屈域 5 穴矞 2

〔ɒʔ〕類：隻（白）赤（白）10 石（白）7 尺 6 擲 9 斥 2 白 8 百 5 柏 2 珀陌 4 客澤（白）5 嚇（白）魄（白）2 脈 2 策（白）10 冊（白）2 測（白）6 惻（文）3 拆 2 隔

〔iɒʔ〕類：溺（白）

〔oʔ〕類：北 16 屋託

〔uaʔ〕類：轄 2

〔i〕類：憶例裔替悽

〔ɣʔ〕、〔iɪʔ〕、〔uɣʔ〕、〔yɣʔ〕四類字是可以在一起押韻的；〔ɒʔ〕、〔iɒʔ〕類字多數都有文白異讀，其文讀爲〔ɣʔ〕、〔iɪʔ〕，因此也是可以入韻的；〔oʔ〕類字中「屋」字有〔oʔ〕、〔uɣʔ〕兩讀，「北」字是曾開一德韻字，且只押入德質部，沒有押入其他部的現象，因此「北」字早期很可能並不讀〔oʔ〕音；「託」字、〔uaʔ〕類的「轄」字和〔i〕類字入韻可以看作偶叶。

從以上例字可以看出，「月帖」部和「德質」部大部分韻腳字在現代蘇州方言中是相應的開齊合撮韻，是可以在一起押韻的，在明代的蘇州方言中它們或許也是可以在一起押韻的。我們暫時還無法弄清楚「月帖」和「德質」兩部分

立的原因，但很可能在明代吳語中這兩部的主元音是不同的。「鐸覺」部和「屋燭」部大部分字按當時的蘇州方言或許也是可以押韻的，二者的分立可能也是由於明代吳語中它們的主元音是有差別的。

有些押韻現象表明明代吳語中「月帖」和「德質」部分字同音的現象已經存在了，因爲「德質」部也有個別山、咸攝字入韻，「月帖」部也有個別梗、曾、臻、深攝字入韻，有些韻腳字同時押入兩部。如王錂《尋親記》第 27 齣〔二郎神〕叶「別國慊憶客得滴」，徐復祚《投梭記》第 9 齣〔高陽臺〕叶「絕射集擲」，山開三薛韻「別」字、山合三薛韻「絕」字押入「德質」部，「別」「絕」二字也同時押入「月帖」部，且入韻次數很多；張鳳翼《竊符記》第 34 齣〔高陽臺〕叶「闊葉急蝶別」，朱鼎《玉鏡臺記》第 12 齣〔憶多嬌〕叶「裂急雪竭烈血」，深開三緝韻「急」字押入「月帖」部，同時「急」字也押入「德質」部，共押入 16 次；許自昌《桔浦記》第 22 齣〔畫眉序〕叶「怯熱渴窟月悊」，臻合一沒韻「窟」字押入「月帖」部，沈鯨《雙珠記》第 6 齣〔憶多嬌〕叶「質窟役瑟滴滴日」，「窟」字又押入「德質」部。以上例證說明「月帖」「德質」兩部的部分字在明代的讀音很有可能也是相同的，以徐復祚《投梭記》第 9 齣〔高陽臺〕曲爲例，在現代蘇州方言中，「絕、集」韻母的讀音都是〔iɪʔ〕，「射」韻母的讀音是〔ɤʔ〕，「擲」韻母的讀音是〔ɒʔ〕，根據「隻赤石」文讀爲〔ɤʔ〕白讀爲〔ɒʔ〕的現象，可以推測「擲」字現在失去了曾經有過的文讀音〔ɤʔ〕的讀法，這幾個字在明代的蘇州方言中是可以押韻的。

明傳奇的這五個入聲韻部與南戲的五個入聲韻部和宋詞韻的四個入聲韻部具有很強的一致性，很可能一些明傳奇作者作曲時是因襲了南戲或宋詞的用韻特點，但是，我們不能排除其中的一些作品以作者自己方言入韻的可能性。清張潮爲毛先舒《南曲入聲客問》題詞時說：「周德清以入聲派入三聲，爲北曲者，自應奉爲繩尺，今南方既有入聲，而作南曲者必欲廢之，何歟？」〔註 61〕毛先舒在回答有關入聲的唱法的問題時說：「北曲之以入聲隸於三聲也，音變腔不變，南曲之以入唱作三聲也，腔變音不變。何謂音變腔不變？如元人張天師劇〔一枝花〕『老老實實』，『實』字《中原音韻》作平聲，繩知切，是變音也，〔一枝花〕第五句，譜原用平聲，而此處恰塡平字，平聲字以平聲腔唱，是不須變

〔註61〕《中國古典戲曲論著集成》（七），中國戲劇出版社，1959 年，第 127 頁。

腔也……若南曲〔畫眉序〕，《明珠記》『金厄泛蒲綠』，綠字直作綠音，不必如北之作慮，此不變音也，〔畫眉序〕首句韻，應是平聲，歌者雖以入聲吐字，而仍需微以平聲作腔也，此變腔也……」〔註62〕以上論述說明南曲作者作曲用入聲韻時還是以生活中的入聲字為基礎的，雖然作曲時很可能受到一些與詞牌「名實全同」的曲牌的影響，但是，作者更離不開自己語音中入聲字實際讀音的影響。本文研究的有獨立入聲韻的四十一部明傳奇作品中，沒有一部傳奇同時用到五個入聲韻部，也很少有用到其中的四個韻部的，用到的每個韻部中的絕大多數韻腳字在作者的方言中應該都是可以押韻的，或許這樣作曲既可以遵循某種傳統，又可以符合作者的語感。

4.2　明傳奇用韻反映出的其他方言現象

除吳語的特點外，明傳奇用韻還反應出其他方言的一些特點。

1、一些作品中有《廣韻》宕攝舒聲字與山咸攝舒聲字相押的現象，以下是押韻例：

寒山（監咸、廉纖）入江陽例：

沈鯨《雙珠記》第 13 齣〔清平樂〕叶「常糠玷光」，第 22 齣〔哭相思〕叶「散愴」，第 28 齣〔刮鼓令〕叶「坊商傷糠返常鄉」，第 40 齣〔解三醒〕叶「項藏傍堂暗還想方」；王玉峰《焚香記》第 14 齣〔香柳娘〕叶「喪巷蔓藏髒，范望唱肩向」，第 38 齣〔解三醒〕叶「難鄉恙亡妝枉長，況牆散祥堂枉長」，〔皂角兒〕叶「山瘴相長向恙鄉望，涼且腸況枉攘裝掌」；周履靖《錦箋記》第 39 齣〔南步步嬌〕叶「攘障長單壤光限」，〔北折桂令〕叶「藏祥翔慌張商難」，〔北雁兒落帶得勝令〕叶「趲殘莽傍疆關藏壯亡長」，〔南僥僥令〕叶「航難難」，〔北收江南〕叶「安腸關擔場鄉香」，〔南園林好〕叶「忙想煩」，〔沽美酒帶太平令〕叶「腸想忘償殘浪觴壯枉當皇量」，〔南尾聲〕叶「樣間光」。

江陽入寒山（先天）例：

沈鯨《雙珠記》第 44 齣〔似娘兒〕叶「囊洋遠還」。

這種〔an〕、〔aŋ〕不分的押韻現象反映應該是某個方言的特點。劉禧延曾

〔註62〕毛先舒《南曲入聲客問》，《中國古典戲曲論著集成》（七），中國戲劇出版社，1959年，第 129～130 頁。

說「弋陽土音於寒山桓歡先天韻中字，或混入此韻，如官作光，丹作當，班作幫，蠻作忙，蘭作郎，山作傷，音似桑，安作映，難作囊，完作王，年作匿杭切之類，明人傳奇中，盛行如《鳴鳳記》，用韻亦且混此土音，而並雜入他韻。」〔註63〕

但是，以上三位作者中，沈鯨是平湖（今屬浙江）人，曾任嘉興府知事，周履靖（1549～1640）是秀水（今浙江嘉興）人，王玉峰是松江（今屬上海）人，生平事蹟不詳，三人都是吳語區人，劉禧延所描述的並非吳語區的語音現象，以上用韻現象也可能是作者外出遊歷時受其他方言（如南京方言）的影響所致。

2、阮大鋮作品中有一些比較特殊的用韻現象，主要集中在押入車遮和歌戈韻的入聲字中。

押入車遮部的曲子如《燕子箋》第 25 齣〔香柳娘〕叶「白白者挈姐姐也別別撚，絕絕者色得得熱歇歇折」，〔憶多嬌〕叶「黑涉闃咽遮遮血」；第 35 齣〔集賢賓〕叶「熱接舌惹別月測色」，〔皂羅袍〕叶「寫捨遮葉得閱月」；《雙金榜》第 30 齣〔二郎神〕叶「咽些別遮雪列怯刻」，〔囀林鶯〕叶「傑策涉折帖結者泊」，〔黃鶯兒〕叶「別攝褋歇箔竭切拆」。

押入歌戈部的曲子如《牟尼合》第10齣〔皂羅袍〕叶「泊多鵝火窩雀果」。《春燈迷》第11齣〔香柳娘〕叶「可可合閣落落所踱踱舵，弱弱挫過墩墩顆落落覺，朵朵破坐多多惡覺覺卻」；〔二郎神〕叶「可覺妥摩臥那渴」；〔步步嬌〕叶「坐躲訶臥掠何剝」；〔江兒水〕叶「多過薄學大雀」，〔北雁兒落德勝令〕叶「科嗑惡破多羅落那苛作作」；第 21 齣〔二郎神〕叶「可合昨窩覺火惡撥」；〔囀林鶯〕叶「索涴作麼渴那過，著科瞌羅作摩他」，〔啄木公子〕叶「蛾作落和挫波莎，度作裏角合蘿梭」。《燕子箋》第 31 齣〔金蕉葉〕叶「蛾落螺雀」，〔五更轉〕叶「火磨活可錯託個灼」，〔梧桐樹犯〕叶「訛錯果麼卻科閣可」。《雙金榜》第 11 齣〔梁州序〕叶「柯朵過酌坐羅磨大禍濁，羅索何篋錯訛科和略何」，〔節節高〕叶「科陀脫酌和夥臥脫」，〔尾聲〕叶「大駁多」。

下面是入韻字表

〔註63〕 劉禧延《中州切音譜贅論》「江陽東鍾之土音」，《新曲苑》第三十種，第8頁。

表4-2：阮大鋮作品中押入車遮和歌戈部的特殊入韻字表

入韻字	中古音韻地位	《中原》所屬韻部	傳奇押入韻部
白	梗開二陌	皆來	車遮
色測	曾開三職	皆來	
得黑刻	曾開一德	齊微	
策	梗開二麥	皆來	
泊箔	宕開一鐸	歌戈	
拆	未收	未收	
作索躇	宕開一鐸	蕭豪入	歌戈
覺角剝駁	江開二覺		
雀酌	宕開三藥		

反映明末北京話的《合併字學集韻》中，「色、冊、德、黑、刻」等字與「別、帖、遮、哲、者、惹、熱、舌、結、姐、怯、歇、也」等字同歸入拙攝第十六開口篇，「白」字與「絕、血、雪、月」等字同歸在拙攝第十七合口篇；江開二覺韻的「角」字和宕開三藥韻的「雀、酌」二字與『「可、渴、卻、學、惡、曷」等字同列在果攝第十二開口篇；與宕開一鐸韻「索」字在《廣韻》中同小韻的「挼」字和「過、科、多、朵、脫、那、破、坐、錯、朔、臥、羅」等字同列在果攝第十三合口篇。

阮大鋮曾長期在北京做官，他用韻中的這些現象反映的很可能是明末清初北京話讀書音的特點。

第五章　結　語

　　明傳奇是繼元雜劇之後中國戲曲史上的又一個高峰，嘉靖中期至萬曆以後，明傳奇進入鼎盛時期，湧現出一大批優秀的明傳奇作家和作品，很多作品具有文學史和語言學史的雙重價值，但相對於數量龐大的明傳奇作品而言，其語言學史上的研究幾乎是一片空白。本文隨機選取了其中的六十部作品對其用韻加以研究。通過對六十部作品韻腳字的系聯與歸納，得出了明傳奇用韻的大概面貌：

 1、明傳奇用韻中「東鍾、江陽、蕭豪、尤侯」四個韻部涇渭分明，基本相當
　　於《中原音韻》東鍾、江陽、蕭豪、尤侯部，部分傳奇中有其他部個別字
　　押入的現象。

 2、《中原音韻》「庚青、眞文、侵尋」三部在明傳奇用韻中的分合有三種類型：
　　（1）庚青、眞文、侵尋大量互押形成「庚眞侵」部；（2）庚青與眞文（侵
　　尋）兩部分立，有的傳奇中有「庚青」部也有個別侵尋部字押入；（3）庚
　　青、眞文、侵尋三部分立，與《中原音韻》相一致。

 3、《中原音韻》「寒山、桓歡、先天、監咸、廉纖」五部在明傳奇中的分合有
　　以下幾種類型：（1）五部字互押，形成「寒廉」部；（2）五部分立，與《中
　　原音韻》相一致，但一些作者有出韻現象；（3）寒山、桓歡、先天三部字
　　互押，形成「寒桓先」部，無「監咸」或「廉纖」部，但部分傳奇中有個

別「監咸」或「廉纖」部字入韻；（4）寒山、桓歡、先天三部字互押形成「寒桓先」部，監咸、廉纖兩部字互押形成「監廉」部，但一些作品有不同程度的出韻現象；（5）桓歡、先天分立，監咸、廉纖合為一部，先天部有寒山、桓歡、監咸和廉纖部字押入；（6）五部中少一部或兩部或三部或四部，少一部的傳奇一般沒有「桓歡」部，少四部的傳奇只有「先天」部。個別傳奇中有五部之外韻部的字押入。

4、《中原音韻》「家麻、車遮」兩部字在明傳奇用韻中或分為兩部，或合為一部，有一部傳奇（《尋親記》）「家麻、車遮、歌戈」合為一部（但歌戈部字同時押入魚模部中）。有的明傳奇作品中家麻、車遮的陰聲韻字與入聲韻字互押形成「家車」部。很多傳奇中有家麻、車遮以外部（如歌戈、支思、齊微、皆來、蕭豪等部）字押入的現象。

5、《中原音韻》的「魚模」部字在部分明傳奇作品中單獨押韻形成獨立的「魚模」部；在很多明傳奇作品中一部分（主要是遇合一「模」韻字及遇合三唇音字和莊組字）與「歌戈」部字相押形成「模歌」部，一部分（主要是遇合三牙喉音字、知章組字及半舌、半齒音字）與「支思」「齊微」部字相押形成「支微魚」部。很多明傳奇既有獨立的「魚模」部，又有「支微魚」部。一些作品中有魚模、歌戈或支思、齊微以外部（如家麻、車遮、皆來、蕭豪等部）字押入的現象。

6、很多明傳奇作品中的「支思」、「齊微」、「皆來」三部相當於《中原音韻》的「支思」、「齊微」、「皆來」三部，只是有不同程度的其他部字押入的現象；很多明傳奇作品中「支思」與「齊微」合為「支微」部（其中多數作品有「魚模」部字押入，形成「支微魚」部）；一些明傳奇作品中「齊微」部的合口一等灰泰韻字押入「皆來」部形成「皆來灰」部；一些明傳奇作品有獨立的「皆來」部。其他韻部（如家麻、車遮、皆來、歌戈、尤侯等部）個別字有押入「支微」或「齊微」部的現象。

7、明傳奇有五個獨立的入聲韻部「鐸覺、屋燭、德質、月帖、曷洽」，其中「德質」和「月帖」部使用最多，「屋燭」和「鐸覺」使用較少，「曷洽」部使用最少，只有一部作品使用到了「曷洽」部。
以上各部都有使用的韻腳字《中原音韻》未見收錄的現象。

　　明傳奇用韻與南戲用韻有很多相同之處。陽聲韻部中，（1）東鍾、江陽部
音路都比較清晰。（2）庚青、眞文、侵尋三部在明傳奇用韻與明代南戲用韻中
都可以分爲三種類型：庚青、眞文、侵尋三部分立，庚青、眞文（侵尋）兩部
分立，庚青、眞文、侵尋三部合流。（3）寒山、桓歡、先天、監咸、廉纖五部
在明傳奇用韻與明代南戲用韻中有著非常相似的分合類型：五部合流爲「寒廉」
部；分爲「寒桓先、監廉」兩部；寒、桓、先合爲一部，無監、廉部；分爲「寒
桓先、廉纖」兩部；分爲「寒桓、先天、監咸、廉纖」四部；分爲「寒桓、先
天、監咸」三部等。陰聲韻部中，（1）蕭豪、尤侯部音路都比較清晰，一般不
與其他韻部合爲一部。（2）車遮、家麻常合爲一部，且常與歌戈部字相押。（3）
部分魚模部字大量與支思、齊微部字相押。（4）部分魚模部字與歌戈相押形成
「模歌」部。（5）皆來與部分齊微合口字相押，形成「皆來灰」部。入聲韻部
中，（1）大部分明代南戲和明傳奇作品入聲韻部都獨立。（2）整體上都可以分
爲「鐸覺、屋燭、德質、月帖、曷洽」五個入聲韻部，且使用較多的兩個入聲
韻部都是「德質」和「月帖」部。（3）個別字如「沒、骨、窟、恤、國」等在
南戲和傳奇中都是同時押入兩、三個韻部。

　　明傳奇用韻與南戲用韻也有很多不同之處。陽聲韻部中，（1）南戲用韻中
有東鍾部與庚、眞、侵互押形成「東庚眞侵」部的現象，傳奇用韻中則沒有這
種現象；（2）南戲用韻中沒有桓歡獨用的韻部，因此沒有一部戲是寒、桓、先、
監、廉五部分立的，而本文考察的六十部明傳奇作品中有 6 部是五部分立的；（3）
南戲用韻中有一些明傳奇沒有的韻部分合的現象，如南戲一些作品中「先寒桓、
監咸、廉纖」三分、「先寒桓廉、監咸」兩分、「先廉、寒桓」兩分、「先廉、寒
桓監」兩分等現象是明傳奇用韻中沒有的，明傳奇有桓歡、先天、監廉分立的
現象（先天部有寒山、桓歡、監咸和廉纖部字押入），南戲沒有；明傳奇有只用
先天部的現象，南戲沒有；（4）南戲用韻較雜亂，不同韻部之間合叶現象很多，
傳奇用韻較之規整，與他部合叶現象較少。陰聲韻部中（1）四十五部南戲作
品中有兩部作品蕭豪與尤侯相押形成「蕭尤」部，六十部傳奇用韻中沒有一部
作品有「蕭尤」部（朱鼎《玉鏡臺記》「蕭豪」部中有兩支曲子有尤侯部字押入）；
（2）南戲用韻中歌戈部字常與車遮、家麻部字相押形成「歌家車」部，或與家
麻部字相押形成「家歌」部，傳奇用韻中歌戈極少與家麻、車遮相押形成獨立

的韻部；（3）押入歌戈部及車遮部的入聲字在南戲和傳奇的一些作品中有所不同，如阮大鋮的作品入聲字的用韻很有特色，南戲作品中沒有與之相同的特點；（4）南戲用韻中各陰聲韻部與其他韻部合叶較多，傳奇用韻則較規整，與其他韻部合叶極少。入聲韻部中，有一部明代南戲作品《斷髮記》同時用到五個入聲韻部，但沒有一部明傳奇作品同時用到這五個入聲韻部。

明傳奇和南戲的相同之處表現出南曲用韻的共同特點。遵循這些特點用韻的傳奇作家歷來受到曲學家的批評。明傳奇與南戲用韻的不同之處表現出南曲發展的不同階段的特點，這與當時的社會經濟條件、崑曲的改革與興盛都有很大的關係。

明傳奇用韻比南戲用韻更講求韻律的嚴謹，如一些作者完全按照《中原音韻》的十九部用韻；一些作者除入聲韻單押外，舒聲韻部用的也是《中原》十九韻部；同一作者不同時期的作品用韻風格不同，其後期作品都是儘量遵守《中原音韻》用韻的。但是，萬曆以後的作品並非「基本上以《中原音韻》爲準」，入聲單押的仍大有人在，遵循傳統南戲特點用韻的仍然不少，也有曲家作曲時表現出既遵《中原音韻》又遵南戲傳統韻例的特點。

明傳奇用韻、南戲用韻與宋詞用韻有很多相似之處，如它們有相同的家車部、皆來灰部、支微部、監廉部等，且有很多相似的通叶現象，如歌戈部與家車部或魚模部通叶、支微部與魚模部通叶、監廉與寒先部通叶、侵尋部、眞文部、庚青部三部或兩部混叶，或三部合用等，在入聲韻部的使用上，三者也有很強的一致性。但是，它們也有很多不同之處，如宋詞韻中「支微」部和「魚模」部主要趨勢是分立，通叶只是個別現象，在贛、閩、吳地區詞人中比較普遍，而南戲與傳奇用韻中魚模部字大量押入支微部是一種很普遍的現象；宋詞韻中「歌戈」部與「魚模」部是分立的，通叶只是個別現象，而南戲和傳奇用韻中魚模和歌戈相押形成「模歌」部的作品很多；宋詞韻中「庚青、眞文、侵尋」三部分立，通叶只是個別現象，而南戲與傳奇用韻中它們或兩部或三部大量相押；宋詞韻寒桓先爲一部，監廉爲一部，而在大部分南戲和傳奇中寒、桓、先、監、廉是合爲一部的，少數與宋詞韻的分合相同，另外還有其他很多複雜的分合現象。因此，我們並不認爲南戲或傳奇用韻主要是模仿作詞的方法來押韻的，雖然受詞韻影響很深，但南戲和傳奇的用韻是很有自己的特點的。

　　明傳奇用韻反映出很多當時吳語，特別是蘇州話的特點：家麻、車遮互押，歌戈、魚模（主要是遇合一「模」韻字及遇合三唇音字和莊組字）互押，支思、齊微、魚模（主要是遇合三牙喉音字、知章組字及半舌、半齒音字）互押，皆來、齊微（主要是合口一等灰泰韻字）互押等都是明代吳語陰聲韻部的特點；庚青、眞文、侵尋互押，寒山、桓歡、先天與監咸、廉纖互押以及梗攝開口二等舒聲韻字押入江陽部等都可以全部或部分地反映明代吳語陽聲韻部的特點；入聲韻部雖然和南戲用韻一樣，與宋詞韻有很強的一致性，但很多作者使用的韻腳字在當時的吳語中也是可以押韻的，因此不能排除作者以方音入韻的可能性，或許作者這樣用韻既可以遵循某種傳統，又符合自己的語感。

參考文獻

一、工具書

1. 李修生主編《古本戲曲劇目提要》，文化藝術出版社，1997 年。

2. 吳梅《南北詞簡譜》，《吳梅全集》，河北教育出版社，2002 年。

3. 余廼永校注，《新校互注宋本廣韻》，上海辭書出版社，2000 年。

二、著作

1. （宋）王楙《野客叢書》，鄭明，王義耀校點，上海古籍出版社，1991 年。

2. （元）周德清《中原音韻》，《中國古典戲曲論著集成》（一），中國戲劇出版社，1959 年。

3. （明）徐渭《南詞敘錄》，《中國古典戲曲論著集成》（三），中國戲劇出版社，1959 年。

4. （明）王驥德《曲律》，《中國古典戲曲論著集成》（四），中國戲劇出版社，1959 年。

5. （明）徐復祚《曲論》，《中國古典戲曲論著集成》（四），中國戲劇出版社，1959 年。

6. （明）魏良輔《曲律》，《中國古典論著集成》（五），中國戲劇出版社，1959 年。

7. （明）沈寵綏《度曲須知》，《中國古典論著集成》（五），中國戲劇出版社，1959 年。

8. （明）詞隱先生編著，沈自晉重訂，《南詞新譜》，中國書店 1985 年影印明嘉靖刻本。

9. （明）徐孝《合併字學篇韻便覽》，北京大學圖書館藏電子古籍書。

10. （清）李漁《閒情偶記》，《中國古典戲曲論著集成》（七），中國戲劇出版社，1959年。

11. （清）毛先舒《南曲入聲客問》，《中國古典論著集成》（七），中國戲劇出版社，1959年。

12. （清）錢大昕《十駕齋養新錄》，上海書店，1983年。

13. （清）李鄴《切韻考》，《續修四庫全書》第258冊，據上海圖書館藏清刻本影印。

14. （清）劉禧延《中州切音譜贅論》，任訥輯《新曲苑》第三十種，中華書局，1931年。

15. 北京大學中國語言文學系語言學教研室編，《漢語方音字彙》，語文出版社，2003年。

16. 曹志耘《南部吳語語音研究》，商務印書館，2002年。

17. 丁邦新《一百年前的蘇州話》，上海教育出版社，2003年。

18. 耿振生《明清等韻學通論》，語文出版社，1992年。

19. 耿振生《詩詞曲得格律和用韻》，大象出版社，1997年。

20. 耿振生《音韻通講》，河北教育出版社，2001年。

21. 耿振生《20世紀漢語音韻學方法論》，北京大學出版社，2004年。

22. 郭漢城主編《中國十大古典悲喜劇集》，上海文藝出版社，1992年。

23. 郭英德《明清傳奇戲曲文體研究》，商務印書館，2004年。

24. 郭英德《明清傳奇史》，江蘇古籍出版社，1999年。

25. 侯精一主編《現代漢語方言概論》，上海教育出版社，2002年。

26. 黃鈞、黃清泉《中國文學史（元明清時期）》，華中師範大學出版社，1989年。

27. 黃竹三主編《六十種曲評注》第，吉林人民出版社，2001年。

28. 金寧芬《明代戲曲史》，社會科學文獻出版社，2007年。

29. 李昌集《中國古代散曲史》，華東師大出版社，1996年。

30. 李簡《元明戲曲》，北京大學出版社，2005年。

31. 劉瑞明《馮夢龍民歌集三種注解》（下冊）中華書局，2005年。

32. 劉致中、侯鏡昶《讀曲常識》，上海古籍出版社，1985年。

33. 魯國堯《魯國堯語言學論文集》，江蘇教育出版社，2003年。

34. 寧繼福《中原音韻表稿》，吉林文史出版社，1985年。

35. 錢大昕《十駕齋養新錄》，上海：上海書店，1983年。

36. 錢乃榮《當代吳語研究》，上海教育出版社，1992年。

37. 齊森華等主編《中國曲學大辭典》，浙江教育出版社，1997年。

38. 石汝傑《明清吳語和現代方言研究》，上海辭書出版社，2006年。

39. 王福堂《漢語方言語音的演變和層次》，北京，語文出版社，2005年。

40. 王力《曲律學》，中國人民大學出版社，2004年。

41. 王衛民《戲曲史話》，中國大百科全書出版社，2000 年。

42. 吳梅《顧曲塵談》，上海，商務印書館，1926 年。

43. 吳書陰編集校點《梁辰魚集》，上海古籍出版社，1998 年。

44. 吳新雷《中國戲曲史論》，江蘇教育出版社，1996 年。

45. 項遠村《曲韻易通》，中華書局，1963 年。

46. 徐朔方輯校《沈璟集》，上海古籍出版社，1991 年。

47. 徐朔方《晚明曲家年譜》，浙江古籍出版社，1993 年。

48. 徐通鏘《歷史語言學》，商務印書館，1991 年。

49. 薛鳳生《〈中原音韻〉音位系統》，魯國堯、侍建國譯，北京語言學院出版社，1990 年。

50. 么書儀《銅鐵琵琶與紅牙象版——元雜劇和明傳奇比較》，大象出版社，1997 年。

51. 葉祥苓《蘇州方言志》，江蘇教育出版社，1988 年。

52. 游汝杰《地方戲曲音韻研究》，商務印書館，2006 年。

53. 袁家驊《漢語方言概要》（第二版），語文出版社，2006 年。

54. 俞爲民《宋元南戲考論續編》，中華書局，2004 年。

55. 張忱石等《浣紗記校注》，中華書局，1994 年。

56. 趙景深、張增元《方志著錄元明清曲家傳略》，中華書局，1987 年。

57. 趙元任《現代吳語的研究》，科學出版社，1956 年。

58. 鄭雷《崑曲》，浙江人民出版社，2005 年。

59. 周維培《曲譜研究》，江蘇古籍出版社，1999 年。

三、論文

1. 陳鴻《〈南曲譜〉陰聲韻用字研究》，《福建論壇》，1998 年第 3 期。

2. 杜愛英《「臨川四夢」用韻考》，《古漢語研究》2001 年第 1 期。

3. 都興宙《沈寵綏音韻學簡論》，《青海師大學報》，1994 年第 4 期。

4. 勾俊濤《南宋浙江詞人吳文英用韻研究》，《南陽師範學院學報（社會科學版）》，2002 年第 1 期。

5. 胡明揚《三百五十年前蘇州一帶吳語一斑》，《語文研究》，1981 年第 2 輯。

6. 黃振林《新崑山腔的曲律規範與湯顯祖劇作的失律》，東華理工學院學報（社會科學版），2005 第 4 期。

7. 忌浮《曲尾及曲尾上的古入聲字》，《中國語文》，1988 年第 4 期。

8. 李惠芬《浙江元人散曲用韻研究——與〈中原音韻〉比較研究》（《福建師範大學學報》（哲學社會科學版），1999 年第 2 期。

9. 李晉生《沈寵綏與明代北曲字音》，《學習與思考》1984 年第 1 期。

10. 李曉《南戲曲韻研究》，《南京大學學報》，1984 年第 3 期。

11. 廖珣英《關漢卿戲曲用韻》,《中國語文》,1963 年第 1 期。

12. 廖珣英《諸宮調的用韻》,《中國語文》,1964 年第 1 期。

13. 劉麗輝《南戲用韻研究》,北京大學 2007 屆博士學位論文。

14. 劉召明《晚明蘇州劇壇研究》,華東師範大學 2006 屆博士學位論文。

15. 劉召明《從依字聲行腔與南曲用韻看湯沈之爭的曲學背景與論爭實質》,《上海戲劇學院學報》,2006 年第 3 期。

16. 劉召明《晚明蘇州劇壇傳奇創作重心的下移及原因》,《南京師大學報》(社會科學版),2007 年第 3 期。

17. 劉曉南《從宋代福建詩人用韻看歷史上吳語對閩語的影響》,《古漢語研究》,1997 年第 4 期。

18. 魯國堯《元遺山詩詞曲韻考》,《魯國堯語言學論文集》,江蘇教育出版社,2003 年。

19. 魯國堯《論宋詞韻和金元詞韻的比較》,《魯國堯語言學論文集》,江蘇教育出版社,2003 年。

20. 魯國堯《白樸的詞韻和曲韻及其異同》,《魯國堯語言學論文集》,江蘇教育出版社,2003 年。

21. 魯國堯《〈南村輟耕錄〉與元代吳方言》,《魯國堯語言學論文集》,江蘇教育出版社,2003 年。

22. 陸華《明代散曲用韻研究》,南京大學 2005 屆博士學位論文。

23. 羅常培、周祖謨《漢魏晉南北朝韻部演變研究》第一分冊,科學出版社,1958 年。

24. 馬重奇《南音三籟》曲韻研究,《福建師大學報》(哲學社會科學版),1995 年第 1 期。

25. 馬重奇《明末上海松江韻母系統研究:晚明施紹莘南曲用韻研究》,《福建師大學報》1998 年第 3 期。

26. 孟守介《明代蘇州〈山歌〉與當代〈蘇州歌謠〉舒聲韻部的比較》,《鐵道師院學報》(社會科學版),1991 年第 3 期。

27. 朴柔宣《從宋元時期用韻材料看吳語中的-n、-ŋ韻尾相押》,《紹興文理學院學報》2005 年第 4 期。

28. 權容浩《試論早期南戲的閉口字》,《徐州教育學院學報》,1999 年第 1 期。

29. 權容浩《淺談南戲曲韻研究中的韻書問題》,《藝術百家》2000 年第 3 期。

30. 任孝溫《王驥德〈曲律〉之南曲格律論》,中國戲曲學院學報,2003 年第 3 期。

31. 施發筆《民間南戲〈宦門子弟錯立身〉曲韻考》,《貴州師大學報》,2003 年第 1 期。

32. 石汝傑《明末蘇州方言音系資料研究》,《鐵道師院學報》(社會科學版),1991 年第 3 期。

33. 王曦《明代江浙南曲用韻考研究綜述》,《福建師範大學學報》(哲學社會科學版), 2005 年第 4 期。

34. 王守泰《關於崑劇的曲律問題》,《南京大學學報》,1979 年第 4 期。

35. 武暐卿《琵琶記的用韻研究》,《語文學刊》,2004 年第 11 期。

36. 吳新雷《論宋元南戲與明清傳奇的界說》,《中國戲曲史論》,江蘇教育出版社, 1996 年。

37. 謝潔瑕《宋代蘇州詩人李彌遜用韻考》,《語言研究》,2005 年第 1 期。

38. 謝自立《二十年來蘇州方言研究綜述》,《方言》2001 年第 4 期。

39. 徐健《〈劉知遠諸宮調〉殘卷用韻考》,《古漢語研究》,1997 年第 2 期。

40. 徐立芳《蘇州方言的文白異讀》,《徐州師範學院學報》(哲學社會科學版),1986 年第 2 期。

41. 徐朔方《論張鳳翼》,《藝術百家》,1988 年第 2 期。

42. 許穎穎《17 世紀初閩南韻母系統初探:明刊閩南戲曲〈滿天春〉用韻研究》,《福建論壇》,1999 年第 6 期。

43. 薛鳳生《從語言學角度看七百年來中國詩歌的押韻》,《漢語音韻史十講》,華語教學出版社。

44. 游汝杰《明成化本南戲〈白兔記〉中吳語成分》,《杭州師範學院學報》1998 年第 5 期。

45. 尉遲治平《北叶〈中原〉,南遵〈洪武〉溯源——〈中原音韻〉和南曲曲韻研究之一》,《語言研究》,1988 年第 1 期。

46. 尉遲治平《北叶〈中原〉,南遵〈洪武〉析義——〈中原音韻〉和南曲曲韻研究之二》,《中原音韻新論》,北京大學出版社,1991 年。

47. 俞為民《試論明代戲曲的文人化特徵》,《戲劇藝術》2003 年第 4 期。

48. 俞為民《崑山腔的產生與流變考論,南京大學學報(哲社版),2004 年第 1 期。

49. 張文德《試論〈玉合記〉不為「宜黃腔」而作》,《藝術百家》2003 年第 3 期。

50. 周維培《試論明清傳奇的用韻》,《南戲與傳奇研究》徐朔方,孫秋克編,湖北教育出版社,2003 年。

51. 周維培《中原音韻》三題》,《語言研究》,1987 年第 2 期。

52. 周言《試論蘇州方言的文化價值》,《蘇州大學學報》,2004 年第 5 期。

53. 周致一《試論〈琵琶記〉的用韻》,《北方論叢》,1998 年第 2 期。